Dark
Divine

BREE DESPAIN

Dark Divine

Traducción de Olivia Llopart

EDICIONES B
GRUPO ZETA

Barcelona • Bogotá • Buenos Aires • Caracas • Madrid • México D. F.
Montevideo • Quito • Santiago de Chile

Título original: *The Dark Divine*

Traducción: Olivia Llopart Gregori

1.ª edición: octubre, 2010

Publicado originalmente en 2010 en EE.UU. por Egmont USA,
una división de Egmont Group

Impreso en España - Printed in Spain
ISBN: 978-84-666-4541-6
Depósito legal: B. 31.652-2010

Impreso por LIBERDÚPLEX, S.L.U.
Ctra. BV 2249 Km 7,4 Polígono Torrentfondo
08791 - Sant Llorenç d'Hortons (Barcelona)

Para Brick,
porque hace ya varios años trajiste a casa ese ordenador
portátil y me dijiste:
«Será mejor que empieces a escribir.»
T.Q.M.
Siempre,
Bree

Sacrificio

La boca llena de sangre; el fuego abrasa mis venas. Reprimo un aullido y el cuchillo de plata cae: la decisión es mía.

Soy muerte o vida. Soy salvación o destrucción. Ángel o demonio.

Soy gracia divina.

Clavo el cuchillo.

Éste es mi sacrificio:

Yo soy el monstruo.

1

Pródigo

Después de comer

—¡Grace! Tienes que ver al chico nuevo. —April me abordó en el pasillo del colegio. A veces me recordaba al cocker spaniel que había tenido: temblaba de emoción por cualquier cosa.

—¿Te refieres al chico más sexy del mundo? —Casi se me cae la mochila; maldita taquilla con combinación...

—Qué va, ese tío es asqueroso. Lo echaron de los dos últimos colegios a los que fue, y Brett Johnson dice que está en libertad condicional. —April sonrió con picardía—. Además, todo el mundo sabe que Jude es el chico más sexy del mundo. —Y me dio un codazo.

Al final, sí se me cayó la mochila; y la caja de ceras se volcó a mis pies.

—Y yo qué sé —refunfuñé mientras me agachaba para recoger las ceras que se habían hecho añicos—. Jude es mi hermano, ¿recuerdas?

—Durante la comida te preguntó por mí, ¿verdad? —me interrogó, poniendo los ojos en blanco.

—Sí, claro. —Yo seguía recogiendo los trocitos del suelo—. Me dijo: «¿Cómo está April?» Y contesté: «Muy bien», y entonces me dio la mitad de su sándwich de pavo. —Lo juro, si April tuviera un ápice de maldad, pensaría que únicamente era amiga mía para acercarse a mi hermano, como la gran mayoría de las chicas del colegio.

—Date prisa —dijo, mirándome por encima del hombro.

—Podrías ayudarme, ¿no? —Y le mostré una de mis ceras rotas—. Me las acabo de comprar volviendo de la cafetería.

April se agachó y recogió una azul.

—¿Y para qué te las has comprado? Pensaba que estabas dibujando al carboncillo.

—No consigo que me salga bien. —Le quité el trozo de cera de los dedos y lo devolví a la caja—. Voy a empezar de nuevo.

—Pero si es para mañana...

—Es que así no puedo entregarlo.

—Yo no creo que esté tan mal —replicó April—. Además, parece ser que al chico nuevo le gusta.

—¿Qué?

April se puso de pie y me cogió del brazo.

—Venga, tienes que ver esto. —Y corrió hacia la clase de Arte, arrastrándome con ella.

—Eres tan rara... —comenté aferrada a mi caja de pasteles.

April rio y aceleró la marcha.

—Aquí viene —avisó Lynn Bishop cuando nos acercábamos al aula. Un grupo de estudiantes, reunidos frente a la puerta de entrada, se apartó para dejarnos pasar. Jenny Wilson me miró y le susurró algo a Lynn.

—¿Qué pasa? —pregunté.

—Es éste —contestó April, señalándolo.

Me detuve y lo miré fijamente. Su forma de vestir desafiaba las normas del Holy Trinity; llevaba una camiseta agujereada del grupo de música Wolfsbane y unos vaqueros negros y sucios cortados a la altura de las rodillas. Su cabello, enmarañado y teñido de negro, le ocultaba el rostro; y en sus pálidas manos sostenía una gran lámina de papel. Era mi dibujo al carboncillo, y estaba sentado en mi sitio.

Me aparté del grupo de mirones y me dirigí a grandes zancadas hasta la mesa.

—Disculpa, éste es mi sitio.

—Entonces, tú debes de ser Grace —contestó sin alzar la vista. Había algo en su áspera voz que me puso los pelos de punta. Di un paso atrás.

—¿Y tú cómo lo sabes? —pregunté.

Señaló la etiqueta con mi nombre que aparecía en la caja de utensilios que había olvidado sobre la mesa durante el almuerzo.

—Grace Divine —gruñó—. Esto significa gracia divina, ¿no? Pues tus padres deben de tener algún tipo de complejo con Dios. Seguro que tu padre es pastor.

—Lo es, en efecto; pero eso no es asunto tuyo.

—Grace Divine. Deben de esperar mucho de ti —opinó sosteniendo mi dibujo frente a él.

—Así es. Y ahora, muévete.

—Este dibujo no vale nada —afirmó—. Todas estas ramas te han salido mal y ese nudo tendría que estar hacia arriba, no hacia abajo. —Cogió uno de mis carboncillos con sus delgados dedos y empezó a hacer cambios en el dibujo.

Me irritó su atrevimiento, pero lo que no podía creer era la facilidad con que convirtió unas líneas negras, unas gruesas y otras más finas, en asombrosas ramas. El árbol que tanto se me había resistido durante toda la semana cobró vida en el papel. Utilizó su dedo meñique para difuminar el carboncillo en el tronco, algo que el profesor Barlow nos tenía prohibido, pero con ese gesto logró el efecto justo para la corteza del árbol. Observé cómo sombreaba las ramas y, a continuación, empezó a cambiar el nudo de la de más abajo. ¿Cómo podía saber que estaba al revés?

—Para —le ordené—. Es mío. Devuélvemelo. —Intenté recuperar la lámina, pero me lo impidió—. ¡Que me lo devuelvas!

—Dame un beso —dijo.

Oí que a April se le escapó un quejido.

—¿Qué dices? —pregunté.

Se inclinó sobre el dibujo. La enmarañada melena le cubría el rostro, pero vi que llevaba un colgante con una piedra negra.

—Dame un beso y te lo devolveré.

—Pero ¿quién demonios te crees que eres? —mascullé, agarrándole de la mano con que sostenía el carboncillo.

—¿No me reconoces? —Alzó la vista y se apartó el pelo de la cara. Tenía las mejillas pálidas y hundidas, y al ver sus ojos me quedé de piedra. Eran los mismos ojos oscuros que de niña solía llamar «tartas de barro».

—¿Daniel? —Le solté la mano y el carboncillo cayó sobre la mesa. Un millón de preguntas bombardearon mi mente—. ¿Sabe Jude que estás aquí?

Daniel se llevó la mano a la piedra negra que colgaba de su cuello, y entreabrió los labios como para empezar a hablar.

En ese momento, el profesor Barlow se acercó a nosotros, con los brazos cruzados sobre su enorme barriga.

—Te avisé de que antes de unirte a esta clase tenías que informar al consejo académico —le advirtió a Daniel—. Si no me vas a respetar, jovencito, quizás éste no sea lugar para ti.

—Ya me iba. —Daniel se levantó, empujando la silla hacia atrás, y pasó por mi lado; el cabello teñido le cubría de nuevo los ojos—. Hasta luego, Gracie.

Miré el dibujo que dejó sobre la mesa. Los trazos negros se unían en la silueta de aquel árbol solitario que yo tan bien conocía. Salí a toda prisa, rozando al profesor Barlow y a los estudiantes que permanecían frente a la puerta.

—¡Daniel! —grité. Pero el pasillo estaba desierto.

A Daniel se le daba bien desaparecer; de hecho, era lo que mejor se le daba.

La cena

Oía el tintineo de los cubiertos sobre los platos temiendo que me llegase el turno en el célebre ritual diario de la familia Divine, el momento de preguntar: «¿Qué tal te ha ido el día?»

Papá fue el primero. Estaba bastante entusiasmado con la campaña de caridad que organizaba la parroquia. Seguro que le hacía bien ocuparse de eso, pues últimamente pasaba tanto tiempo estudiando en su despacho, que Jude y yo bromeábamos diciendo que debía de estar creando su propia religión. Mamá nos habló de la nueva interna en la clínica y dijo que ese día en la guardería el pequeño James había aprendido las palabras «guisantes», «manzana» y «tortuga». Charity nos contó que le habían puesto un excelente en el examen de ciencias.

—Yo he conseguido que la mayoría de mis amigos donen

abrigos para la campaña de recogida de ropa —anunció Jude tras cortar el trozo de pastel de carne del pequeño James en diminutos bocados.

No me sorprendió. Algunas personas en Rose Crest afirmaban que la bondad de Jude no era más que una pose, pero él era realmente así. ¿Qué otra persona sacrificaría la libertad que suponía estar en el último curso para dar clases particulares en la parroquia tres tardes a la semana? ¿Quién renunciaría a formar parte del equipo de hockey de la escuela junto a todos sus amigos por no querer ser agresivo? A veces resultaba duro ser su hermana pequeña, pero era casi imposible no querer a Jude.

Odiaba pensar cómo le afectarían mis noticias.

—Eso es estupendo —le felicitó papá.

—Sí —repuso con una sonrisa—. Ayer les expliqué a todos que iba a donar mi cazadora y acabé convenciéndoles.

—¿Y qué cazadora vas a regalar? —quiso saber mamá.

—La roja.

—¿Tu North Face? ¡Pero si está prácticamente nueva!

—Hace casi tres años que no me la pongo, y me parece un acto de egoísmo guardarla en mi armario cuando otra persona podría estar utilizándola.

—Jude tiene razón —intervino papá—. Necesitamos ropa en buen estado. Todavía no es Acción de Gracias y ya están pronosticando que este invierno se volverán a batir récords.

—¡Sí! —exclamó Charity.

Mamá refunfuñó, no entendía por qué la gente de Minnesota se ponía tan contenta por alcanzar el récord de temperaturas mínimas.

Yo estaba jugueteando con el puré de patatas cuando papá se volvió hacia mí y me hizo la pregunta que no me apetecía responder.

—Has estado muy callada desde que has llegado, Grace. ¿Qué tal te ha ido el día?

Dejé el tenedor en el plato e intenté tragar el trozo de pastel de carne que tenía en la boca; parecía porexpán.

—Hoy he visto a Daniel —dije.

Mamá, que estaba intentando que James no desparramase

toda su comida por la mesa, alzó la vista y me miró como diciendo: «En nuestra casa no mencionamos ese nombre.»

Durante la cena hablábamos de todo: muerte, embarazos prematuros, política e incluso injusticias religiosas en Sudán, pero había un tema que ya nunca tocábamos: Daniel.

Papá se limpió la boca con la servilleta.

—Grace y Jude, me iría muy bien que me echaseis una mano mañana por la tarde en la parroquia. Hemos tenido una gran respuesta a la campaña de caridad. No puedo ni entrar en mi despacho, está repleto de latas de maíz —añadió, y soltó una risita.

Me aclaré la garganta y añadí:

—He hablado con él.

Papá dejó de reír de inmediato, como si se hubiera atragantado.

—Basta, Grace —intervino Charity, a punto de llevarse un trozo de pastel de carne a la boca—. Menuda manera de arruinarnos la cena.

—¿Me disculpáis? —dijo Jude, levantándose. Dejó su servilleta sobre la mesa y, sin esperar respuesta, salió de la cocina.

Miré a mamá. Sus ojos parecían decir: «Mira lo que has conseguido.»

—¡Guisantes! —gritó James y me arrojó un puñado a la cara.

—Lo siento —murmuré, y me levanté de la mesa.

Más tarde

Encontré a Jude sentado en el porche, envuelto en la manta azul del sofá. Unas nubes de vaho se formaban frente a él cuando respiraba.

—Hace un frío que pela, Jude. Vuelve dentro.

—Estoy bien.

Sabía que no era cierto. A Jude le molestaban muy pocas cosas: no le gustaba el modo en que algunas chicas de la escuela decían cosas crueles y después intentaban arreglarlo con un «era broma»; odiaba que la gente utilizase el nombre de Dios en vano, y no soportaba a los que afirmaban que los Wild nunca ganarían la Stanley Cup. Pero Jude nunca gritaba ni chillaba cuando estaba enojado, sino que permanecía muy callado y se cerraba en sí mismo.

Me froté los brazos para entrar en calor y me senté junto a él en los escalones.

—Siento haber hablado con Daniel. No pretendía ofenderte.

Jude se daba masaje en las cicatrices que tenía en la mano izquierda. Lo hacía a menudo. Ni siquiera sé si era consciente de ello.

—No estoy enfadado —dijo al fin—. Estoy preocupado.

—¿Por Daniel?

—Por ti. —Jude me miró a los ojos. Teníamos la misma nariz romana y el mismo cabello castaño oscuro, pero el parecido de nuestros ojos color violeta hacía estremecer, especialmente en ese momento, cuando veía el dolor reflejado en su mirada—. Sé lo que sientes por él...

—Di mejor lo que sentía. Eso fue hace más de tres años; era una niña.

—Y todavía lo eres.

Me hubiese gustado contestarle algo así como «Pues tú también eres un niño», porque apenas me sacaba un año, pero sabía que no lo había dicho con mala intención. ¿Es que no se daba cuenta de que pronto cumpliría diecisiete y que hacía casi un año que conducía y salía con chicos?

El aire frío se filtraba a través de mi fino jersey de algodón, y ya me disponía a entrar en casa cuando Jude me tomó de la mano.

—Gracie, prométeme algo.

—¿El qué?

—Que si vuelves a ver a Daniel, no hablarás con él.

—Pero...

—Escúchame —dijo—. Daniel es peligroso; ya no es el mismo de antes. Prométeme que te mantendrás alejada de él.

Retorcí los flecos de la manta entre los dedos.

—Hablo en serio, Grace. Tienes que prometérmelo.

—Vale, de acuerdo. Lo haré.

Jude me apretó la mano y desvió la vista. Parecía mirar a miles de kilómetros de distancia, pero yo sabía que su mirada descansaba sobre el viejo nogal que separaba nuestro jardín del de los vecinos, el mismo árbol que yo había intentado dibujar en clase de Arte. Me pregunté si Jude estaría pensando en aquella noche, tres años atrás, cuando vio a Daniel por última vez, la última que nosotros lo vimos.

—¿Qué sucedió? —susurré. Había pasado mucho tiempo desde que me había atrevido a preguntarlo. Mi familia se comportó como si no hubiera ocurrido nada, pero eso no justificaba que a Charity y a mí nos enviaran a casa de nuestros abuelos durante tres semanas. Las familias no evitaban hablar de algo que no significaba «nada». Y «nada» no explicaba la fina cicatriz blanca que mi hermano tenía encima del ojo izquierdo, ni las de la mano.

—Se supone que no debemos hablar mal de los muertos —murmuró Jude.

—Daniel no está muerto —repliqué, sacudiendo la cabeza.

—Pues para mí sí lo está —dijo, impasible. Nunca le había oído hablar de ese modo.

Aspiré una bocanada de aire helado y lo miré fijamente, deseando leer los pensamientos que se ocultaban tras su mirada glacial.

—Ya sabes que a mí puedes contármelo todo —dije.

—No, Gracie. De verdad que no puedo.

Sus palabras me hirieron. Separé mi mano de la suya: no sabía qué más decir.

Jude se puso de pie.

—Olvídalo —murmuró, mientras me cubría los hombros con la manta. Subió los escalones y oí que la puerta mosquitera se cerraba. La luz azul del televisor se coló por la ventana del salón.

Un perro grande y negro cruzó la calle, ya desierta. Se detuvo bajo el nogal y alzó la vista en mi dirección. Jadeaba, con la lengua fuera; la luz del televisor se reflejaba en sus ojos, fijos en mí. Sentí un escalofrío y desvié la mirada al árbol.

Había nevado antes de Halloween, pero a los pocos días ya no quedaba ni rastro de nieve y, probablemente, no volvería a nevar hasta Navidad. Todo en el jardín estaba reseco, marrón y amarillo; todo excepto el nogal, que crujía con el viento y era de un blanco ceniciento. Se erguía a la luz de la luna como un fantasma trepidante.

Daniel tenía razón acerca de mi dibujo. Todas las ramas estaban mal, y había invertido el nudo de la de abajo. El profesor Barlow nos había pedido que ilustrásemos algo que nos recordase nuestra infancia. Lo único que me venía a la mente cuando miraba mi hoja de papel era ese viejo árbol. Sin embargo, durante los últimos tres años me había propuesto apartar la vista siempre que pasase por su lado. Pensar en él me dolía, porque me recordaba a Daniel. En ese momento, sentada en el porche, observando el viejo árbol a la luz de la luna, algo despertó mi memoria, y no pude evitar recordar.

Al ponerme de pie se me cayó la manta de los hombros. Miré hacia la ventana del salón y, de nuevo, al árbol. El perro se había marchado. Puede parecer extraño, pero me alegré de que ya no me mirara cuando rodeé el porche y me agaché entre los arbustos de agracejo. Sentí un rasguño mientras buscaba debajo del porche algo que ni siquiera estaba segura de que siguiese ahí. Noté algo frío en las yemas de los dedos; alargué la mano un poco más y lo saqué.

La fiambrera de metal estaba fría como un bloque de hielo entre mis manos desnudas. A pesar del óxido que la cubría, al limpiar la mugre que se había acumulado en la tapa con el paso de los años pude ver el descolorido logo de Mickey Mouse. Era de una época que parecía muy lejana. Había sido la caja de los tesoros donde Jude, Daniel y yo guardábamos nuestros objetos especiales, como los tazos, los cromos de béisbol y ese diente largo y extraño que encontramos en el bosque detrás de casa. Ahora era diferente, era un pequeño ataúd de metal, una caja con recuerdos que ansiaba que muriesen.

La abrí y extraje un desgastado cuaderno de dibujo con tapas de cuero. Pasé las páginas, ya humedecidas, hasta que encontré el último boceto. Era un rostro que había dibujado una y otra vez porque nunca conseguía que me quedase bien. Por aquel entonces, él no tenía el cabello negro, ni sucio, ni enmarañado, sino muy rubio, casi blanco, así como un hoyuelo en la barbilla y una sonrisa pícara, casi irónica. Pero eran sus ojos los que siempre se me resistían; nunca fui capaz de plasmar su profundidad con los simples trazos de mi lápiz. Sus ojos eran demasiado oscuros, demasiado insondables. Me recordaban al barro en que solíamos hundir los pies en el lago; parecían tartas de barro.

Recuerdos

—¿La quieres? Pues ven a buscarla. —Daniel escondió la botella de aguarrás detrás de la espalda y se inclinó hacia un lado como si fuese a echarse a correr.

Me crucé de brazos y me apoyé contra el tronco del árbol. Ya le había perseguido por toda la casa, por el jardín y alrededor del nogal un par de veces; y todo porque se había colado en la cocina mientras yo trabajaba para robarme la botella de quitar la pintura sin pronunciar palabra.

—Devuélvemela ahora mismo —exigí.

—Dame un beso —contestó Daniel.

—¿Qué?

—Dame un beso y te la devolveré. —Acarició el nudo en forma de luna que había en la rama inferior del árbol y me dedicó una sonrisa pícara—. Sabes que lo estás deseando.

Las mejillas me ardían. Quería besarle con todo el deseo de mi corazón de niña de once años y medio, y sabía que él lo sabía. Daniel y Jude habían sido inseparables desde que tenían dos años y yo, que sólo era un año menor, les había seguido por todas partes desde que empecé a andar. A Jude nunca le importó que quisiese estar con ellos. Daniel, en cambio, lo odiaba, pero yo era la única que podía hacer de reina Amidala para el Anakin que interpretaba Daniel y el Obi Wan Kenobi de Jude. Además, a pesar de sus continuas burlas, Daniel fue mi primer amor.

—Me voy a chivar —le amenacé sin mucha convicción.

—No, no lo harás. —Daniel se inclinó hacia delante, todavía sonriendo—. Y ahora, dame un beso.

—¡Daniel! —le llamó su madre por la ventana de su casa—. Será mejor que vengas a limpiar todo esto.

Daniel se quedó inmóvil; con una expresión de pánico en los ojos. Miró la botella que sujetaba en la mano e insistió:

—Por favor, Gracie, lo necesito...

—Podrías habérmelo pedido antes.

—¡Ven aquí ahora mismo! —bramó su padre por la ventana.

—Por favor... —suplicó Daniel. Le temblaban las manos.

Asentí con la cabeza y salió disparado hacia su casa. Me escondí detrás del árbol y oí que su padre le chillaba. No recuerdo lo que le decía, pues no me estremecieron sus palabras sino el sonido de su voz: cada vez más grave y más parecido a un gruñido salvaje. Me oculté entre la hierba, con las rodillas pegadas al pecho, deseando hacer algo para ayudarle.

Eso sucedió unos cinco años y medio antes de que volviésemos a vernos en la clase de Barlow. Dos años y siete meses antes de que desapareciese. Pero sólo un año antes de que viniese a vivir con nosotros; un año antes de que se convirtiera en nuestro hermano.

2

Promesas y más promesas

Al día siguiente, cuarta hora de clase

Mi madre estableció una extraña norma en relación con los secretos. Cuando tenía cuatro años, me sentó y me dijo que nunca debía guardar ninguno. Pocos minutos después, me acerqué a Jude y le revelé que mis padres le habían comprado un castillo de Lego para su cumpleaños. Jude rompió a llorar, y mi madre me hizo sentar de nuevo y me explicó que una sorpresa era algo que todos acabarían por saber; un secreto, en cambio, era algo que nadie tenía que descubrir nunca. Me miró directamente a los ojos y me repitió en tono muy serio que los secretos estaban mal y que nadie tenía derecho a pedirme que guardase uno.

Ojalá hubiese establecido la misma norma para las promesas. El problema con las promesas es que, una vez hechas, casi siempre acaban rompiéndose. Es como una norma cósmica de la que nadie habla. Si papá dice «Prométeme que no llegarás tarde», seguro que el coche se estropea o que tu reloj deja de funcionar como por arte de magia; y encima tus padres se niegan a comprarte un móvil, con el que podrías llamarles y avisarles de que te estás retrasando y ya está.

En serio, nadie debería tener derecho a pedirte que cumplas una promesa, y más aún si no tiene en cuenta todos los factores.

No era justo que Jude me hiciese prometer que me mantendría alejada de Daniel; se olvidaba de que había regresado a nuestro colegio. Además, no compartíamos los mismos recuerdos. Yo no pretendía volver a hablar con Daniel, pero el único problema era que, como me había visto obligada a prometérselo a Jude, me daba miedo lo que yo pudiera hacer.

Al llegar a la puerta de la clase de Arte, el miedo me oprimió el pecho. Me sudaban las palmas de las manos y cuando intentaba abrir la puerta el pomo se me resbalaba. Al final, conseguí entrar, y miré hacia la mesa que estaba en primera fila.

—Eh, Grace —oí.

Era April, que estaba sentada junto a mi silla, mascando chicle y sacando de la caja sus ceras pastel.

—¿Viste el documental sobre Edward Hopper que teníamos que mirar ayer por la noche? Yo no conseguí grabarlo...

—Pues no. Supongo que me lo perdí. —Recorrí el aula con la vista en busca de Daniel. Lynn Bishop estaba sentada en la última fila, chismorreando con Melissa Harris. El profesor Barlow estaba trabajando en su última escultura «reciclada», y algunos estudiantes seguían entrando en clase antes de que sonase la campana.

—Oh, mierda. ¿Crees que nos pondrá un examen? —preguntó April.

—Esto es clase de Arte. Pintamos cuadros escuchando rock clásico. —Eché un vistazo a la sala por última vez—. Dudo mucho que vaya a ponernos ningún examen.

—Madre mía, sí que estás de mal humor...

—Perdón. —Cogí mi caja de utensilios de la estantería y me senté a su lado—. Es que tengo demasiadas cosas en la cabeza.

Mi dibujo del árbol estaba arriba de la caja. Me dije a mí misma que debía odiarlo. Me dije que tenía que romperlo en pedazos y tirarlo. Pero en lugar de eso lo cogí y recorrí los perfectos trazos con el dedo, sin tocar la lámina para no emborronar el carboncillo.

—No entiendo por qué te preocupas por él —repitió April por sexta vez desde el día anterior—. Es que, además, creía que habías dicho que ese tal Daniel era guapo.

—Y lo era —contesté, sin apartar la mirada del dibujo.

Por fin sonó la campana. Unos segundos más tarde la puerta se abrió y levanté la vista esperando ver a Daniel, del mismo modo que había deseado tropezarme con él en el centro comercial o verle doblar una esquina en la ciudad después de que desapareciese.

Pero quien entraba era Pete Bradshaw, que trabajaba como asistente en la oficina durante la cuarta hora de clase. Nos saludó con la mano y le entregó una nota al profesor Barlow.

—Pero qué mono es —susurró April y le devolvió el saludo—. No puedo creer que sea tu pareja en el laboratorio de Química.

Estuve a punto de alzar la mano para saludarle, pero tuve un mal presentimiento en la boca del estómago. Pete dejó la nota sobre la mesa de Barlow y se acercó a nosotras.

—Ayer por la noche te echamos de menos —me dijo.

—¿Ayer por la noche?

—Sí, en la biblioteca. Formamos un grupo de estudio para el examen de Química. —Pete golpeó la mesa con los nudillos—. Esta vez te tocaba a ti traer los donuts.

—¿A mí? —El mal presentimiento cobró fuerza. Me había pasado la noche sentada en el porche, pensando en Daniel, congelada de frío, y se me había olvidado por completo lo del grupo de estudio y el examen—. Lo siento, me surgió algo —me disculpé, rozando el dibujo con los dedos.

—No te preocupes, me alegro de que estés bien. —Pete sonrió y se sacó un fajo de papeles del bolsillo de atrás—. Si quieres, te puedo dejar los apuntes durante el almuerzo.

—Gracias. —Me sonrojé—. La verdad es que los necesitaré.

—Más dibujo y menos cháchara —rugió el profesor Barlow.

—Hasta luego. —Pete me guiñó un ojo y salió de la clase.

—Seguro que te pide que le acompañes al baile de Navidad —susurró April.

—Qué va. —Volví al dibujo, pero ya no recordaba lo que quería hacer a continuación—. A Pete no le intereso de esa manera.

—¿Es que estás ciega? —replicó April un poco demasiado alto.

El profesor Barlow le clavó la mirada.

—Los pasteles son mucho mejores que los carboncillos

—comentó April, intentando disimular. Miró de reojo hacia la mesa del profesor y me dijo en voz baja—: Pete está colado por ti. Lynn me explicó que Misty le dijo que Brett Johnson había dicho que a Pete le gustas y que quiere invitarte a salir.

—¿En serio?

—En serio. —Enarcó las cejas—. Tienes tanta suerte...

—Sí, seguro, mucha suerte. —Desvié la vista hacia los apuntes de Pete y después la fijé de nuevo en el dibujo. Sabía que debía sentirme afortunada, pues Pete era lo que April llamaba una «amenaza triple»: un chico guapo de último curso, jugador de hockey y todo un cerebro. Y, además, uno de los mejores amigos de Jude. Pero me parecía extraño sentir que era afortunada por gustarle a alguien. La suerte no debería tener nada que ver con eso.

Veinte minutos más tarde, Daniel seguía sin aparecer. Barlow se levantó y se plantó frente a la clase. Se acarició el bigote daliniano, que le cubría parte de los mofletes, y explicó:

—Creo que hoy probaremos algo nuevo, algo que active vuestras mentes, además de vuestra creatividad. ¿Qué os parece si hacemos un examen sorpresa sobre Edward Hopper?

Todos los alumnos protestamos al unísono.

—Oh, mierda —susurró April.

—Oh, mierda —susurré a mi vez.

Durante el almuerzo

El profesor Barlow carraspeó una y otra vez con fastidio mientras nos devolvía los exámenes. Después, regresó a su escultura y enrolló un alambre alrededor de una lata vacía de Pepsi con un movimiento melodramático. Cuando sonó la campana que señalaba la hora del almuerzo, abandonó el aula con el resto de estudiantes.

April y yo nos quedamos atrás. La asignatura de Arte Avanzado era una clase de dos horas con un descanso para comer en medio, pero como April y yo éramos las únicas estudiantes de tercero, solíamos quedarnos trabajando durante el almuerzo para demostrarle al profesor Barlow que éramos suficientemente serias para estar en su clase; excepto cuando Jude nos invitaba a comer con él y sus amigos en el Rose Crest Café (un refugio fuera del campus donde comían los estudiantes más populares de último curso).

April se sentó a mi lado y se dedicó a perfeccionar las sombras de los patines que había dibujado mientras yo intentaba estudiar los apuntes de Pete. Pero cuanto más me esforzaba en concentrarme, menos sentido tenían las palabras que leía. Ese mal presentimiento que había tenido antes me quemaba por dentro, y acabó convirtiéndose en un enfado angustioso que no me dejaba pensar en nada más. ¿Cómo se atrevía Daniel a aparecer así de repente después de todo ese tiempo y desaparecer de nuevo? Sin explicaciones. Sin disculpas. Sin un final.

Sabía que podían existir un millón de razones por las que no hubiese venido, pero estaba hasta las narices de excusarle. Como cuando me robaba comida de la fiambrera, o se pasaba de la raya con sus burlas, u olvidaba devolverme mis utensilios de pintura; yo siempre lo atribuía a todo por lo que había tenido que pasar, y lo perdonaba. Esta vez, sin embargo, no podía eludir el modo en que había irrumpido de nuevo en mi vida, el tiempo suficiente para que yo acabase por decepcionar a mis padres, herir a mi hermano, dejar plantado a Pete, suspender un examen de Arte y, probablemente, uno de Química. Me sentía estúpida por perder el tiempo pensando en él, y ahora encima ni siquiera tenía la decencia de presentarse. Necesitaba verle una vez más, aunque sólo fuese para cantarle las cuarenta... o pegarle una bofetada... o algo peor.

El dibujo de Daniel seguía sobre la mesa, mofándose de mí. Odiaba su perfección y la suavidad de esos trazos intrincados que yo nunca habría conseguido dibujar. Lo cogí, me dirigí hasta la papelera y, sin pensarlo más, lo tiré.

—Adiós muy buenas —dije, mirando la papelera.

—Definitivamente, estás chalada —opinó April—. ¡Tenemos que entregarlo en una hora!

—De todos modos, no era mío; ya no.

3

Borrón y cuenta nueva

Lo que pasó después de comer

Cuando la clase de Arte recomenzó, cogí una lámina en blanco y dibujé un rápido boceto del que había sido mi peluche favorito de niña. No estaba en absoluto a la altura de mis otros trabajos; de hecho, ni siquiera estaba a la altura de los dibujos que hacía cuando tenía nueve años, pero el profesor Barlow tenía una política de «tolerancia cero» si no acababas el trabajo a tiempo. Así que decidí que era mejor entregar una chapuza que no entregar nada y, antes de salir del aula, lo colé entre los dibujos que se apilaban sobre la mesa de Barlow.

April se quedó rezagada comentando su carpeta de trabajos, así que me encaminé sin prisas hacia el examen de Química, todavía con ese mal presentimiento en el estómago. Sólo empecé a sentirme mejor cuando tomé la decisión de olvidar por completo que había vuelto a ver a Daniel, pero en cuanto al examen... A mi madre no le iba a hacer mucha gracia que digamos. Había conseguido repasar los apuntes de Pete un par de veces durante el almuerzo, pero aunque me hubiera pasado toda la noche estudiando, sería muy afortunada si conseguía llegar al aprobado. No soy mala estudiante (mi nota media es de 9,5), pero sin lugar a dudas tengo más desarrollada la parte emocional del cerebro.

Que me inscribiese en Química Avanzada fue idea de mi madre. A papá le encantaba verme dibujar en la cocina. Decía que le recordaba sus días en la escuela de Arte, antes de que decidiese incorporarse al clero, como su padre y su abuelo. Mamá, en cambio, prefería que «dejase varias puertas abiertas»; es decir, quería que fuese psicóloga o enfermera, como ella.

Me senté al lado de Pete Bradshaw, respiré hondo y dejé escapar un lánguido suspiro para demostrar que no estaba nerviosa, pero el aroma a especias y a limpio de mi compañero de Química me pilló desprevenida. Pete venía de clase de Educación Física y su cabello todavía estaba húmedo de la ducha. No era la primera vez que percibía esa fragancia a jabón cítrico y a desodorante fresco, pero en ese momento invadió mis sentidos y me entraron ganas de acercarme más a él. Supongo que algo tendría que ver con lo que April me había contado acerca de que yo le gustaba.

Hurgué en la mochila en busca del cuaderno, y el bolígrafo se me cayó tres veces antes de que consiguiera dejarlo cuidadosamente sobre la mesa.

—¿Te tiemblan las piernas? —preguntó Pete.

—¿Qué? —Mi libro de Química salió disparado hacia el suelo.

—Que si estás nerviosa por el examen. —Pete recuperó el libro—. Todo el mundo está de los nervios. Tendrías que haberlo visto; Brett Johnson no ha podido comerse más de media pizza en el almuerzo. Pensaba que eso ya era mala señal, pero tú... Cualquiera diría que acabas de ver al Monstruo de la Calle Markham.

Me estremecí, esa broma nunca me había hecho gracia. Le arranqué el libro de las manos.

—No estoy nada nerviosa. —Volví a respirar hondo y forcé un suspiro largo y tranquilo.

Pete me dedicó una de sus sonrisas de «triple amenaza», y a mí se me cayó el libro al suelo otra vez. Mientras él lo recogía, solté una risita, y cuando me lo devolvió noté que me sofocaba.

«¿Por qué soy tan boba? En serio, Grace, tienes que calmarte», pensé.

Sólo había otro chico que fuese capaz de hacerme sentir tan

estúpida, pero como había decidido sacármelo de la cabeza, centré mi atención en la profesora Howell, que estaba repartiendo la gran pila de exámenes.

—Oye, Brett y yo vamos a ir a jugar a los bolos al Pullman después del entrenamiento. —Pete se inclinó y me llegó otra vaharada de su persistente perfume—. Podrías venir.

—¿Yo? —Alcé la vista hacia la profesora Howell, que acababa de colocar el examen boca abajo delante de mí.

—Sí, tú y Jude. Será divertido. —Pete me dio un codazo y sonrió—. Y podrías comprarme esos donuts que me debes.

—Es que esta tarde Jude y yo vamos a ayudar a mi padre con los repartos en el centro de acogida.

Por un instante me pareció que Pete estaba decepcionado, pero enseguida recuperó el ánimo.

—Bueno, y ¿qué te parece si voy a ayudaros cuando acabe de entrenar? Tardaremos... ¿Cuánto? ¿Un par de horas? Después podemos ir a la bolera.

—¿Lo dices en serio? Sería genial.

—Todo el mundo mirando al frente —dijo la profesora Howel—. El examen empieza... —dio un golpecito a su reloj— ya.

Pete sonrió y le dio la vuelta al examen. Yo hice lo propio y escribí mi nombre en la parte superior. Esa sensación efervescente que experimentas cuando sabes que algo nuevo y emocionante está empezando recorrió todo mi cuerpo.

4

Intervención divina

En el vestíbulo, después de clases

—¿Y por qué no me lo has contado en clase de Inglés? Mira que eres sosa... —me reprochó April, esquivando la mesa de inscripciones para la recaudación de fondos del club de las animadoras—. Te lo dije, ¡te dije que te invitaría a salir!

—No es una cita —repliqué con una sonrisa.

—¿Quién te ha invitado a salir? —quiso saber Jude, que venía de la oficina central justo frente a nosotras. Su pregunta me sonó más bien a una acusación, y su rostro parecía tan nublado como el cielo de invierno que se veía a través de las ventanas del vestíbulo.

—Nadie —contesté.

—¡Pete Bradshaw! —intervino April casi chillando—. Esta noche tienen una cita.

—No es una cita —rectifiqué—. Se ha ofrecido a echarnos una mano en la parroquia esta tarde después del entrenamiento, y cuando acabemos le gustaría ir a la bolera. Tú también estás invitado —añadí dirigiéndome a Jude.

Jude jugueteaba con las llaves de la furgoneta de la parroquia. No estaba segura de cómo le habría sentado que yo estuviera interesada en uno de sus amigos, y más teniendo en cuenta que no era la primera vez que sucedía. Pero se le iluminó el rostro y sonrió.

—Ya era hora de que Pete te invitase a salir.

—¡Lo ves! —April me pellizcó el brazo—. Ya te dije que le gustabas.

—¿Y tú? ¿También te apuntas? —preguntó Jude, dándole un golpecito a April en el brazo.

April se puso roja como un tomate.

—Es que... No, no puedo. —La cara se le cubrió de manchitas de color carmesí—. Yo, es que, tengo...

—¿Deberes? —intervine.

Sabía por experiencia que por mucho que insistiese no iba a lograr convencerla. A April le daba muchísima vergüenza que Jude pensase que se acoplaba a cualquier plan. Incluso que viniese a comer a la cafetería con Jude y conmigo resultaba a veces tan difícil como llevar el perro al veterinario.

—Deberes... Sí, sí, eso. —April se colgó la mochila Jan-Sport de color rosa al hombro—. Tengo que irme. Hasta mañana —se despidió, y salió disparada.

—Es... interesante —comentó Jude, viéndola marchar.

—Sí, eso desde luego.

—Así que... —Jude me rodeó con el brazo y me condujo hacia la salida pasando entre un gran grupo de estudiantes de segundo—. Venga, cuéntame más sobre esa cita.

—No es una cita.

Una hora y media después

—El pastor Divine es un verdadero ángel del Señor —afirmó Don Mooney, que se había quedado boquiabierto al ver la sala social de la parroquia tan abarrotada. Había cajas y cajas de comida y ropa, y Jude y yo teníamos que organizarlo todo—. Espero que todavía necesitéis esto —comentó, sujetando una gran caja llena de latas de atún—. Las traigo del supermercado y, esta vez, incluso me he acordado de pagarlas. Podéis llamar al señor Day si queréis, pero si no las necesitáis...

—Gracias, Don —contestó Jude—. Todo ayuda, y lo que más necesitamos son alimentos ricos en proteínas, como el atún. ¿Verdad, Grace?

Asentí con la cabeza mientras intentaba embutir un abrigo más en una caja atestada que llevaba la etiqueta «hombre». Desistí y lo metí en una caja de ropa de mujer que estaba medio vacía.

—Y me alegro de que te acordases de pagar al señor Day —añadió Jude.

Una amplia sonrisa se dibujó en el rostro de Don, quien era tan grande como un oso pardo y cuando sonreía parecía que gruñese.

—Chicos, se nota que sois Divine. Igualitos a vuestro padre.

—Todos hacemos lo que podemos —repuso Jude con ese tono diplomático que había aprendido de papá cuando quería contradecir a alguien y mostrarse humilde al mismo tiempo; pero al intentar coger la caja que Don sujetaba con esos brazos tan fornidos se le escapó un bufido—. Caramba, has traído muchísimo atún.

—Cualquier cosa con tal de ayudar a los Divine. Ángeles de Dios, eso es lo que sois.

Don no era el único que nos trataba como si fuésemos una familia de seres celestiales. Papá siempre decía que el pastor de New Hope predicaba con el mismo buen libro que él, pero aun así todo el mundo prefería oír el Evangelio de boca del pastor Divine.

¿Qué pensarían si descubriesen que tiempo atrás nuestro apellido era Divinovich? Mi tatarabuelo se cambió el apellido por Divine cuando emigró a América, y a mi abuelo le resultó bastante útil cuando entró en el clero.

A mí, sin embargo, muchas veces me parecía difícil mantenerme a la altura de un apellido semejante.

—¿Y si llevas esta caja fuera? —le sugirió Jude a Don, dándole una palmadita en el brazo—. Podrías ayudarnos a cargar la furgoneta para el centro de acogida.

Don cruzó la sala cargando la pesada caja con ese característico gruñido-sonrisa en la cara. Jude cogió la caja que contenía los abrigos de hombre y lo siguió hasta la puerta trasera.

Cuando Don se hubo marchado sentí que mis hombros se

relajaban. Siempre estaba merodeando por la parroquia «deseoso de ayudar», pero yo procuraba evitarle. Aunque no me atrevía a decírselo ni a mi padre ni a mi hermano, no me sentía cómoda cerca de él. No podía remediarlo. Me recordaba a Lenny, de *De ratones y hombres*: un poco lento y con buenas intenciones, pero capaz de romperle el cuello a cualquiera con un simple movimiento de su mano, que era del tamaño de un guante de béisbol.

Todavía no podía sacarme de la cabeza el episodio de violencia que habían protagonizado esas manos.

Cinco años atrás, Jude y yo (y esa persona cuyo nombre empieza con una *D* y acaba en *aniel*) estábamos ayudando a papá a limpiar el altar cuando Don Mooney atravesó las puertas de la capilla por primera vez. Papá lo recibió amablemente, a pesar de su ropa sucia y su hedor agrio, pero Don agarró a mi padre y le puso un cuchillo manchado al cuello para que le diésemos dinero.

Me llevé tal susto que a punto estuve de romper mi norma básica de «Grace no llora». Papá, sin embargo, no flaqueó, ni siquiera cuando la sangre empezó a deslizarse por su cuello. Señaló la vidriera de colores que representaba a Cristo llamando a una puerta de madera y dijo:

—Pide y recibirás. —Y prometió ayudar a Don a conseguir lo que de verdad necesitaba: un trabajo y un lugar donde vivir.

Don no tardó en convertirse en el feligrés más devoto de papá. Todo el mundo parecía haber olvidado las circunstancias en que lo conocimos, pero yo era incapaz de ello.

¿Me convertía eso en la única Divinovich de la familia Divine?

Por la noche

—No sé qué decirte, Grace. —Pete bajó el capó del Toyota Corolla verde azulado de mi padre, que ya tenía más de quince años—. Creo que nos hemos quedado tirados.

No me sorprendió que el coche no se pusiera en marcha.

Charity y yo presionábamos a menudo a mis padres para que se deshicieran del Corolla y comprasen un Highlander nuevo, pero papá siempre sacudía la cabeza y decía: «¿Qué imagen daríamos si comprásemos un coche nuevo cuando éste todavía funciona?» Por supuesto, eso de «funciona» era relativo. Normalmente, si recitabas una oración sincera y le prometías al Señor que utilizarías el coche para ayudar a los necesitados, el motor se ponía en marcha al tercer o cuarto intento. Esta vez, sin embargo, no estaba segura de que la intervención divina consiguiese arrancarlo.

—Creo que he visto una gasolinera un par de manzanas atrás —comentó Pete—. Lo mejor será que camine hasta allí y pida ayuda.

—Pero si esa gasolinera ha cerrado. —Solté el aliento sobre mis manos, pues las tenía congeladas—. Ya hace tiempo que está abandonada.

Pete miró a un lado y otro de la calle. No se veía mucho más allá del velo que formaba la luz anaranjada de la farola. El cielo nocturno estaba completamente cubierto de nubes, y una ráfaga de viento helado alborotó el cabello de Pete.

—Justo esta noche, y me olvido de cargar el móvil —dijo.

—Por lo menos tú tienes uno —respondí—. Mis padres se han quedado estancados en el siglo veinte.

Pete forzó una media sonrisa.

—Pues supongo que tendré que buscar una cabina —refunfuñó.

De repente, sentí que todo era culpa mía. Hacía apenas unos minutos, Pete y yo habíamos estado bromeando sobre el ataque de hipo de Brett Johnson durante el examen de Química. Mientras reíamos, mi mirada y la suya se encontraron de esa manera casi cósmica. Entonces el coche hizo ese horrible sonido y empezó a dar sacudidas hasta pararse por completo en un callejón del camino al centro de acogida.

—Voy contigo. —Oí un ruido como de cristales rotos que no procedía de muy lejos y me estremecí—. Será toda una aventura.

—No, alguien tiene que quedarse para vigilar todo esto.

El Corolla se encontraba repleto de las cajas que no habían cabido en la furgoneta, pero yo no estaba segura de ser la más adecuada para quedarme ahí y protegerlas.

—Ya voy yo, tú has hecho suficiente por hoy —propuse.

—Ni hablar, Grace. Aunque sea pastor, tu padre me mataría si te dejase caminar sola por esta zona de la ciudad. —Pete abrió la puerta del coche y me empujó dentro—. Aquí estarás más segura y calentita.

—Pero...

—Ni peros ni nada. —Pete señaló el destartalado edificio que había al otro lado de la calle. Desde una de las ventanas rotas me llegaron los gritos de unos chicos—. Iré ahí y llamaré a la puerta de alguno de esos pisos.

—No lo veo muy claro —contesté—. Creo que lo mejor que puedes hacer es ir hasta el centro de acogida. Está más o menos a un kilómetro y medio en esa dirección —sugerí, indicándole la calle oscura. Estábamos aparcados bajo la única farola que funcionaba en toda la manzana—. Por el camino hay básicamente edificios de apartamentos y algún que otro bar, pero si no quieres que te partan la cara mejor que ni te acerques.

—Pasas mucho tiempo en los barrios bajos, ¿eh? —dijo Pete, esbozando una sonrisa.

—Más o menos. —Fruncí el ceño—. Venga, date prisa y... ten cuidado, ¿vale?

Pete se inclinó hacia mí a través del hueco de la puerta con una de sus sonrisas triplemente amenazadoras.

—Menuda cita, ¿no? —comentó, y me dio un beso en la mejilla.

—¿Así que esto es una cita? —Me ardía la cara.

Pete rio y se incorporó.

—Echa el seguro. —Cerró la puerta y se metió las manos en los bolsillos de la chaqueta, en cuya pechera lucía el escudo del equipo de hockey.

Seguí su consejo y le observé mientras se alejaba pateando una lata de cerveza vacía. Una vez fuera del alcance de la luz de la farola, ya no pude verlo más. Me arrebujé con mi abrigo en busca de calor y suspiré. Quizá las cosas no marchasen del todo bien, pero por lo menos estaba más o menos saliendo con Pete Bradshaw.

Chirrido

Me puse tensa. ¿Habría sido el roce de la gravilla sobre el pavimento? ¿Ya había regresado Pete? Miré alrededor. Nada. Comprobé la puerta del acompañante; había echado el seguro. Volví a recostarme y coloqué la mano sobre el palo de hockey de Pete, que estaba entre los dos asientos delanteros.

Cuando Don Mooney nos preguntó si podía venir con Pete y conmigo en el Corolla, casi me muero. No sabía si era que no entendía nada o si pensaba que necesitábamos una carabina. Por suerte, Jude acudió en mi ayuda y plantificó una de las cajas con abrigos de mujer en el asiento trasero del coche.

—Es que aquí no cabes —dijo, y convenció a Don de que se apretujase en la furgoneta con él y con papá. Ellos salieron primero, y Pete y yo les seguíamos; pero de camino yo tenía que entregarle una bolsa de la farmacia a Maryanne Duke. A pesar de que parecía cansada, nos invitó a pasar y a probar su tarta de ruibarbo: la mejor que he probado en mi vida. Pero como sabía que bombardearía a Pete con más preguntas de las que habría hecho mi propia abuela, le prometí que la próxima vez me quedaría más rato. Entonces, para ganar tiempo, entramos en la ciudad y tomé el atajo por la calle Markham, una decisión de la que ahora me arrepentía profundamente.

Aunque desde hacía un tiempo esa zona de la ciudad estaba más tranquila, años atrás se había hecho famosa por una serie de extraños sucesos y desapariciones. A partir de entonces, cada mes habían encontrado un cadáver. La policía y los periódicos especulaban acerca de un asesino en serie, pero muchos hablaban de una bestia peluda que por la noche acechaba la ciudad. Lo llamaban el Monstruo de Calle Markham.

Menudo disparate, ¿no?

Como he dicho, hacía años que nada realmente extraño sucedía por ahí, pero aun así me preguntaba si no habría sido mejor que Don nos hubiese acompañado. De haber estado sola con él en ese callejón, ¿me habría sentido más o menos inquieta? ¡Más! Sin lugar a dudas.

Tras este pensamiento me asaltó una repentina sensación de culpabilidad. Cerré los ojos y puse la mente en blanco para intentar mantener la calma. Por alguna razón, me vino a la memoria aquella vez en que le pregunté a mi padre por qué había ayudado a alguien que se había portado mal con él.

—Sabes lo que tu nombre significa, ¿verdad, Grace?

—Sí. Significa la gracia de Dios; ayuda, orientación o misericordia divina —contesté, repitiendo lo que mi padre siempre me había dicho.

—Nadie puede vivir sin la gracia de Dios. Todos necesitamos ayuda —explicó—. Hay una diferencia entre la gente que actúa mal porque es malvada y la que lo hace debido a sus circunstancias. Algunas personas están desesperadas porque no saben de qué forma pedir Su gracia.

—Pero ¿cómo sabes si alguien es malo o, simplemente, necesita ayuda?

—Dios es el responsable del juicio final, mientras que a nosotros se nos pide que perdonemos a todo el mundo.

Mi padre dejó la conversación ahí. Para ser honesta, estaba más confusa que nunca. ¿Y qué pasa si la persona que te hace daño no merece que la ayudes? ¿Y si lo que te ha hecho es tan horrible que...?

De pronto oí otro chirrido.

Otra vez el sonido de la gravilla, pero ¿a ambos lados del coche? Empuñé el palo de hockey.

—¿Pete?

No hubo respuesta.

Oí un repiqueteo.

¿La manilla de la puerta? Una corriente eléctrica recorrió mi espalda y se expandió por los brazos. Los latidos de mi corazón semejaban martillazos y respiraba tan rápido que hasta me dolían los pulmones. Traté de mirar por la ventanilla. ¿Por qué no veía nada?

De nuevo un repiqueteo.

El coche tembló. Grité. Un ruido agudo y desgarrador resonó fuera. Las ventanillas gemían y chillaban como si fueran a hacerse añicos. Me tapé los oídos con las manos y grité más fuerte. El ruido cesó, pero seguidamente oí algo sobre el asfalto, junto a mi puerta. Los latidos de mi corazón retumbaban en mis oídos; parecía el sonido de alguien corriendo.

Silencio.

Los nervios me abrasaban bajo la piel. Cambié de posición y oí de nuevo el repiqueteo: no era más que el ruido de mi rodilla temblorosa al golpear contra las llaves del contacto. Solté una risita y cerré los ojos. Esperé, atenta al silencio, todo el tiempo que logré contener la respiración. Entonces, dejé escapar un largo suspiro y relajé la mano con la que agarraba el palo de hockey.

Toc, toc, toc.

Abrí los ojos de golpe, alcé el brazo en un impulso y me golpeé la cabeza con el palo de hockey.

Una cara sombría me miraba fijamente a través de la ventanilla empañada.

—Abre el capó —ordenó una voz apagada. No era Pete.

—¡Piérdete! —chillé, intentando que mi voz sonase más ronca.

—Hazlo —insistió—. Todo irá bien, Gracie. Te lo prometo.

Me llevé la mano a la boca. Conocía esa voz, y también ese rostro.

—Vale —contesté sin pensármelo dos veces, y tiré de la palanca que abría el capó.

Oí sus pasos sobre el pavimento helado cuando se dirigía al frente del coche. Abrí la puerta y descubrí una barra de metal bajo mis pies. Pasé por encima, sintiendo un hormigueo en la columna y seguí a Daniel. Su cabeza y sus hombros desaparecieron bajo el capó, pero pude comprobar que llevaba los mismos tejanos andrajosos y la misma camiseta que el día anterior. ¿Es que no tenía más ropa?

—¿Qué estás haciendo? —pregunté.

—¿A ti qué te parece? —Daniel sacó el tapón de algo del motor y extrajo una varilla de metal aceitosa—. ¿Estás saliendo con ese tal Bradshaw? —Volvió a enroscar el tapón.

Actuaba con tanta naturalidad que me pregunté si había soñado toda esa conmoción. ¿Podría ser que me hubiese dormido mientras esperaba a Pete? Pero esa barra de metal no estaba ahí antes.

—¿Qué ha pasado? —inquirí—. ¿Me estabas vigilando?

—No has contestado a mi pregunta.

—Y tú no estás contestando a la mía. —Me acerqué a él—. ¿Has visto lo que ha pasado? —«¿Evitaste tú lo que ha estado a punto de suceder?», era lo que en realidad le preguntaba.

—Quizá.

—Cuéntamelo. —Hundí la cabeza bajo el capó para verle mejor.

—Sólo eran unos niños jugando —respondió, limpiándose la grasa de las manos en el pantalón.

—¿Con una barra de metal?

—Sí, es que últimamente se han puesto de moda.

—¿Y esperas que me lo crea?

Daniel se encogió de hombros.

—Puedes creer lo que te dé la gana, pero eso es lo que vi. —Daniel jugueteó con otra pieza del motor—. Ahora te toca a ti —continuó—. ¿Estás saliendo con Bradshaw o no?

—Quizá.

—Pues has escogido a un auténtico príncipe —dijo en tono sarcástico.

—Pete es un buen chico.

Daniel resopló.

—Yo de ti tendría cuidado con ese gilipollas.

—¡Cállate! —Le agarré de uno de los brazos; tenía la piel helada—. ¿Cómo te atreves a hablar así de mis amigos? ¿Cómo osas volver aquí e inmiscuirte en mi vida con todas estas artimañas? Deja de seguirme. —Lo aparté del coche de mi padre—. Piérdete y déjame en paz.

Daniel soltó una risita.

—La misma Gracie de siempre —comentó—. Sigues siendo igual de mandona. Siempre dando órdenes a todo el mundo. «Cuéntamelo.» «Piérdete.» «Devuélvemelo.» «Cállate.» ¿Sabe tu padre que hablas así? —Se soltó el brazo y volvió al motor—.

Deja que te arregle esto y no tendrás que volver a ver mi mugrienta cara nunca más.

Me puse a un lado y observé sus movimientos. Daniel sabía cómo dejarme muda en un instante. Me froté las manos y salté arriba y abajo para entrar en calor. Decían que la gente de Minnesota tenía la sangre espesa, pero ¿cómo podía soportar Daniel ese frío en manga corta? Di un par de patadas a la gravilla y me armé de coraje una vez más.

—Dímelo... Quiero decir... ¿Por qué has vuelto? ¿Por qué ahora, después de todo este tiempo?

Daniel alzó la vista y me miró. Sus ojos oscuros recorrieron mi rostro; había algo diferente en su mirada. Quizá fuese por el modo en que la luz anaranjada de la farola iluminaba sus pupilas o porque miraba fijamente sin parpadear, pero algo en su mirada insinuaba que tenía... hambre.

—No lo entenderías —respondió, bajando la vista.

—¿Por qué no? —Me crucé de brazos.

Daniel se giró hacia el motor, vaciló, y luego volvió a mirarme.

—¿Has ido alguna vez al MoMA? —preguntó.

—¿Al Museo de Arte Moderno? Pues no, nunca he estado en Nueva York.

—Yo fui hace ya algún tiempo. ¿Sabías que en el MoMA hay teléfonos móviles, iPods e incluso aspiradoras? Quiero decir, son cosas que utilizamos en el día a día, pero que, a su vez, también son obras de arte. —Su voz sonaba más suave y menos áspera—. El modo en que las líneas se curvan y las piezas encajan; es arte funcional que puedes sostener en la mano y que cambia nuestro modo de vivir.

—¿Y?

—¿Y? —Se arrimó mucho a mí—. Pues que alguien tuvo que diseñar todas esas cosas. Hay gente que se gana la vida así.

Se acercó más; su cara estaba a pocos centímetros de la mía. Contuve la respiración.

—Eso es a lo que me quiero dedicar —explicó.

La pasión de su voz aceleró los latidos de mi corazón, pero su mirada hambrienta me hizo retroceder un paso.

Daniel se agachó de nuevo sobre el motor y aflojó algo.

—Lo que pasa es que eso ya no va a suceder nunca. —Se inclinó hacia delante y el colgante con la piedra negra que llevaba al cuello pendió sobre el motor.

—¿Y por qué no?

—¿Conoces el Trenton Art Institute?

Asentí con la cabeza. Casi todos los estudiantes de último curso de mi clase de Arte Avanzado pretendían entrar en Trenton, pero normalmente sólo lo conseguía un alumno al año.

—Tienen la mejor facultad de Diseño Industrial del país. Les llevé algunos de mis dibujos y diseños, y una mujer, la señora French, les echó un vistazo. Me dijo que tenía «talento» —su voz recalcó la palabra como si tuviese un gusto amargo—, pero que necesitaba más formación. Me aseguró que si conseguía el certificado y me graduaba de un curso de Arte respetable, me daría otra oportunidad.

—Eso es genial. —Me acerqué, arrastrando los pies. ¿Cómo lo hacía? Siempre lograba hacerme olvidar por completo que estaba enfadada con él.

—El problema es que el Holy Trinity tiene uno de los pocos departamentos de Arte que Trenton considera dignos como prerrequisito. Y por eso he vuelto. —Me miró, como si quisiera decir algo más, añadir algo a la historia. Acarició el colgante que descansaba sobre su pecho; era una piedra negra y lisa en forma de óvalo plano—. Pero ese tal Barlow me echó el primer día de clase.

—¿Qué dices? —Sabía que Barlow estaba furioso con Daniel, pero no pensaba que realmente lo hubiese echado—. Eso es muy injusto.

Daniel me dedicó una de sus sonrisas burlonas.

—Eso es algo que siempre me ha gustado de ti, Grace. Estás convencida de que todo en esta vida tendría que ser justo.

—No sé. Es que no tiene... —Me avergoncé—. Motivos.

Daniel rio y se rascó la oreja.

—¿Te acuerdas de aquella vez que fuimos a la granja de los MacArthur para ver a los cachorros y había uno que sólo tenía tres patas y Rick MacArthur dijo que iban a sacrificarlo porque nadie lo quería? Y tú dijiste «Eso es muy injusto» y te llevaste ese perrito a casa sin tan siquiera pedir permiso.

—*Daisy* —intervine—. La adoraba.

—Lo sé. Y ella también te quería tanto que siempre que te ibas se ponía a ladrar como una loca.

—Sí, hasta que algún vecino llamó tantas veces al sheriff que mis padres me advirtieron de que si volvía a suceder tendría que regalarla. Yo sabía que nadie más la querría, así que cuando salía de casa la dejaba encerrada en mi habitación. —Me sorbí la nariz—. Pero un día se escapó de casa... y algo la mató. Le rasgó la garganta de lado a lado. —Mi propia garganta me dolía de sólo pensarlo—. Tuve pesadillas todas las noches durante un mes.

—Fue mi padre —confesó Daniel en voz baja.

—¿Qué?

—Él fue quien llamó a la policía todas esas veces. —Daniel se limpió la nariz con el hombro—. Se despertaba a plena luz del día ya de mal humor y... —Agarró algo que había debajo del capó y volvió a ponerlo en su sitio—. Enciende el coche.

Di media vuelta y me senté en el asiento del conductor. Recité una oración breve y giré la llave en el contacto. El motor traqueteó un par de veces y luego hizo un ruido parecido a la tos asmática. Lo intenté de nuevo y se puso en marcha. Junté las manos y di las gracias al Señor.

Daniel dejó caer el capó.

—Será mejor que te marches de aquí cuanto antes. —Se frotó las manos en los brazos, manchándose la piel con unas marcas negras y grasientas—. Qué te vaya bien la vida. —Dio una patada a uno de los neumáticos y se fue.

Lo observé mientras se alejaba de la luz de la farola y salté del coche.

—¿Eso es todo? —grité—. ¿Vas a volver a desaparecer y punto?

—¿Y no es eso lo que querías?

—No, no es eso, quiero decir, ¿no piensas volver al colegio?

Se encogió de hombros, dándome la espalda.

—¿Y para qué? Sin la clase de Arte... —Se adentró un paso más en la oscuridad.

—¡Daniel! —La sensación de frustración me quemaba como un horno de cerámica. Sabía que debía darle las gracias por haber arreglado el coche y por haber aparecido justo en aquel momento. Al menos tenía que despedirme, pero no conseguí articular palabra.

Se volvió y me miró; su cuerpo casi perdido en las sombras.

—¿Puedo llevarte a algún sitio? Te podría acompañar hasta el centro de acogida para que te diesen algo de ropa o comida —sugerí.

—No me van mucho esos tipos de centro —me contestó—. Además, estoy viviendo ahí con una gente. —Y señaló en dirección al edificio destartalado que había al otro lado de la calle.

—Ah. —Me miré las manos. Había llegado a pensar que me había estado siguiendo, pero lo más seguro es que simplemente pasase por ahí cuando me vio con Pete—. Espera un momento. —Volví al coche y abrí una de las cajas que había en el asiento trasero. Busqué y saqué una cazadora roja y negra. Fui hasta Daniel y se la di.

La sujetó durante un instante, acariciando el logo de North Face que tenía bordado en la pechera.

—No puedo aceptarla —dijo, e intentó devolvérmela.

—No es caridad. Entiéndelo, eras como un hermano para mí.

Se estremeció.

—Es demasiado buena.

—Te daría otra si pudiese, pero todos los abrigos que llevo en el coche son de mujer. Jude tiene el resto, así que a no ser que quieras venir al centro de acogida...

—No.

Unos gritos resonaron a lo lejos y un par de faros doblaron la esquina.

—Ya me va bien ésta. —Hizo un gesto con la cabeza y se sumergió en la oscuridad.

Me quedé inmóvil, observándolo hasta que desapareció. Ni siquiera me percaté de que los faros se habían parado frente a mi coche hasta que oí a alguien gritar mi nombre.

—¿Grace? —Pete se acercó corriendo—. ¿Estás bien? ¿Por qué no te has quedado dentro del coche?

Detrás de él vi la furgoneta blanca detenida en la oscuridad. La luz de la cabina apenas revelaba el rostro de Jude, que estaba al volante. Tenía una expresión tan indiferente y fría que parecía de piedra.

—He conseguido encender el coche —mentí.

—Me alegro, pero estás helada. —Pete me rodeó con los brazos y me apretó contra su pecho. Olía a especias y a limpio como siempre, pero esta vez no me apeteció acercarme más.

—¿Podemos dejar lo de la bolera esta noche? —pregunté, separándome de él—. Se está haciendo tarde y no me siento con fuerzas. Podríamos ir otro día.

—Claro, pero me lo apunto. —Me pasó el brazo por la espalda y me acompañó hasta la furgoneta—. Aquí estarás mejor y tendrás menos frío, así que te vas con Jude. Yo llevaré el Corolla y cuando acabemos de descargar te acompañaré a casa, ¿vale? Y en el camino de vuelta, si quieres, podemos parar a tomar un café.

—Suena bien. —Pero con sólo pensarlo, me entraban náuseas. Y esa mirada glacial en el rostro de Jude cuando entré en la furgoneta me hizo desear que me tragase la tierra.

—Pete no tendría que haberte dejado aquí —protestó Jude.

—Lo sé —contesté, poniendo los dedos frente al calefactor—, pero pensó que aquí estaría más segura.

—Quién sabe lo que podría haberte pasado... —Se concentró en la conducción y no volvió a abrir la boca en toda la noche.

5

La caridad nunca se pierde

Sábado

Me pasé la mañana deambulando por la casa como un fantasma. Pero era yo la que se sentía perseguida.

La noche anterior había soñado con puertas de coche que vibraban y ese extraño chirrido. Y con los ojos de Daniel, brillantes y hambrientos, devolviéndome la mirada a través del cristal. Me desperté más de una vez, fría y empapada en sudor.

Por la tarde, me quedé en mi habitación e intenté hacer un trabajo sobre la guerra de 1812, pero los ojos y la cabeza se me escapaban una y otra vez hacia el nogal del jardín, al otro lado de la ventana. Después de escribir la primera frase de mi informe por enésima vez, desistí y bajé a la cocina para prepararme una manzanilla.

Hurgué en la despensa y encontré un frasco de miel en forma de oso. Era el que más me gustaba cuando era pequeña y podía alimentarme a base de sándwiches, sin corteza, de mantequilla de cacahuete y miel. En ese momento, sin embargo, me pareció grumosa y pegajosa. Dejé caer unas gotas en el té y me quedé mirando hasta que la miel se hundió en las profundidades de la humeante taza.

—¿Queda más té? —preguntó papá.

Al oír su voz, pegué un brinco.

Se quitó los guantes de cuero y se desabrochó el abrigo de lana. Tenía la nariz y las mejillas rojas como un tomate.

—Creo que me iría bien un tentempié —añadió.

—Mmm, sí. —Limpié el té que había derramado sobre la encimera—. Es manzanilla, ¿te va bien?

Papá arrugó la nariz de payaso.

—Creo que queda un poco de menta en el armario. Te la voy a buscar.

—Gracias, Gracie. —Acercó un taburete a la encimera.

Cogí la tetera y le llené la taza de agua caliente.

—¿Un mal día? —inquirí. Había estado todo el mes tan ocupado con la campaña de caridad y las interminables horas de estudio en su despacho que hacía semanas que no hablábamos de verdad.

—Maryanne Duke vuelve a tener neumonía. Bueno, al menos eso es lo que parece —explicó, envolviendo la taza con las manos.

—Oh, no. ¡Pero si la vi ayer por la noche! Parecía cansada, pero no pensé que... ¿Está bien? —pregunté. Maryanne era la feligresa de mayor edad y la conocía de toda la vida; Jude y yo le echábamos una mano en casa desde que la última de sus hijas se trasladó a Wisconsin, cuando yo tenía doce años. Era como una abuela para nosotros.

—Se niega a ir al médico —respondió papá—. Lo único que quiere es que rece por ella. —Suspiró. Se lo veía exhausto, arrugado, como si llevase todo el peso de la parroquia sobre los hombros—. Hay gente que espera milagros.

Le pasé una bolsita de menta.

—Para eso inventó Dios a los médicos, ¿no?

Papá soltó una risita.

—¿Por qué no vas e intentas explicárselo a Maryanne? Tu hermano no consigue hacerla entrar en razón, y ya sabes lo mucho que quiere a Jude. Le dijo que si la última vez que había estado enferma hubiese ido al médico, lo más seguro es que ya se hubiera recuperado y pudiese cantar su solo mañana. —Inclinó la cabeza; su nariz rozó el borde de la taza—. No sé de dónde voy a sacar un sustituto con tan poco tiempo, y la campaña de becas para el próximo semestre empieza mañana.

Papá opinaba que todo el mundo merecía una educación

cristiana de calidad, así que dos veces al año organizaba en la parroquia una campaña de recaudación de fondos para las becas de la Holy Trinity Academy. Maryanne Duke, de ochenta y tantos años, siempre cantaba su célebre solo *Oh Padre misericordioso* y papá, el rector y otros miembros de la Junta de Regentes daban charlas sobre la caridad y el amor al prójimo. Mamá consideraba que papá se entregaba tanto a la comunidad que Jude y yo deberíamos tener derecho a recibir la beca.

—Quizás esta vez tendría que haberme decantado por un coro infantil —comentó papá antes de beber un sorbo de té—. ¿Recuerdas lo bien que os lo pasasteis tú y Jude cuando cantasteis con vuestros amigos? Fue el mejor coro infantil del estado.

—Sí, fue genial —admití en voz baja. Cogí una cuchara y removí el té, que se había enfriado mucho más rápido de lo normal, o quizá sólo fuese una sensación mía. Me sorprendió que papá mencionase el tema del coro infantil, puesto que Daniel, Jude y yo formamos el grupo de canto cuando Daniel vivía con nosotros. Pero no duró más que unos meses, hasta que perdimos a nuestro tenor principal. Daniel tenía una voz de ángel, sorprendentemente grave y clara para un niño tan travieso, antes de que se volviera áspera y penetrante, como pude comprobar la noche anterior. Cuando la madre de Daniel se lo llevó fue un duro golpe, no sólo para el coro y nuestra familia, sino, sobre todo, para él.

—Podrías hacerlo tú —propuso papá.

—¿Cómo? —Volví a derramar el té.

—Digo que podrías cantar el solo de Maryanne. —Papá sonreía y le brillaban los ojos—. Tienes una voz preciosa.

—Pero hace mucho que no practico, lo haría fatal.

—De verdad que sería una solución. —Puso su mano sobre la mía—. Además, creo que te vendría bien para levantarte el ánimo.

Bajé la vista a la taza. Odiaba cuando papá me veía el alma, era como si fuese un pastor con superpoderes.

—Yo te ayudaré —intervino Charity, que acababa de llegar de la biblioteca con un montón de libros—. Cuenta conmigo, Grace. Podríamos hacer un dúo. —Me dedicó una sonrisa entusiasta. Le encantaba cantar cuando pensaba que nadie la oía, pero yo sabía que con su tímida voz no sería capaz de interpretar un solo en una iglesia repleta de gente.

—Gracias, me gustaría —le dije.

Papá aplaudió.

—La caridad nunca se pierde —comentó, aludiendo al nombre de mi hermana, y nos abrazó a las dos a la vez.

Domingo por la mañana

Acabé sentada junto a Don Mooney en los bancos del coro improvisado, detrás del altar. Charity estaba sentada a mi otro lado, estrujando un cantoral con las manos. Don cantó *Castillo fuerte es nuestro Dios* dos octavas por debajo que el resto del coro. Cantaba con tanta euforia y torpeza que por primera vez sentí simpatía por él.

—Qué pena lo de esas ventanas —me susurró Don mientras el rector Conway pronunciaba su discurso bianual. Don alzó la vista hacia las vidrieras que había encima del abarrotado anfiteatro, donde antes estaba la bonita representación de Cristo llamando a una puerta.

Tres años atrás un incendio destruyó la mayor parte del anfiteatro, pero dejó intactas las vidrieras de colores, hecho que celebramos como un milagro. Pero todos lamentamos su pérdida cuando papá nos anunció que una escalera mal colocada durante la reconstrucción las había hecho añicos. Y como tenían más de ciento cincuenta años de antigüedad y nuestro presupuesto era exiguo, resultaba imposible reemplazarlas.

—Ojalá tuviese una máquina del tiempo para volver al pasado y detener el fuego —musitó Don—. Así aún estarían aquí.

El rector Conway nos clavó la mirada, porque Don, más que susurrar, lo que hacía era gritar en voz baja. Me llevé el índice a los labios. Don se sonrojó y se hundió en el banco.

—Como iba diciendo —continuó el rector—, la Holy Trinity Academy puede ofrecer esperanza y orientación a todo tipo de jóvenes, independientemente de su clase social. Sin embargo, está en nuestras manos ayudar a los estudiantes menos afortunados a alcanzar el éxito. De modo que les pediría a todos ustedes que se planteasen la siguiente pregunta: «¿Qué puedo hacer? ¿Cuánto puedo dar para ofrecer bendición y salvación a una única alma?» —Se pasó un pañuelo por los labios y tomó asiento junto a mi padre.

El órgano empezó a sonar, y yo seguía ahí sentada preguntándome si la salvación de alguien podría realmente estar relacionada con el hecho de conseguir una educación en la Holy Trinity Academy.

Charity me tiró de la manga.

—Nos toca a nosotras —susurró.

Subimos al púlpito y, a pesar de que el día anterior nos habíamos pasado más de tres horas ensayando, me empezaron a sudar las manos. Alcé la vista al público y vi que mamá, Jude y James estaban sentados en primera fila, sonriéndonos. Pete Bradshaw había llegado tarde, pero ahora estaba al lado de su madre un par de filas más atrás, desde donde alzó el pulgar para darme ánimos. Desvié la mirada hacia las vidrieras que había sobre el anfiteatro y la mantuve fija en ellas mientras Charity y yo cantábamos.

Imaginé que las anteriores vidrieras de colores todavía estaban ahí, con Cristo frente a una vieja puerta de madera noble. «Pide y recibirás; llama y la puerta se abrirá», le dijo mi padre una vez a Don Mooney, y aquel hombretón se echó a llorar. Recuerdo que poco después de la primera aparición de Don en la parroquia, hallé a Daniel solo en la capilla. Alzó la vista a las vidrieras de colores y me formuló la misma pregunta que yo me había hecho pocos días antes: ¿por qué mi padre había perdonado a Don a pesar de lo que le había hecho?

—¿No hubiese sido mejor que se lo contase a alguien o llamase a la poli? —preguntó Daniel.

Intenté repetir lo que mi padre me había contestado, pero todavía estaba tan confusa que seguro que lo expliqué mal.

—Papá dice que tenemos que perdonar a todo el mundo. No importa lo malos que sean o cuánto nos hayan herido. Dice que la gente hace cosas malas por desesperación.

Daniel entornó los ojos y se limpió la nariz en la manga. Me pareció que estaba a punto de llorar, pero en ese momento me dio un golpe en el brazo.

—Los Divine estáis todos locos. —Se metió las manos en los bolsillos y se fue cojeando por el pasillo. Al menos su pierna herida estaba mejorando. Unas horas antes, cuando lo pasamos a buscar para ir a la iglesia, casi no podía ni andar. Daniel dijo que se había caído del nogal, pero yo sabía que era mentira pues me había pasado todo el día en el jardín plantando petunias con mi madre y estaba segura de que no había salido de casa.

Ojalá hubiese pedido ayuda.

Cuando cantábamos la parte de «Bendícelos, guíalos, sálvalos», me empezó a temblar la voz. Un pensamiento me golpeó la mente como una brocha de pintura sobre un lienzo. ¿Y si Daniel, a su manera, me estaba pidiendo ayuda la otra noche? ¿Acaso esperaba que yo lo salvase?

Cuando la canción llegó a su fin, me senté en mi sitio con una determinación renovada, y ya era demasiado tarde para sacarme esa idea de la cabeza. Sabía lo que tenía que hacer.

Lunes, antes de clase

—Lo siento, Grace, pero no puedo hacer nada al respecto. —El profesor Barlow se acarició el bigote.

No podía creer lo irrazonable que estaba siendo. Todo mi plan dependía de él. Si quería ayudar a Daniel a recuperar su vida, primero tenía que conseguir que regresase al colegio. Luego ya encontraría la manera de arreglar las cosas entre él y mi hermano.

—La decisión es suya, profesor Barlow, pero Daniel necesita cursar esta asignatura.

—Lo que ese chico necesita es disciplina. —Barlow revolvió una pila de papeles que tenía sobre la mesa—. Los jóvenes como él piensan que pueden entrar aquí y hacer lo que les venga en gana. Esto es Arte Avanzado, aquí para aprobar se tiene que trabajar duro.

—Lo sé, señor. Nadie se toma esta clase a la ligera. De hecho, creo que es un gran honor poder estar aquí...

—Exacto. Por esta razón tu amigo no podrá entrar en esta clase. Éste es un lugar para artistas serios. Y ya que sacas el tema —Barlow abrió el cajón de su mesa y sacó una gran lámina de dibujo—, quería hablar contigo sobre tu último proyecto. —Puso el papel sobre la mesa: era mi chapucero dibujo del peluche.

Me hundí en la silla. Tanto luchar para que Daniel lograra una plaza en la clase, y ahora era la mía la que estaba en juego.

—Debo confesar que cuando lo vi, me sentí muy decepcionado. —Barlow pasó la mano por encima del dibujo—. Pero entonces entendí lo que tenías en mente. Una idea brillante.

—¿Qué? —Me incorporé.

—Dime si me equivoco, porque odiaría haberlo interpretado mal. Yo os pedí que dibujaseis algo que os recordase a vuestra infancia, pero me encanta cómo lo has enfocado. Esto es un ejemplo claro de lo que dibujabas cuando eras pequeña, ¿verdad? Tu visión artística me ha impresionado.

Asentí con la cabeza, y seguidamente me pregunté si estaría condenada a ir al infierno por haberlo hecho.

—Deberías haber entregado tus dos trabajos juntos, pues a punto estuve de suspenderte antes de ver este otro. —Barlow sacó otra lámina del cajón y la depositó sobre la mesa: era el dibujo al carboncillo del nogal.

Casi me ahogo. Al pie del dibujo aparecía mi nombre garabateado con la inconfundible letra redonda de April.

—Yo no... —Pero al ver la admiración en el rostro de Barlow cuando repasaba las líneas del árbol, no fui capaz de admitir la verdad.

—Éste es un ejemplo excelente de tu crecimiento y desarrollo de aptitudes con el paso de los años —me felicitó Barlow—. Para ser franco, no esperaba que alcanzases este nivel antes de la graduación. —Sacó un bolígrafo rojo y lo marcó con un gran «Sobresaliente»—. Es un honor tenerte en mi clase —continuó Barlow, y me entregó los dos dibujos—. Y ahora sal de aquí y déjame trabajar un poco.

Me levanté y caminé hacia la puerta, pero me detuve y me di la vuelta. Mi determinación del día anterior volvió.

—¿Profesor Barlow?

—¿Sí? —respondió, alzando la vista.

—A usted le encanta enseñar a estudiantes que tienen talento, como el de este dibujo, ¿verdad? Incluso ha dicho que era un honor.

—Sí, así es. —Barlow se acarició el bigote y entornó los ojos—. ¿Adónde quieres llegar?

Me acerqué de nuevo a su mesa y respiré hondo.

—Este dibujo no es mío —confesé, mostrándole el dibujo del árbol—. Lo hizo Daniel.

—¿Entregaste un trabajo suyo? —explotó.

—No, no. Éste sí que es mío. —Y le enseñé el del peluche—. Yo presenté éste, pero alguien debió de entregar también el otro por error —le expliqué, señalando el dibujo que sostenía en las manos—. Lo siento, debería habérselo dicho desde el principio.

Barlow recogió sus lápices de acuarela y los introdujo, uno a uno, en la taza que tenía sobre la mesa. La depositó sobre una pila de archivos y se recostó en la silla.

—¿Y dices que Daniel ha dibujado esto?

—Sí. Le gustaría entrar en Trenton. —Barlow asintió con la cabeza—. Y realmente necesita esta clase.

—Bueno, pues haremos lo siguiente: si tú y tu amigo venís aquí mañana por la mañana a las siete y veinticinco en punto, hablaré con él y veremos qué puedo hacer.

—Muchas gracias, profesor Barlow.

—Pero si Daniel se pierde otro día de clases, perderá su beca de estudios. —Sacudió la cabeza y murmuró—: Todavía no entiendo cómo consiguió una beca...

Ladeé la cabeza y sonreí.

—Es usted bastante guay, profesor Barlow.

Barlow desvió la vista hacia los estudiantes que entraban en el aula tras el aviso de la primera campana.

—No se lo cuentes a mucha gente —me pidió—. Y espero que repitas este trabajo como es debido para el lunes.

6

Hacedora de milagros

Después de clases

Mientras comía con April en el aula de Arte, caí en la cuenta del principal problema de mi brillante plan: debía apañármelas para encontrar a Daniel e informarle de que Barlow estaba dispuesto a concederle una segunda oportunidad. Lo único que sabía era que «estaba viviendo» en ese bloque de pisos, pero desconocía el número y no tenía ni idea de cómo llegar hasta allí. Mis padres me tenían rotundamente prohibido ir sola a la ciudad, y ya no digamos a la calle Markham. Además, detesto el transporte público; el verano pasado a April y a mí nos robaron la cartera en el autobús de camino al centro comercial de Apple Valley. Así que, de algún modo, tendría que ingeniármelas para conseguir uno de los coches de mis padres y una coartada decente.

No se me daba muy bien mentir; de hecho, a la mínima mentirijilla el pecho y el cuello se me ponían al rojo vivo. Por suerte, nadie se había molestado en preguntarme cómo había logrado encender el coche de nuevo, de lo contrario me habría puesto a balbucear, roja como un tomate. Esa vez, no obstante, pensé que para que mamá me dejase el coche, podría salir del paso con una verdad a medias.

—He quedado con April en la biblioteca. —Acaricié la gruesa bufanda de lana que me había enrollado al cuello para ocultar la rojez—. Es que estamos trabajando en nuestro proyecto de investigación para la clase de Inglés. —Era cierto, April y yo habíamos quedado en la biblioteca, pero más tarde.

Mamá suspiró.

—Bueno, supongo que puedo dejar lo del súper para mañana. Quedan muchísimas sobras.

—Gracias. Por cierto, no creo que llegue a tiempo para la cena. Tengo... tenemos mucho que hacer.

Me subí la cremallera del abrigo hasta la barbilla y cogí las llaves del coche de encima de la mesa. Y cuando estaba a punto de salir disparada, mamá se acercó y me puso la mano en la frente.

—¿Te encuentras bien, cielo? Estás muy colorada.

—Es que últimamente no duermo muy bien. —No había dormido de un tirón desde que vi a Daniel por primera vez el miércoles—. Tengo que irme pitando.

—Tendrás que llevarte el monovolumen —me informó.

¡Uf! Una cosa era ir a la ciudad con un sedán viejo, pero aparecer por esos barrios con la Burbuja Azul de mi madre... Así es como April llamaba a nuestro monovolumen de color azul eléctrico, pues parecía una bola de chicle sobre ruedas que gritaba «madre cuarentona de camino al súper». Ya me imaginaba la expresión burlona en el rostro de Daniel.

En el centro

Casi vuelco el coche tres veces. «Debo de estar loca», pensé mientras conducía por los callejones alrededor del piso de Daniel. Me detuve bajo la misma farola que el viernes por la noche y estudié el edificio destartalado que había al otro lado de la calle; no parecía tan siniestro bajo la menguante luz del atardecer. Era una construcción de ladrillos amarillentos que semejaban hileras de dientes cariados con un gran hueco en medio donde antes debían de estar las puertas principales. Las destartaladas escaleras de entrada estaban cubiertas de colillas de cigarrillos y restos mugrientos de basura.

No estaba muy ansiosa que digamos por conocer el interior de ese bloque de pisos.

Además, ¿qué se suponía que iba a hacer? ¿Llamar puerta por puerta y preguntar si alguien conocía a un chico alto y delgado con cara de fantasma que respondía al nombre de Daniel, y esperar que nadie decidiera aprovecharse de una chica de aspecto tan inocente?

Me quedé sentada y observé las idas y venidas de la calle, esperando que Daniel justo pasara por ahí. Conté hasta cinco vagabundos caminando a toda prisa en dirección al centro de acogida, y al menos siete gatos callejeros diferentes apurándose calle abajo como si estuvieran igual de ansiosos por hallar refugio antes del anochecer. Un Mercedes negro con las ventanillas tintadas se acercó lentamente a la acera y recogió lo que parecía ser un hombre muy alto en minifalda, quien se había pasado los últimos treinta minutos andando de un lado al otro de la esquina de Markham con Vine.

La calle se iba quedando vacía a medida que el sol se escondía más y más tras el esmog de la ciudad. Dos chicos que caminaban en direcciones opuestas se detuvieron unos instantes delante del edificio de Daniel. No se saludaron, pero, sin lugar a dudas, intercambiaron algo antes de continuar andando. Uno de ellos miró en dirección al monovolumen. Me agaché y me quedé escondida unos segundos, y luego eché una miradita por la ventanilla. Markham estaba tan desierta como la otra noche. Comprobé el reloj del salpicadero; eran las cuatro y media pasadas (odio lo pronto que se pone el sol en noviembre) y si no me iba ya, llegaría tarde a mi cita con April.

Pero justo cuando estaba poniendo el coche en marcha, lo vi. Llevaba un mono de mecánico de color gris y tamborileaba los dedos sobre la pierna como si estuviera siguiendo el ritmo de una canción secreta que sonaba en su cabeza. Se disponía a entrar en el bloque de pisos, así que saqué la llave del contacto y cogí la mochila sin pensármelo dos veces.

—¡Daniel! —grité mientras cruzaba la calle.

Se dio la vuelta, me miró, y entró.

Me tropecé con los escalones de entrada.

—¿Daniel? Soy yo, Grace.

Empezó a subir unas escaleras muy poco iluminadas.

—No esperaba volver a verte. —Y me hizo un sutil gesto de «sígueme».

Empecé a subir los peldaños tras él. El hueco de la escalera apestaba como un café rancio preparado en un lavabo sucio, y en las paredes había tantas pintadas con tal embrollo de obscenidades que cualquiera diría que un Jackson Pollock muy contrariado se había encargado de empapelarlas.

Daniel se detuvo en el tercer rellano y se sacó una llave del bolsillo.

—No puedes resistir a mis encantos, ¿verdad?

—Ya te gustaría, pero sólo he venido para decirte una cosa.

—Las damas primero —me dijo secamente tras abrir la puerta.

—Como quieras —contesté, y pasé delante de él. Un segundo después reparé en que quizá no había sido tan buena idea. Mamá no me dejaba invitar a chicos a casa cuando ella no estaba, y si se enterase de que había entrado sola en el piso de uno se enfadaría muchísimo. Quería quedarme cerca de la puerta, pero Daniel entró y continuó avanzando hacia el interior. Así que le seguí hasta una lúgubre habitación cuyos únicos muebles eran una televisión colocada sobre una caja de cartón y un pequeño sofá marrón. Una música atronadora, que venía de otra habitación más allá, se colaba en la sala, y un chico larguirucho con el pelo rapado estaba tirado en el sofá, imperturbable, mirando embelesado el desconchado techo.

—Zed, ésta es Grace; Grace, éste es Zed. —Daniel le hizo una señal al chico, pero éste ni se inmutó, y Daniel continuó andando.

Giré la cabeza hacia el techo en un intento de descubrir qué era tan fascinante.

—Grace —gruñó Daniel.

Me sobresalté y seguí tras él. Antes de que pudiera darme cuenta, me encontré en lo que supuse que era su habitación. Era del tamaño del armario empotrado de mis padres y había un colchón cubierto con una manta gris y arrugada, colocado contra la pared junto a un pequeño tocador sobre el cual se amontonaban pilas de tableros de dibujo. Daniel cerró la puerta de una patada, y sentí un hormigueo en la espalda.

Parecía como si hubiesen encerrado a un perro grande en ese armario-habitación. La puerta estaba destrozada con varios cortes como de arañazos, los cuales me recordaron a las marcas que *Daisy* dejaba en la puerta de mi cuarto cuando se quedaba sola en casa, con la diferencia de que éstas eran mucho más profundas y alargadas. Daba la impresión de que, fuese cual fuese el animal que había estado encerrado ahí, había logrado escapar.

Cuando me disponía a preguntarle a Daniel acerca de las marcas, éste se tumbó sobre el colchón, se quitó los zapatos y empezó a bajarse la cremallera del mono. Un ramalazo de pánico recorrió mi cuerpo. Volví la cabeza y bajé la vista.

—No te preocupes, preciosa —me dijo—. No pienso violar tus ojos vírgenes.

Su uniforme, hecho una bola, fue a parar sobre un montón de ropa que había a mis pies. Eché un vistazo, disimuladamente, y comprobé que ya se había vestido con unos tejanos rotos y una camiseta blanquecina.

—Y pues, ¿qué es lo que Su Ilustrísima Misericordia quería hablar conmigo? —Se estiró en el colchón con las manos detrás de la cabeza—. ¿Qué le puede haber traído hasta aquí en un día de colegio?

—Olvídalo. —Me vinieron ganas de tirarle mi cargadísima mochila a la cabeza, pero en lugar de eso, la abrí y volqué el contenido sobre el suelo: barras de proteínas, latas de sopa, embutidos, frutos secos, media docena de camisas y tres pares de pantalones que había separado de los donativos que nos habían traído a la parroquia a lo largo del fin de semana.

—Come algo. Pareces un perro hambriento —dije.

Daniel alargó el brazo y empezó a revolver entre el montón; me dispuse a salir.

—Pollo y estrellas —comentó, sujetando una de las latas—. Siempre fue mi favorita, mi madre la preparaba a menudo.

—Lo sé. Me acordé.

Daniel abrió el envoltorio de una de las barras de proteínas y la devoró en dos bocados. Prosiguió con un trozo de embutido. Parecía tan entusiasta que, al final, decidí contarle las buenas noticias.

—Hoy he hablado con el profesor Barlow y me ha dicho que si mañana por la mañana vas a hablar con él, quizá te conceda una segunda oportunidad. Pero tienes que estar ahí antes de las siete y veinte —expliqué, adelantando un poco la hora—. Ah, y debes vestir algo decente. —Señalé hacia el montón—. Hay unos pantalones de color caqui y una camisa. Y si no te comportas como un imbécil, lo más seguro es que te admita de nuevo en su clase. —Me colgué la mochila vacía al hombro y esperé su respuesta.

—Vale. —Daniel cogió otra barra de proteínas y se recostó contra la pared—. Quizá me presente.

No sé qué más esperaba. ¿Que saltase de alegría, me abrazase y me dijera que era una verdadera hacedora de milagros? ¿O que incluso me diese las gracias? A pesar de todo, pude ver un sentimiento de gratitud en esos ojos oscuros que ya conocía, aunque probablemente Daniel moriría antes de reconocerlo.

Pasé los dedos alrededor de las correas de la mochila.

—Bueno... será mejor que me vaya.

—Claro, no quieres llegar tarde a la cena familiar de los Divine, supongo. —Daniel tiró un envoltorio al suelo—. ¿Qué toca hoy? ¿Pastel de carne?

—Sobras, pero tengo otros planes.

—La biblioteca, ¿no? —soltó, como si me estuviera resumiendo en dos palabras.

Salí enfadada de su habitación y me dirigí de nuevo al salón. Zed seguía tirado en el sofá, pero ahora había otros dos chicos más en la sala, fumando algo que no olía a tabaco. En cuanto me vieron, dejaron de hablar. Me sentí como una nube de azúcar en mi plumón blanco. Uno de los chicos me miró, y luego desvió la mirada a Daniel, que había salido de su cuarto detrás de mí.

—Eh, hola —saludó el chico, y dio una calada—. No sabía que te gustaran tan finas...

El otro chico añadió algo infame que me niego a repetir y lo acompañó con un gesto todavía más asqueroso.

Daniel le contestó que se fuese a hacer un nosequé, me tomó del brazo y me acompañó hasta la puerta.

—Sal de aquí —me dijo—. Quizá nos veamos mañana.

Daniel no era el típico chico que acompañaría a una chica hasta el coche, pero me siguió escaleras abajo y mientras abría el monovolumen miré de reojo por encima del hombro y comprobé que me vigilaba desde las sombras de la entrada de su edificio.

Esa misma noche, un poco más tarde

April Thomas tenía la capacidad de concentración de una niña de cinco años con trastorno de atención cuando de ordenadores o libros de Literatura se trataba. Pero, por el contrario, los *reality shows* de la tele podían entretenerla durante todo el día. Últimamente, su programa favorito lo hacían los lunes por la noche, así que no me sorprendió que ya no estuviera en la biblioteca cuando llegué. Teniendo en cuenta que me había retrasado casi una hora y media, era bastante comprensible. Me había quedado atascada con el tráfico de la hora punta y cuando llegué a la biblioteca ya era noche oscura. Puesto que no estaba de humor como para enfrentarme sola a Emily Dickinson, decidí regresar a casa para la cena.

Conducía por la carretera cuando de repente una sombra oscura se abalanzó frente al coche y me hizo frenar de golpe. Miré por la ventanilla; mi corazón palpitaba contra la caja torácica. Jude se protegió los ojos de la luz de los faros. Tenía el cabello alborotado y su boca era una línea fina y tensa.

—Jude, ¿estás bien? —pregunté, bajándome del coche—. Casi te atropello.

Jude me agarró del brazo.

—¿Se puede saber dónde te has metido?

—En la biblioteca con April. Le dije a mamá que...

—No me mientas —me dijo con los dientes apretados—. April vino a casa preguntando por ti. Tienes suerte de que fuese yo quien abriera la puerta. Mamá y papá no pueden ocuparse de esto ahora. ¿Dónde estabas? —Tenía la mirada afilada, como si quisiera destriparme; y sus uñas, clavadas en mi codo, podrían acabar el trabajo.

—Suéltame —le pedí, e intenté separarme.

—¡Que me lo digas! —gritó, tirando aún más fuerte de mi brazo. Casi nunca le había oído gritar, ni cuando éramos críos—. Estabas con él, ¿verdad? —Arrugó la nariz con asco, como si pudiese oler a Daniel en mí.

Negué con la cabeza.

—¡Que no me mientas!

—¡Basta! —chillé—. Me estás asustando —añadí con voz entrecortada.

Cuando Jude me oyó, su mirada se suavizó y me soltó el codo.

—¿Qué diablos está pasando? —pregunté.

Jude me puso las manos encima de los hombros.

—Lo siento. —Su rostro se retorció como si intentara contener un torrente de emociones—. Lo siento mucho, es que te he estado buscando por todas partes. Es tan horrible... Y yo... yo necesitaba hablar contigo y no te encontraba...

—Pero ¿qué sucede? —Me imaginé toda una serie de cosas espantosas que les podían haber pasado al pequeño James o a Charity—. ¿Qué ha pasado?

—La encontré yo —explicó—. La encontré y estaba toda azul y fría... y esos tajos... No sabía qué hacer. Vinieron papá, el *sheriff* y los enfermeros; pero ya era demasiado tarde. Nos dijeron que hacía muchas horas que había fallecido, más de un día.

—¿Quién? ¿La abuela? ¿La tía Carol? Dime quién.

—Maryanne Duke —respondió—. Papá me pidió que repartiera los paquetes de Acción de Gracias a todas las viudas. Maryanne era mi última entrega, y ahí estaba, tumbada en el porche. —La cara de Jude se llenó de manchas rojas—. Uno de los enfermeros dijo que debía de haberse desmayado cuando salía de casa. Papá llamó a la hija de Maryanne, la que vive en Milwaukee. Está loca. Dice que ha sido culpa de papá, que tendría que haberse ocupado más de ella y haberla obligado a ir al médico. —Se sorbió la nariz—. La gente espera que haga milagros, pero ¿cómo se pueden hacer milagros en un mundo donde una anciana permanece tirada en el porche durante más de veinticuatro horas y nadie se para? —Se le formaron unas arrugas alrededor de los ojos—. Estaba congelada, Grace. Congelada.

—¿Qué? —Maryanne vivía en Oak Park. No era una zona tan mala como la del piso de Daniel, pero sin duda tampoco era una zona muy aconsejable. Me dolía la cabeza como si hubiera pasado demasiado tiempo junto a una botella abierta de gasolina. ¿Cuánta gente podría haber pasado frente a ella?—. Tiene muchas plantas en el porche, y con la verja... seguro que por eso nadie la vio. —Al menos eso es lo que quería creer.

—Pero eso no es lo peor —continuó Jude—. Alguien sí la encontró. Algún tipo de animal... Algún carroñero. Tenía las piernas llenas de cortes y la garganta abierta hasta el esófago. Yo pensé que eso era lo que la había matado, pero los enfermeros dijeron que ya estaba muerta y helada mucho antes de que eso sucediera. Y no había nada de sangre.

—¿Cómo? —exclamé. Mi perra *Daisy* me vino a la cabeza; su pequeño cuello rasgado de lado a lado. Empujé esa imagen estómago abajo. No podía imaginarme a Maryanne del mismo modo.

—Angela Duke dice que ha sido culpa de papá, pero no es cierto. —Jude bajó la cabeza—. Ha sido culpa mía.

—¿Pero cómo ibas a tener tú la culpa?

—Pues porque le dije que si hubiera ido al médico habría podido cantar en el programa. La hice sentir culpable. —Los ojos se le llenaron de lágrimas—. Cuando la encontré, llevaba puesto su vestido verde de los domingos y ese sombrero con la pluma de pavo real que siempre se pone cuando canta. —Jude apoyó la frente sobre mi hombro—. Estaba intentando llegar a la iglesia, quería cantar su solo. —Se tambaleó hacia mí y empezó a sollozar.

El mundo me daba vueltas. No podría creer que yo hubiese estado cantando mientras una anciana a la que conocía de toda la vida moría a la intemperie, sola. Mis piernas cedieron y me vine abajo. Jude cayó conmigo. Me quedé sentada en medio de la carretera con la cabeza de mi hermano apoyada sobre mi hombro. Jude lloraba y lloraba. Le froté la espalda con la mano y recordé la única otra vez que habíamos estado así. Pero esa vez me había tenido que consolar él a mí.

Cuatro años y medio antes

Era una noche calurosa de mayo. Había abierto la ventana antes de meterme en la cama y hacia las dos de la madrugada el eco de unas voces me despertó. Incluso ahora, cuando no puedo dormir, todavía oigo esas voces, como susurros de fantasmas en el viento nocturno.

Mi habitación estaba en el extremo norte, la parte que daba a la casa de Daniel. Su ventana también debía de estar abierta. Los gritos se hicieron más intensos y seguidamente oí un estrépito y el sonido de lienzos rotos. No podía quedarme de brazos cruzados. No podía soportarlo, tenía que hacer algo. Así que acudí a la persona en la que más confiaba.

—Jude, ¿estás despierto? —Eché un vistazo a su habitación.

—Sí. —Estaba sentado en el borde de la cama.

Por aquel entonces, la habitación de Jude estaba al lado de la mía, antes de que mis padres decidieran convertirla en una guardería para James. Esos horribles gritos se colaban a través de la ventana, que también estaba abierta. No se oían tan fuertes como en mi habitación, pero eran igual de escalofriantes. El dormitorio de mis padres estaba justo en la otra punta de la casa, así que si tenían la ventana cerrada, lo más seguro es que no oyeran nada.

—Tenemos que hacer algo —susurré—. Creo que el padre de Daniel le pega.

—Y también le hace cosas peores —confesó Jude en voz baja—. Daniel me lo ha contado.

—Pues tenemos que ayudarle —insistí después de sentarme en la cama a su lado.

—Le hice una promesa de hermanos de sangre de que no se lo contaría a papá ni a mamá.

—Pero eso es un secreto y los secretos están mal. Tenemos que contárselo.

—Pero yo no puedo —repuso Jude—. Se lo he prometido.

Oí de fondo el estallido de un rugido feroz, seguido del fuerte crujido que hace la madera cuando se astilla. A continuación, una súplica apagada interrumpida por el horrible sonido de un gran impacto, como el ruido del mazo cuando mamá picaba carne sobre el mármol de la cocina.

Seis bofetadas fuertes y un golpe aterrador y luego se hizo el silencio. Tanto silencio que deseé gritar con tal de romperlo. Entonces, oí un sonido muy débil que me recordó el gimoteo de un perro llorando.

Me agarré con fuerza al brazo de Jude y apoyé la cabeza sobre su hombro. Él me acarició el cabello, que tenía bastante enredado.

—Pues se lo contaré yo —afirmé—, para que no tengas que hacerlo tú.

Jude me abrazó hasta que me armé de valor para despertar a mis padres.

El padre de Daniel se largó antes de que llegase la policía, y mi padre persuadió al juez para que Daniel pudiese quedarse con nosotros hasta que su madre resolviese la situación. Daniel vivió varias semanas en casa, y varios meses, y un poco más de un año; pero aunque su cráneo fracturado se curó milagrosamente rápido, para mí nunca volvió a ser el mismo. A veces estaba más contento que nunca, y otras descubría esa mirada afilada en sus ojos cuando estaba con Jude, como si supiera que mi hermano había traicionado su confianza.

La cena

Me senté a la mesa y cené sola por primera vez desde hacía siglos. Jude dijo que no tenía hambre y bajó al sótano; Charity se quedó en su habitación; James ya estaba durmiendo; y mamá y papá estaban en el despacho con las puertas cerradas.

Mientras comía sin ganas el plato de macarrones recalentados y el trozo de carne a la Strogonoff, pensé en Daniel y me sentí satisfecha, como si me alegrara que se hubiera equivocado acerca de nuestras perfectas cenas familiares. Enseguida me di cuenta de que no estaba bien pensar así. No debería desear que nos pasasen cosas malas, sólo para demostrarle algo a Daniel. ¿Por qué tendría que sentirme culpable o estúpida por tener una familia que quería que comiésemos juntos y charlásemos de nuestras vidas?

Esa noche, no obstante, había demasiado silencio para comer. Tiré lo que me había sobrado a la basura y me fui a la cama. Estuve un rato tumbada hasta que esas voces fantasmales consiguieron colarse en mi cabeza. Mis padres, que seguían en el despacho, se estaban chillando. No eran gritos violentos, pero sí enfadados y enojados. Mamá y papá discrepaban y discutían de vez en cuando, pero era la primera vez que los oía pelearse de ese modo. La voz de papá era lo suficientemente grave para que pudiese oír su desesperación, pero no podía entender sus palabras. La voz de mamá era cada vez más fuerte, más enfadada, sarcástica.

—Quizá tengas razón —gritó—. Quizá todo esto sea culpa tuya. Tú eres el causante de lo que nos está pasando. Y ya que estamos, ¿por qué no añadimos el calentamiento global a la lista? Quizás eso también sea tu culpa.

Me levanté y cerré la puerta del todo, me volví a meter bajo las mantas y me cubrí la cabeza con una almohada.

7

Obligaciones

El martes por la mañana

Papá solía salir a correr muy temprano, pero ese día, mientras me preparaba para ir al colegio, no le oí salir. Cuando pasé junto a las puertas cerradas del despacho de camino a la cocina, vi que la luz estaba encendida. Estuve a punto de llamar a la puerta, pero al final decidí no hacerlo.

—Te has despertado temprano —comentó mamá, sirviéndome unas creps con trocitos de chocolate en el plato. Ya había preparado dos docenas, a pesar de que normalmente ninguno de nosotros, excepto papá, bajábamos a desayunar hasta unos treinta minutos más tarde—. Espero que hayas dormido bien.

«Sí, claro, con una almohada encima de la cabeza», dije para mí.

—Es que hoy tengo que reunirme con el profesor Barlow antes de clase.

—Ajá —contestó mamá. Estaba ocupada limpiando la ya reluciente encimera. Sus mocasines se reflejaban sobre el brillo del pavimento de linóleo. Cuando estaba estresada, mamá tenía tendencia a volverse un poco obsesiva-compulsiva. Cuanto más difíciles estaban las cosas en casa, más reluciente lo dejaba todo. Como si todo estuviese perfectamente perfecto.

Metí el dedo en una de las chispas de chocolate que formaban una cara simétrica y sonriente en mi crep. Mamá sólo preparaba sus «creps de celebración» en ocasiones especiales. Me preguntaba si estaría intentando suavizar el golpe antes de iniciar una discusión sobre Maryanne, preparándonos para uno de los sermones de papá sobre cómo la muerte es una parte natural de la vida y todo eso. Esto es lo que pensé hasta que descubrí un sentimiento de culpabilidad en sus ojos cuando dejó un vaso de zumo de naranja frente a mí. Las creps eran su ofrenda de paz por haberse peleado con papá la noche anterior.

—Recién exprimido. —Mamá retorcía el delantal con las manos—. ¿O te apetece más de arándanos? ¿O quizá de uva blanca?

—Éste ya me va bien —masculló, y bebí un sorbo.

Frunció el ceño.

—Está buenísimo —dije—. Me encantan los zumos recién exprimidos.

En ese momento supe que papá no saldría de su despacho esa mañana. No íbamos a hablar de lo que le había pasado a Maryanne, y mamá tampoco tenía ninguna intención de comentar nada acerca de su pelea.

La noche anterior Daniel me había hecho sentir culpable por tener una familia que se sentaba a cenar y charlaba sobre nuestras vidas; pero ahora caía en la cuenta de que, en realidad, en casa nunca hablábamos de nada que pudiese ser un problema. Por esa razón, el resto de la familia nunca mencionaba el nombre de Daniel o hablaba sobre lo que había pasado la noche en la que desapareció, por mucho que yo preguntase. Hablar de eso sería admitir que algo no iba bien.

Mamá sonrió, de manera tan empalagosa y falsa como el sirope de arce que cubría mi desayuno. Volvió a los fogones y les dio la vuelta a un par de creps. Frunció el ceño una vez más y tiró a la basura las que estaban un poco tostadas. Debajo del delantal, todavía llevaba puestos la misma blusa y los mismos pantalones que el día anterior. Tenía los dedos rojos y agrietados de tanto limpiar. Sin duda alguna estaba inmersa de lleno en la operación limpieza.

Me hubiese gustado preguntarle a mamá por qué intentaba disimular que había discutido con papá preparando cinco kilos de creps, pero Charity entró tambaleándose en la habitación.

—¿Qué es lo que huele tan bien? —bostezó.

—¡Creps! —Mamá con la espátula le indicó que se sentara y le mostró un plato lleno—. Hay sirope de arce, de mora, nata y mermelada de frambuesa.

—Impresionante. —Charity hundió el tenedor dentro del recipiente de nata montada—. Eres la mejor, mamá. —Mi hermana engulló las creps y decidió repetir. No percibió que mamá estaba a punto de agujerear la sartén de tanto frotarla.

Charity cogió la mermelada de frambuesa y, seguidamente, se quedó petrificada y le brillaron los ojos, como si estuviese a punto de llorar. Se le resbaló el frasco y éste empezó a rodar por encima de la mesa hasta que yo lo agarré, justo cuando estaba en el borde.

Miré la etiqueta: DE LA COCINA DE MARYANNE DUKE.

—No te preocupes —la consolé, poniéndole la mano en el hombro.

—Había olvidado... —balbuceó Charity—. Había olvidado que no era un sueño. —Apartó el plato y se levantó de la mesa.

—Estaba a punto de preparar unos huevos fritos —intervino mamá mientras Charity salía de la cocina.

Bajé la vista a mi plato: mi sonriente desayuno me estaba mirando y no sabía si podría meterme nada más en la boca. Tomé otro sorbo de zumo de naranja; estaba amargo. Sabía que podía convencer a Jude para que me llevase temprano al colegio, pero no quería quedarme y ver cómo mamá empezaba de nuevo con su demostración de perfección cuando él bajase a desayunar. Así que envolví un par de creps con una servilleta y me levanté.

—Tengo que irme —dije—. Me las comeré de camino.

Mamá, que seguía fregando, alzó la vista. Pude comprobar que mi falta de apetito no había contribuido a aliviar su sentimiento de culpabilidad. Y, por algún motivo, no me importaba.

Caminé unas cuantas manzanas hasta llegar al colegio y doné mi desayuno a un gato callejero que encontré por el camino.

Más tarde, antes de clases

El reloj que había en el aula de Arte señalaba las 7.25 y lamenté haberle concedido a Daniel un margen de sólo cinco minutos de retraso. Cerré los ojos y recé en silencio para que apareciese, aunque sólo fuera para demostrarle a Barlow que estaba equivocado. Pero con cada tictac del reloj empecé a pensar que yo sería la decepcionada.

—¿Preocupada por si no aparecía? —Daniel se dejó caer sobre la silla de mi lado justo a tiempo. Llevaba la camisa azul claro y los pantalones caquis que le había dado, pero la ropa estaba arrugada como si la hubiera guardado hecha una bola en su mochila hasta pocos minutos antes.

—Me importa un bledo lo que hagas. —Noté que unas diminutas manchas rojas se formaban en mi cuello—. Es tu futuro, no el mío.

Daniel resopló.

El profesor Barlow salió de la oficina y se sentó en su escritorio.

—Veo que, después de todo, el señor Kalbi ha decidido unirse a nosotros.

—Sólo Daniel. No Kalbi. —Daniel pronunció su apellido como si de una palabrota se tratase.

Barlow enarcó una ceja.

—Bien, señor Kalbi, cuando te conviertas en un músico famoso o en el Papa podrás omitir tu apellido, pero en mi clase responderás al nombre que tus padres te dieron. —Barlow examinó a Daniel del mismo modo que un crítico valora una nueva obra en una galería.

Daniel se recostó en la silla y cruzó los brazos. El profesor Barlow juntó los dedos sobre el escritorio.

—Como bien sabes, tu beca está supeditada a tu comportamiento. De manera que tendrás que comportarte y vestirte como es debido en un colegio cristiano. Lo de hoy ha sido un buen intento, pero quizá deberías invertir en una plancha. Y dudo mucho de que ése sea tu color natural de pelo. Así que te doy hasta el lunes para hacer algo al respecto. En cuanto a mi clase

—continuó Barlow—, vendrás cada día, a la hora, y estarás en tu sitio cuando suene la campana. Todos los estudiantes de Arte Avanzado tienen que preparar una carpeta con veintitrés trabajos sobre un tema determinado y diez proyectos más para demostrar sus habilidades. Te incorporas tarde a esta clase, pero espero lo mismo de ti. —El profesor Barlow se inclinó hacia Daniel y lo miró fijamente a los ojos, como si lo estuviera retando para ver quién aguantaba más, es decir, quién apartaba antes la mirada.

—Vale —respondió Daniel sin parpadear.

—Daniel es muy competente —intervine.

Barlow se acarició el bigote. Supe que iba a exigirle algo más.

—En tu carpeta sólo podrás incluir los trabajos que hagas dentro de esta clase. Supervisaré toda la progresión de los mismos, desde el principio hasta el final, y no podrás entregar nada que hayas hecho previamente.

—Pero eso es imposible —protesté—. Ya estamos casi a diciembre y yo no he acabado ni un tercio de los trabajos.

—Precisamente por eso, el señor Kalbi se quedará con nosotros a la hora de comer y después de clases seguirá trabajando en esta aula una hora más todos los días sin excepción.

—No está mal, pero después de clases tengo un trabajo en la ciudad.

—Me han informado de que el colegio te ha concedido un estipendio para tus gastos. Está claro que le has caído en gracia a alguno de los miembros de la junta, pero no esperes ningún trato especial por mi parte. Cada día, después de clases, vendrás aquí o, de lo contrario, no te admitiré de ninguna de las maneras.

Daniel se agarró al borde del escritorio y se inclinó.

—No puede hacerme esto. Necesito el dinero. —Al fin, apartó la vista—. Tengo otras obligaciones.

Noté una punzada de desesperación en su voz. La palabra «obligaciones» me dejó la boca seca.

—Ésas son mis condiciones —replicó Barlow—. Tú decides. —Recogió algunos papeles y se fue a su despacho.

Daniel apartó la silla y salió del aula con la furia de un oso amenazado. Salí tras él.

Daniel empezó a soltar tacos y dio con el puño contra la puerta de una taquilla. El metal crujió tras sus nudillos.

—No puede hacerme esto. —Volvió a golpear la puerta y ni siquiera se inmutó por el dolor—. Tengo obligaciones.

Esa palabra otra vez. ¿Qué significaría?

—Quiere que sea su perrito de circo amaestrado. Hasta me he puesto esta ridícula camisa. —Daniel se arrancó los botones y se la sacó, dejando al descubierto su camiseta blanquecina y los músculos, largos y fuertes, de los brazos, en los que no había reparado hasta entonces. Golpeó la taquilla con la camisa—. Esto es una gilipo...

—¡Oye! —Le agarré de la mano cuando se disponía a arrear un nuevo puñetazo—. Sí, a mí a veces estas taquillas también me sacan de quicio —dije, y clavé la mirada en un par de estudiantes de primero que nos miraban boquiabiertos hasta que nos pasaron de largo—. ¡Maldita sea, Daniel! —Me abalancé sobre él—. No digas palabrotas en el colegio. Te expulsarán.

Daniel se lamió los labios y casi sonrió. Liberó el puño que yo todavía sujetaba y dejó caer la camisa azul. Intenté inspeccionar su mano, esperando que los nudillos se le hubieran puesto morados, teniendo en cuenta la gran abolladura en la puerta de la taquilla, pero la apartó y se la metió en el bolsillo.

—Esto es una mierda —protestó Daniel, y se apoyó contra la maltratada taquilla—. Ese Barlow no se entera de nada.

—Bueno, quizá puedas hacerle entrar en razón o, a lo mejor, si me cuentas cuáles son tus obligaciones, yo podría explicárselo por ti.

«Sí, claro, ¿es que no podía ser más obvia?», pensé.

Daniel me miró durante un largo rato. Sus ojos parecían reflejar los tubos fluorescentes en el pasillo apenas iluminado.

—¿Quieres que salgamos de aquí? —dijo al fin—. Tú y yo. —Me tendió la mano, que estaba intacta—. Pasemos de estos gilipollas y hagamos algo divertido.

Yo era una estudiante de honor, hija de un pastor, ganadora del premio «La ciudadana del mes» y miembro del club Amigos de Jesús, pero durante una milésima de segundo lo olvidé todo. Deseaba con todas mis fuerzas cogerle de la mano, pero ese deseo me asustó, me hizo odiarlo.

—No —contesté antes de cambiar de idea—. No puedo hacer campana, y tú tampoco. Si te saltas otro día, perderás la beca. Todavía quieres entrar en Trenton, ¿no?

Cerró la mano en un puño, respiró hondo y su rostro se convirtió en una fachada serena y tranquila. Se sacó del bolsillo un papel arrugado.

—Bueno, preciosa, pues entonces dime cómo llego a Geometría.

Repasé la lista, aliviada de que la clase Arte Avanzado fuese la única que teníamos juntos.

—El aula 103 está al final del pasillo a la izquierda; pasada la cafetería, no tiene pérdida. Y no llegues tarde; a la profesora Croswell le encanta castigar a los alumnos.

—Bienvenido de nuevo —masculló Daniel—. Había olvidado lo mucho que odio esta mier... porquería. —Me ofreció una sonrisa socarrona y rio para sus adentros.

—Sí, bienvenido a casa —respondí, y esta vez fui yo quien desapareció.

Más tarde

No sabía cuánta gente recordaría a Daniel Kalbi, porque cuando era pequeño no tenía muchos amigos y, además, había dejado el Holy Trinity antes de segundo. A pesar de ello, suponía que el aspecto de alguien como Daniel suscitaría, al menos, un poco de polémica y chismorreo. Sin embargo, aquel día había otro escándalo revoloteando por los pasillos del colegio que eclipsaba con creces el regreso de Daniel: la muerte súbita y la mutilación de Maryanne Duke, devota profesora de la escuela dominical, antigua niñera de muchos y, a pesar de su avanzada edad y escasos medios, voluntaria en casi todas las actividades escolares.

Fui el blanco de muchas miradas y disimulados susurros mientras iba de una clase a otra. Estaba acostumbrada a que la gente hablase de mí y me observase; formaba parte de ser una Divine. Mamá siempre decía que debía tener cuidado con la ropa que llevaba, con lo tarde que llegaba a casa y con las películas que veía, porque la gente fijaría su propia conducta en función de lo que los hijos del pastor hicieran, como si yo fuese una especie de barómetro de moralidad ambulante. Sinceramente, creo que lo que más le preocupaba era que la gente tuviera un motivo para hablar mal de la hija del pastor.

Algo parecido al chismorreo del día, con la diferencia de que eran los nombres de Jude y de papá los que surgían en las conversaciones que se interrumpían en cuanto me acercaba. Muchos tuvieron la decencia de defender a mi padre frente a las acusaciones de maltrato de Angela Duke, pero los rumores corren rápido en las ciudades pequeñas. Fue inevitable que las absurdas especulaciones sobre la «implicación» de mi familia en la muerte de Maryanne llegasen rápidamente a todos los rincones. Gilipolleces como: «He oído que Mike decía que el pastor se negó a llevar a Maryanne al médico y amenazó con echarla de la parroquia si no...» Y esa otra joya que oí fuera del gimnasio: «Dicen que Jude está tomando algún tipo de medicación que le hizo perder los nervios cuando Maryanne se puso enferma...» Tengo que admitir que esta última me hizo incumplir la norma que le había impuesto a Daniel acerca de evitar los tacos en el colegio.

Pero por muy triste y afligida que estuviera, y propensa a decir palabrotas y lanzar severas miradas, lo que más me preocupaba era cómo debía de sentirse Jude. April fue la única persona que se dignó, o se atrevió, a hablar conmigo cara a cara sobre lo que había sucedido en las últimas veinticuatro horas.

—A ver... —empezó April en cuanto me senté a su lado en clase de Arte—. Número uno: ¿dónde narices estabas ayer por la noche? Número dos: ¿qué diablos hace aquí? —preguntó, señalando a Daniel, que estaba sentado al fondo del aula con los pies encima de la mesa—. Número tres: ¿se puede saber qué le ha pasado a tu hermano? Y ¿está bien? Y número cuatro: será mejor que los números uno, dos y tres no tengan nada que ver los unos con los otros. —Se mordió los labios y cruzó los brazos delante del pecho—. ¡Quiero respuestas, querida!

—Vale, vale —respondí—. Antes de nada, siento haber llegado tarde ayer. Encontré mucho tráfico.

—¿Tráfico? ¿Por esta zona? —Señaló a Daniel con el dedo—. Estuviste en la ciudad, ¿no? —susurró—. Estuviste con él.

—No, no es...

—Sé que vive por ahí porque esta mañana le he visto junto a la parada del autobús que viene del centro.

—Eso no significa nada... —Pero ¿qué sentido tenía mentir?—. Vale, sí, estuve con él; pero no es lo que te imaginas.

—¿Ah, no? —April sacudió la cabeza con descaro y su cabello rizado rebotó como las orejas de un spaniel.

—No, no lo es. Sólo fui a entregarle un mensaje de parte de Barlow. Y además, por culpa tuya —expliqué, imitando su belicoso gesto—. Tú entregaste su dibujo y ahora Barlow lo quiere de vuelta en su clase.

—Oh, no. ¿Te he metido en un lío? No era lo que pretendía. ¿Cómo supo que lo había hecho Daniel?

—Pues porque se lo dije yo.

—¿Qué? ¿Es que te has vuelto loca? —April abrió los ojos de par en par. Se acercó y me dijo en voz baja—: Estás enamorada de él, ¿verdad?

—¿De Barlow?

—Ya sabes a quién me refiero. —Volvió a mirar a Daniel, que tamborileaba los dedos sobre la pierna—. Todavía estás enamorada de él.

—No, no lo estoy. Y nunca lo estuve, para empezar. No fue más que un flechazo estúpido. —Sabía que April estaba equivocada, pero sentí que un calor me subía por el cuello y, con la intención de cambiar de tema, me agarré a lo primero que se me ocurrió—. ¿Quieres hablar del tema de Jude y Maryanne Duke o no?

La actitud de April cambió inmediatamente. Suavizó la mirada y se peinó el cabello con los dedos.

—Ostras, es que le vi tan triste ayer por la noche cuando fui a buscarte a casa... Y entonces esta mañana oí a Lynn Bishop hablando sobre Maryanne Duke en el pasillo; creo que su hermano es enfermero en Oak Park. Escuché que decía que Jude y tu padre tuvieron algo que ver con su muerte, pero no entendí bien sus palabras. Y después unos chicos discutían sobre el Monstruo de la Calle Markham en clase de Bio.

Sacudí la cabeza.

—Ya sabes que todo esto del monstruo no es más que una leyenda, ¿verdad? Además, Maryanne no vive, bueno, no vivía en Markham. —Sabía que sólo era una leyenda que había oído de niña, pero me entraban escalofríos cuando la gente hablaba del monstruo. Y también sabía que el hecho de no vivir en Markham tampoco te hacía inmune a sucesos extraños. No había conseguido sacarme de la cabeza la imagen de mi perrita mutilada desde que me había enterado de lo de Maryanne.

—Sí, pero lo que le pasó a Maryanne no es una leyenda —repuso April—. ¿Y por qué dicen todos que Jude tuvo algo que ver?

Alcé la vista hacia la ventana del despacho de Barlow, que estaba al teléfono y todo indicaba que iba a tardar un buen rato. April parecía seriamente preocupada y yo necesitaba hablar con alguien sobre lo que había sucedido. Bajé la voz para que nadie (especialmente Lynn) pudiese oírme y le expliqué a April cómo había encontrado el cuerpo Jude y por qué los Duke culpaban a mi padre. También le hablé de las consecuencias, de cómo Jude perdió el control y mis padres discutieron.

—Todo irá bien —me consoló, dándome un abrazo.

Pero ¿qué podía entender ella? No sabía lo extraño que había sido sentarse a cenar sola, u oír el modo en que mis padres se habían chillado. Pero supongo que April sí podía entender cómo te hacían sentir esas cosas. Cuando tenía catorce años, sus padres se separaron y se mudó aquí, y últimamente el horario de trabajo de su madre se alargaba cada día más y más. Incluso la había invitado a nuestra cena de Acción de Gracias para que no tuviera que pasar el día sola.

A mí nada de todo eso me parecía «bien».

Barlow salió del despacho. Volcó una caja llena de latas vacías de Pepsi sobre su mesa y se puso a trabajar sin dar ninguna instrucción a los alumnos.

—¿Quieres que vayamos a comer al café? —le pregunté a

April. —Seguro que a Jude no le importa en absoluto que aparezcamos. De hecho, creo que le iría muy bien un poco de aire fresco.

April se mordió el labio.

—Vale —contestó—. Seguro que necesita un poco de consuelo—. Frunció el ceño y se puso a temblar de emoción, como solía hacer.

El almuerzo

Normalmente tenía que insistir mucho para conseguir que April viniese conmigo al Rose Crest Café, y las pocas veces que venía se mantenía apartada del grupo con Miya, Claire, Lane y algunos otros estudiantes de tercero que miraban a los de cuarto con nerviosa admiración. En eso, April me recordaba a mi vieja perra *Daisy*. Cuando estábamos solas, hablaba por los codos y se mostraba segura de sí misma, pero se encogía toda en la mayoría de encuentros sociales.

Ese día, en cambio, parecía de una raza totalmente distinta.

Llevábamos apenas un rato ahí, el tiempo justo para pedir nuestra comida, y ya era el centro de atención. Hablaba animadamente del viaje que había hecho con su padre a Hollywood el verano pasado. Brett Johnson y Greg Divers estaban casi babeando a sus pies, pero en cuanto Jude apareció por la puerta, los dejó plantados y fue a su encuentro. A los pocos minutos estaban sentados juntos en un rincón de la mesa. April le acariciaba la mano comprensiva, mientras él le hablaba en tono confidencial.

—Caramba —comentó Pete, sentándose a mi lado—. No puedo creer que April haya roto el estoico caparazón de Jude. —Y señaló a mi hermano con su refresco—. No he conseguido sacarle una palabra en todo el día. De hecho, hace casi una semana que se comporta de modo extraño.

—Sé a lo que te refieres —contesté, y mordí un trozo del sándwich que permanecía intacto en mi bandeja.

—¿Y tú? ¿Estás bien? —me preguntó.

—Sí, bueno, más o menos, pero estoy cansada de estar triste. —Lo extraño era que el único momento del día en el que no me había sentido apenada o dolida había sido el rato que había pasado con Daniel. Pero supongo que eso era porque él era tan irritante...

Pete dio unos golpecitos sobre la lata de refresco.

—Pues, por cierto, me divertí mucho el otro día —dijo con un ligero repunte en la voz como si fuese una pregunta.

—Sí, yo también —contesté, aunque el concepto de «diversión» no encajaría en mi descripción de la noche del viernes.

—¿Sabes? Me gustaría que fuésemos a jugar a esos bolos que tenemos pendientes. —Pete sonrió—. Así podría demostrarte que hay otras cosas que se me dan mejor que arreglar coches.

—Sí, claro. —Bajé la vista a la bandeja—. Pero dame un poco de tiempo.

La sonrisa de Pete se encogió.

—Ah, sí, vale. —Y empezó a escabullirse.

—Las cosas no están muy finas que digamos —añadí rápidamente—. Ya sabes, lo de Maryanne, Acción de Gracias y todo eso. Es que no voy a tener tiempo para... quedar en unos días. —Le dediqué una media sonrisa—. Aunque me apetece mucho, la verdad.

—Te tomo la palabra —dijo.

—Bueno, nos vemos en Química. —Me levanté de un salto—. Déjame tu hombro para llorar cuando nos devuelvan los exámenes —añadí, y fui a buscar a mi mejor amiga, que seguía con mi hermano.

Quinta hora de clase

—¡Jude me ha invitado a tomar un café esta tarde! —chilló April mientras cruzábamos la calle de camino al colegio.

—Qué bien —comenté sin pararme, siguiendo el ritmo del pitido del paso de peatones.

—¿Eso es todo lo que vas a decir? —April me seguía—. Se

supone que tendrías que flipar y ponerte a saltar de alegría conmigo. —Me tiró de la manga—. ¿Estás enfadada?

—No. —«Sí», pensé—. Me alegro por ti. —«No es verdad»—. Es que... —«Se supone que eres mi mejor amiga»—. Jude está muy raro últimamente. No creo que sea el mejor momento para que intentes ser su novia.

—O puede que ahora necesite una novia más que nunca —replicó con un gorgorito de emoción—. Venga, Grace. Alégrate por mí. Tú saliste con Pete, y es uno de los mejores amigos de Jude. —Sonrió con inocencia, toda avergonzada—. Además, no es más que un café.

Le devolví la sonrisa.

—Nada más que un café, ¿eh?

—Bueno, ¡la mejor taza de café de toda mi vida! —April se puso de puntillas—. Vamos, alégrate por mí —suplicó.

—Vale, vale, me alegro —respondí riendo.

Llegamos a clase poco antes de que sonase la campana. Daniel estaba recostado en la silla, rompiendo a tiras hojas de papel borrador y convirtiéndolas en pequeñas bolitas.

Para coger mi caja de utensilios tenía que pasar por su lado. Y cuando estaba de espaldas a él, noté que algo me daba en la cabeza y, entonces, comprobé que una bola de papel había aterrizado a mis pies.

—Oye, Grace —murmuró Daniel en voz alta.

Lo ignoré y busqué en la caja lo que necesitaba. Otra bola de papel me dio en la cabeza y se me quedó enganchada en el cabello. Me la saqué con indiferencia.

—Graa-ciee —entonó como una hiena llamando a la presa.

Reuní mis utensilios y regresé a mi asiento. Me tiró otra bolita de papel, que esta vez rebotó en mi mejilla. Evité mirarlo, quería que todo acabase entre él y yo. Me repetía a mí misma que ya había cumplido con mi parte, que había hecho lo que había dicho que haría, pero, en el fondo, sabía que no. Lograr que lo readmitieran en clase era sólo la primera parte de mi plan. Todavía tenía que descubrir qué había pasado entre Daniel y

Jude para poder arreglar las cosas. Y como Jude no iba a contármelo, sabía que tendría que conseguir esa información a través de Daniel. No obstante, todavía no era capaz de enfrentarme a él. Odiaba el modo en que me hacía olvidar, aunque sólo fuese por un instante, quién era yo en realidad.

¿Cómo podía ayudar a Daniel a encontrar su camino sin perder de vista el mío?

Después de clases

—¿Qué vas a hacer? —preguntó April mientras atravesábamos el aparcamiento que separaba el colegio de la parroquia.

Desenrollé mi examen de Química y miré el «Suspendido» que estaba escrito en color rojo en la hoja, seguido por una nota que había garabateado la profesora Howell: «A devolver firmado por los padres después de las vacaciones.»

—Pues no sé —respondí—. Normalmente mi padre reacciona mejor ante cosas así, pero no quiero incordiarle ahora. Y mi madre está con la directa puesta en modo «ama de casa perfecta» y si le enseño este examen lo más seguro es que me obligue a abandonar la clase de Arte el próximo semestre.

—¡Ni hablar! —dijo April—. Entonces puede que lo mejor sea que lo firmes tú misma.

—Sí, claro... Ya sabes que no puedo hacer eso. —Volví a enrollar el examen y me lo metí en el bolsillo de atrás.

—¡Aquí viene! —exclamó April.

Jude se subió al bordillo de delante de la parroquia con el Corolla. Venía a buscar a April para ir a tomar ese «café». Lo saludé con la mano, pero no respondió.

—¿Me he puesto bien el pintalabios? —April sonrió para que pudiese comprobar que no se había manchado los dientes.

—Estás perfecta —le confirmé, casi sin mirar. Observaba a Jude, que estaba parado frente a la parroquia con una expresión glacial en el rostro.

—Buena suerte con lo del examen —me dijo April, temblando de emoción.

—Oye. —Me acerqué y le cogí de la mano—. Diviértete. Y... cuida de Jude por mí, ¿vale? Y si necesita algo, dímelo, por favor.

—Claro que sí. —April me estrujó la mano y se dirigió a toda prisa hacia el Corolla. Me sorprendió que Jude no bajase para abrirle la puerta, no era su estilo para nada, pero por lo menos su expresión se suavizó un poco cuando ella entró en el coche.

No me hacía demasiada gracia que mi mejor amiga saliese con mi hermano, pero al menos esperaba que Pete tuviese razón acerca de April, y que ella sí fuese capaz de romper el estoico caparazón de Jude.

En la parroquia

Cuando Jude y April se hubieron marchado, me saqué el examen del bolsillo y caminé hacia abajo por el callejón que separaba la parroquia del colegio. Me detuve frente a la puerta exterior de la oficina de mi padre y agucé el oído en busca de indicios de vida. Seguía pensando que papá era la persona más indicada para firmarme el suspenso y, además, quería saber cómo estaba, pero no tenía ni idea de si ya se había aventurado a salir del despacho de casa. Mi duda quedó resuelta incluso antes de que llamase a la puerta.

—Esta vez no puedo ayudarte —oí decir a alguien con una voz crispada parecida a la de mi padre—. No puedo volver a hacerlo.

—Pero no lo hice a propósito —replicó otra voz, masculina pero infantil—. Yo no quería asustar a nadie.

—Pero lo hiciste —insistió la primera voz, y esta vez estaba segura de que era mi padre quien hablaba—. Es la tercera vez este año, y ya no puedo seguir ayudándote.

—Pero me lo prometiste. Me prometiste que me ayudarías. Tú solucionas los problemas, eso es lo que haces.

—¡Pues se acabó! —gritó mi padre.

Sabía que no debía, pero abrí la puerta y vi a Don Mooley llevarse las manos a la cabeza. Gemía como un bebé gigante.

—¡Papá! —chillé por encima del llanto de Don—. ¿Se puede saber qué está pasando?

Papá me miró, sorprendido de verme ahí de repente. Don también me observó. Se quedó callado, temblando sobre la silla. Le caían gotas de la nariz y lágrimas de los ojos.

Papá suspiró; tenía los hombros hundidos como si el peso que soportaban se hubiese multiplicado por diez.

—Don se ha llevado el cuchillo al trabajo. Otra vez. —Papá señaló el puñal, inquietante y conocido, que estaba encima de su escritorio. Era el mismo cuchillo que Don le había puesto al cuello aquella vez—. Ha asustado a los clientes y el señor Day le ha despedido. De nuevo.

—No sabía que ya le habían echado antes.

Don se encogió de hombros.

—Claro, porque me paso la vida solucionando sus problemas. Don mete la pata, y yo lo arreglo. —Papá sonaba tan distante...; ni rastro de la habitual bondad y compasión que caracterizaban esa voz melódica y grave. Tenía el rostro hundido por la falta de sueño y unos círculos oscuros alrededor de los ojos—. Siempre intento solucionar los problemas de todo el mundo, y mira de qué me ha servido. Ya no puedo hacer nada más. Lo único que consigo es empeorar aún más las cosas. Así que ambos tendrán que apañárselas solitos.

—¿Ambos? —pregunté.

Don me interrumpió con sus gemidos.

—Pero papá, estamos hablando de Don —espeté, sorprendida por el repentino cariño que sentía por ese hombre que lloriqueaba, incluso con el cuchillo tan cerca—. No pretendías asustar a nadie, ¿verdad?

—No, señorita Grace. —A Don le temblaban los labios—. Esa gente ya estaba asustada. Estaban hablando del monstruo, que intentó comerse a Maryanne. Así que les enseñé mi cuchillo. Es de plata pura. Mi bisabuelo lo utilizaba para matar monstruos, me lo dijo mi abuelo. De hecho, todos mis antepasados se dedicaron a matar monstruos. Y yo sólo les estaba mostrando que yo también podría detener al monstruo antes de que...

—Vale ya —le cortó papá—. Los monstruos no existen.

—Pero mi abuelo...

—Don. —Lo miré como diciendo «No sigas por ahí». Me volví hacia mi padre—. Don te necesita. Dijiste que lo ayudarías y, por muy duro que sea, no puedes abandonar ahora. ¿Qué pasa con el «setenta veces siete» y todo eso que dices acerca de «ser el guardián de tu hermano»?

Una sensación de culpabilidad me recorrió el cuerpo. ¿Cómo podía decir todo aquello? Yo era la primera que quería tirar la toalla porque el ayudar a Daniel estaba resultando más difícil de lo que había imaginado. Y no podía creer que estuviese utilizando las Sagradas Escrituras contra mi padre y, encima, de una manera tan cruel.

Papá se frotó la mejilla con la mano.

—Lo siento, Grace. Tienes razón. Cada cual tiene que llevar su propia carga, y ésta es la mía. —Apoyó la mano sobre el hombro de Don—. Supongo que podré convencer al señor Day una vez más.

Don se abalanzó sobre mi padre y le abrazó por la cintura.

—¡Gracias, pastor Divine!

—No me des las gracias todavía —se apresuró a decir papá, que casi no podía respirar de lo fuerte que le abrazaba Don—. Además, tendré que quedarme con tu cuchillo por un tiempo.

—No —replicó Don—. Era de mi abuelo, es lo único que me queda de él. Lo necesito para... los monstruos...

—Ése es el trato —aseveró papá, y me miró—. Grace, guárdalo en un lugar seguro. —Condujo fuera de la habitación a Don, que miraba con nostalgia su cuchillo mientras salían—. Dentro de unas semanas veremos cuándo te lo devuelvo.

Guardé el examen en la mochila, estaba claro que no era el mejor día para conseguir la firma, y cogí el puñal. Lo sujeté con las dos manos; pesaba más de lo que creía. La hoja tenía algunas manchas por falta de lustre y otras marcas de color oscuro bastante extrañas. Parecía antiguo, incluso valioso. Sabía dónde papá quería que lo guardase, así que levanté la maceta de la flor de pascua que había en la estantería y cogí la llave que escondía. Abrí el primer cajón del escritorio de mi padre, donde guardaba las cosas importantes, como la caja de seguridad con las ofrendas de los domingos y el botiquín de primeros auxilios. Coloqué el cuchillo debajo de una linterna y cerré el cajón.

Repuse la llave, y sentí una punzada de remordimiento. Sabía lo que Don era capaz de hacer con ese puñal de plata, pero no pude evitar sentir lástima por él. Yo no podría ni imaginarme no tener más que un solo objeto para recordar a un ser querido.

—Grace. —Charity entró en la oficina—. Me ha gustado mucho lo que has hecho por Don.

—Bueno, ha sido más por papá —contesté—. No quiero que mañana se despierte arrepintiéndose de lo que ha hecho hoy.

—No creo que mañana vuelva a ser el de siempre.

La miré, parecía que estuviese conteniendo las lágrimas.

—¿Por qué lo dices? —pregunté, aunque en el fondo no quería saber la respuesta. Me había aferrado a la fantasía de que al día siguiente me despertaría y todo sería como se suponía que tenía que ser: copos de avena para desayunar, un día tranquilo en el colegio y un fantástico plato de pollo con arroz para cenar con toda la familia.

—Las hijas de Maryanne quieren celebrar su funeral mañana, antes de Acción de Gracias, porque no quieren cancelar un viaje que hace tiempo que planean.

Suspiré.

—Supongo que tendría que haber pensado en ello. Una muerte suele ir seguida de un funeral. —El ayudar a mamá con la preparación de grandes cantidades de arroz y todo tipo de guisos para las familias que han perdido a un ser querido no era más que parte del papel de la hija del pastor; pero no había asistido al funeral de nadie cercano desde que había muerto el abuelo, cuando yo tenía ocho años.

—Y eso no es lo peor —continuó Charity—. La familia de Maryanne le ha pedido al pastor de New Hope que se encargue del funeral. No quieren que lo haga papá; todavía lo culpan.

—¿Qué dices? Eso no es justo. Papá conocía a Maryanne de toda la vida, y ha sido su pastor desde antes de que tú nacieras.

—Lo sé, pero no entran en razón.

Me hundí en la silla que había junto al escritorio.

—Ahora entiendo por qué hablaba como si quisiera dejar la parroquia.

—¿Y sabes qué es lo peor? Pues que al pastor Clark le han hablado de nuestro dúo del domingo y ahora quiere que lo volvamos a cantar en el funeral porque era la canción preferida de Maryanne.

Abrí la boca para protestar.

—Y mamá dice que tenemos que hacerlo —añadió Charity—. Que es nuestra obligación o algo así.

«Obligación.» Estaba empezando a odiar esa palabra.

8

La tentación

El miércoles por la tarde, en el funeral

Una sombra lúgubre se apoderó de la parroquia y cubrió los corazones de todos los que se arrastraban hasta el interior de la iglesia para asistir al funeral de Maryanne Duke. Incluso las clases habían terminado antes de hora para que pudiésemos asistir a la misa de la tarde. Todo el mundo estaba afligido por la melancolía que envolvía todo aquello; todos excepto mi madre, que seguía inmersa en la operación «ama de casa perfecta». Llevaba desde las cuatro de la mañana revoloteando por la cocina para preparar un banquete para más de mil dolientes. El entusiasmo de su voz sorprendió a más de uno cuando les saludaba antes del oficio del pastor Clark, e invitó a todos los que parecían estar un poco solos a asistir al gran espectáculo de Acción de Gracias al día siguiente en nuestra casa.

—Invitad a quien queráis —nos dijo a Charity y a mí mientras metíamos las bandejas de comida dentro de la Burbuja Azul—. Quiero que sea el Día de Acción de Gracias más acogedor que vuestro padre pueda imaginar. Seguro que le sienta bien un poco de compañía.

Pero yo no estaba segura de que tuviera razón. Papá no cumplió con sus obligaciones de saludar a los asistentes antes del funeral y acabó sentándose solo en el único rincón vacío de la capilla, en lugar de ocupar su sitio en el púlpito como pastor de la parroquia. Sentí un impulso irresistible de sentarme a su lado, pero estaba atrapada en los bancos del coro con Charity, observando desde atrás el movimiento de la sotana del pastor Clark mientras hablaba, en tono melancólico, acerca del buen corazón de Maryanne y su naturaleza caritativa, a pesar de que apenas la conocía. Recorrí con los ojos la iglesia y deseé ser capaz de enviar un mensaje telepático a mi madre o a mi hermano para que fueran a abrazar a papá, pero mamá estaba ocupada organizando la cena en la sala social de la parroquia, y Jude estaba pegado a April en la tercera fila.

Mis ojos regresaron al dobladillo de la sotana del pastor Clark y permanecieron ahí hasta que me tocó cantar. Sonaron en el órgano las primeras notas de la canción e intenté que las palabras saliesen de mi boca, pero me empezó a temblar la cara y supe que estaba a punto de llorar. Reprimí el impulso como siempre lo hacía y apreté los labios. No podía cantar ni una nota más o acabaría perdiendo el control y, además, Charity cantaba con una voz tan aguda y temblorosa que no sabía ni en qué parte de la canción estábamos. Desvié la mirada hacia las ventanas, hacia el cielo nublado y sombrío donde incluso las nubes parecían a punto de estallar; y, entonces, lo vi.

Daniel estaba sentado al fondo del atestado anfiteatro con los brazos cruzados y la cabeza agachada. Debió de sentir el calor de mi mirada, pues en aquel preciso instante levantó la barbilla. Incluso desde esa distancia, pude percibir que tenía los ojos enrojecidos. Me miró un momento, como si pudiese ver todo el dolor que yo estaba reprimiendo, y después, bajó la cabeza de nuevo.

Cuando volví a sentarme, la curiosidad había sustituido a la tristeza. Charity me pasó el brazo por los hombros, sin duda alguna estaba confundiendo mi expresión de asombro con una angustia emocional extrema. El monótono elogio de las hijas Duke se me hizo eterno. Angela Duke incluso soltó un par de indirectas dirigidas a papá bien disimuladas. Cuando el oficio por fin concluyó, y el cortejo fúnebre salió hacia el cementerio, vi que Daniel se dirigía hacia las escaleras del anfiteatro que conducían a la salida. Salté de la silla, me despedí de alguien que intentaba darme las gracias por haber cantado, o más bien por haberlo intentado, y me puse el abrigo gris marengo y los guantes de piel.

—Mamá quiere que le ayudemos —me indicó Charity.

—Vengo en un minuto.

Fui hasta el pasillo, esquivando a un grupo de señoras que cuchicheaban sobre la falta de emotividad en el oficio del pastor Clark. Alguien me tiró de la manga cuando pasaba y dijo mi nombre. Podría haber sido Pete Bradshaw, pero no me detuve para comprobarlo. Era como si tuviera un hilo invisible enganchado al ombligo que tirase de mí hacia la salida de la parroquia y hasta el aparcamiento. Aceleré el ritmo de forma inconsciente y, entonces, vi a Daniel subiéndose a una motocicleta al otro lado del parking.

—¡Daniel! —grité en cuanto encendió el motor.

Se movió hacia delante en el sillín de la moto.

—¿Vienes?

—¿Cómo? No, no puedo.

—¿Y por qué me has seguido? —preguntó, mirándome con sus «tartas de barro», todavía enrojecidas.

No pude evitarlo, ese hilo invisible tiró de mí hasta que estuve a su lado.

—¿Tienes un casco?

—Esta moto es de Zed, aunque tuviera un casco, preferirías no ponértelo. —Daniel quitó el caballete—. Sabía que vendrías.

—Cállate —repliqué, y me subí a la moto.

Unos segundos después

El dobladillo de mi sencillo vestido negro subido hasta la rodilla y los tacones de fiesta a juego me parecieron sexy cuando apoyé los zapatos sobre los reposapiés de la moto. El motor rugió y la moto empezó a moverse. Puse los brazos alrededor de la cintura de Daniel.

El aire frío me golpeaba la cara y me cayeron unas lágrimas. Apreté la cabeza contra la espalda de Daniel y aspiré una mezcla de aromas conocidos: almendras, óleo, tierra y una pizca de barniz. Ni siquiera me pregunté qué hacía subida a esa moto, pues sentía que era justo donde tenía que estar.

Avanzábamos en línea recta y a velocidad constante en dirección al centro de la ciudad. Los hombros de Daniel estaban tensos y temblaban como si demandasen ir más rápido y él se estuviese conteniendo por mi propio bien. El sol se estaba ocultando en un crepúsculo carmesí detrás de la ciudad, cuando finalmente nos detuvimos en un callejón solitario en una zona desconocida.

Daniel apagó el motor, y el silencio hizo vibrar mis oídos.

—Quiero enseñarte algo —dijo, bajándose de la moto con agilidad. Se subió al bordillo y empezó a andar.

En cuanto pisé el suelo noté un dolor terrible en las piernas, que tenía heladas. Empecé a seguirlo, bamboleándome de un lado a otro como si hiciese años que no pisaba tierra firme. Daniel dobló una esquina y desapareció.

—¡Espera! —grité, intentando volver a recogerme la más que alborotada melena en el moño estilo francés que llevaba antes de dejar la parroquia.

—No está lejos —replicó.

Doblé la esquina y continué por un callejón oscuro y estrecho. Daniel me esperaba al fondo del pasaje frente a dos pilares de ladrillo y una puerta de hierro forjado que impedía el paso.

—Éste es mi santuario —explicó, mientras se agarraba a uno de los barrotes de hierro de la puerta. En una de las columnas había una placa dorada en la que ponía: EN MEMORIA DE LA FAMILIA BORDEAUX.

—¿Un cementerio? —Me acerqué a la puerta con indecisión—. ¿Vienes a pasar el rato a un cementerio?

—Casi todos mis amigos veneran a los vampiros. —Daniel se encogió de hombros—. He estado en los sitios más extraños que te puedas imaginar.

Lo miré, boquiabierta.

Daniel se echó a reír.

—No es un cementerio, es un monumento conmemorativo. Aquí no hay tumbas ni gente muerta, a no ser que cuentes al guarda de seguridad; pero ésta es la entrada trasera, así no creo que nos lo encontremos.

—¿Quieres decir que nos estamos colando?

—Pues claro.

Oímos un tintineo que venía de la calle de atrás. Daniel me tomó del brazo y me metió bajo la sombra de un hueco que había en el edificio contiguo.

—Por las tardes cierran las puertas con llave para que no entren gamberros.

Tenía su cara tan cerca de la mía que su aliento me acarició la mejilla. El frío que me helaba los huesos desapareció y una ola de calor recorrió mi cuerpo.

—Tendremos que saltar la verja y mantenernos alejados de las luces. —Daniel inclinó la cabeza a un lado para comprobar que no había moros en la costa.

—No. —Me hundí en el hueco, sintiendo más frío que nunca—. Yo no hago este tipo de cosas. No me cuelo en lugares, ni infrinjo las leyes, por absurdas que sean. —O, al menos, eso intentaba—. No pienso hacerlo.

Daniel se inclinó hacia mí, y su aliento volvió a rozarme el rostro.

—¿Sabías que algunos eruditos religiosos creen que cuando te enfrentas a una tentación irresistible —alzó la mano hasta mi cuello y me apartó un mechón de pelo— deberías cometer un pecado pequeño, como para liberar un poco la presión?

En la sombra, sus ojos parecían más oscuros de lo normal, y su mirada no sólo insinuaba que tenía hambre, sino que estaba muy, muy hambriento. Sentía sus labios tan cerca que casi podía notar su sabor.

—Menuda tontería. Y... y... yo no necesito liberar ninguna presión, para que lo sepas. —Lo aparté de un empujón y salí del hueco donde nos estábamos escondiendo—. Me voy a casa.

—Haz lo que quieras —respondió—. Pero yo voy a entrar y, a no ser que sepas conducir una moto, tendrás que esperarme un buen rato hasta que te lleve a casa.

—¡Pues me voy andando!

—¡Me vuelves loco! —me gritó cuando me iba. Se quedó callado un instante—. Sólo quería que lo vieras —añadió con un tono mucho más suave—. Eres la única persona que conozco capaz de apreciar de verdad este lugar.

Me detuve.

—¿Y qué hay ahí, si se puede saber? —pregunté, volviéndome hacia él.

—Tienes que verlo con tus propios ojos. —Entrelazó las manos como para auparme—. Puedo ayudarte a subir, si quieres.

—No, gracias. —Me quité los tacones y los arrojé por encima de la verja. Guardé los guantes en los bolsillos del abrigo y me subí al pilar de ladrillos, con la ayuda de un punto de apoyo que encontré con los dedos del pie, que estaban un poquito menos congelados. Trepé casi un metro, me agarré a una de las puntas de hierro con forma de flor de lis, y tiré con fuerza hasta que conseguí subirme encima del pilar.

—Pensaba que no hacías este tipo de cosas —dijo Daniel.

—Ya sabes que siempre conseguía trepar más alto y más rápido que vosotros los chicos. —Me puse de pie encima del pilar e intenté disimular lo sorprendida que estaba yo también de la facilidad con la que había subido. Me llevé las manos a la cintura y añadí—: ¿Y tú? ¿Piensas subir o qué?

Daniel rio. Sus pies apenas rozaron los ladrillos mientras subía detrás de mí.

Cuando pude ver los tres metros que me separaban del suelo al otro lado, sentí un poco de vértigo. «Ostras, esto está muy alto», pensé. Y justo cuando estaba intentando hallar el modo de bajar, perdí el equilibrio y me caí, pero antes de que pudiese gritar, algo duro y fuerte me agarró del brazo y me sujetó a poca distancia del suelo.

Quedé colgando durante unos instantes, con los pies por encima de la tierra helada. Intenté recuperar el aliento antes de alzar la vista, pero todavía me costó más respirar cuando vi a Daniel arrodillado encima del pilar sujetándome con una sola mano. Y tenía el rostro completamente relajado, ni una sola arruga por la tensión de mi peso.

Cuando me miró, le brillaron los ojos, tanto que no parecían reales.

—Menos mal que no eres perfecta en todo —comentó, y en lugar de dejarme caer el último medio metro, me agarró el brazo con más fuerza y, como si nada, me alzó junto a él encima del pilar.

—Pero ¿cómo...? —No pude hablar cuando miré sus ojos brillantes.

Aún temblorosa, Daniel me rodeó con sus brazos y saltó. Aterrizó suavemente sobre la gravilla del monumento y me dejó de pie.

—¿Cómo...? ¿Cómo lo has hecho? —Me notaba las piernas tan blandas como un par de gomas de borrar y el corazón me latía a toda velocidad—. No sabía que estabas tan cerca de mí.

«Ni que tuvieras tanta fuerza», añadí para mí misma.

Daniel se encogió de hombros.

—He practicado mucho desde que nos subíamos al nogal.

«Sí, seguro que a fuerza de colarte en muchos sitios», pensé.

—¿Pero cómo has podido cogerme así?

Daniel negó con la cabeza como si mi pregunta no tuviera ninguna importancia. Se metió las manos en los bolsillos de la cazadora y empezó a bajar por un sendero estrecho, flanqueado por unos setos muy altos.

Me agaché y me puse los zapatos. Cuando me incorporé de nuevo, la cabeza me empezó a dar vueltas.

—¿Y qué tiene de especial este lugar?

—Sígueme —contestó Daniel.

Continuamos por el sendero hasta llegar a un gran espacio abierto que parecía un jardín. Estaba repleto de árboles, parras y arbustos, los cuales probablemente se llenaban de flores en primavera. Seguimos el serpenteante camino adentrándonos más en el jardín, y una fina neblina nos envolvió.

—Mira ahí —dijo Daniel.

Seguí su gesto y me encontré cara a cara frente a un hombre de rostro blanco. Di un grito y retrocedí de un salto. El hombre no se movió, y cuando la neblina se disipó me di cuenta de que era una estatua. Me acerqué y la contemplé de cerca.

Era un ángel; no era el típico querubín rechoncho, sino un hombre alto, esbelto y majestuoso, parecía un elfo de *El señor de los anillos*. Llevaba una túnica, y su rostro estaba esculpido con mucho detalle. Tenía la nariz fina y la mandíbula fuerte, y una mirada que sugería que acababa de ver las maravillas del cielo.

—Es precioso —comenté mientras pasaba la mano por encima de uno de los brazos de la estatua, acariciando con el dedo los pliegues de la túnica.

—Y hay más. —Daniel señaló el resto del jardín.

A través de la niebla distinguí otras figuras blancas, tan majestuosas como la primera. Unos focos pequeños iluminaban sus cabezas desde arriba, por lo que parecían especialmente divinas a la luz menguante del anochecer.

Respiré hondo.

—El Jardín de los Ángeles. Había oído hablar de este lugar, pero nunca supe dónde estaba. —Continué por el sendero hasta otra imponente estatua. Era una mujer con unas alas largas y bonitas que le caían por la espalda como las trenzas de Rapunzel.

Daniel me seguía mientras yo flotaba de ángel en ángel. Algunos eran ancianos con aspecto antiguo. Otros eran niños con cara de ilusión, pero todos eran esbeltos y distinguidos. Me puse de puntillas sobre el borde del camino para conseguir acariciar las alas de otro ángel.

—Nunca te apartas del camino, ¿verdad? —se burló Daniel. Pasó por mi lado y su brazo me rozó la espalda.

Me miré los dedos de los pies, que estaban al borde del sendero de gravilla y volví a apoyar los talones. Si supiera lo imperfecta que me sentía casi todos los días...

—Es que se supone que así la vida es más fácil.

—Más aburrida, dirás. —Daniel me dedicó una sonrisa traviesa mientras pasaba entre dos estatuas y desaparecía en la neblina. Poco después, salió de nuevo al camino, cerca de una estatua que era más alta que el resto.

—Este lugar se construyó en memoria de Carolyn Bordeaux —explicó Daniel—. Era una mujer rica y codiciosa que ocultaba su riqueza, hasta que un día, cuando rondaba los setenta, acogió a un perro callejero sin ninguna razón aparente. Ella decía que ese perro era un ángel disfrazado, que le había revelado que debía ayudar a los demás. Después de aquello, la mujer dedicó el resto de su vida y fortuna a ayudar a los más necesitados.

—¿En serio? —Me acerqué a él, que asintió con la cabeza.

—Su familia pensó que se había vuelto loca; hasta intentaron encerrarla en un manicomio. Pero cuando murió, un coro de voces maravillosas que parecían de otro mundo inundó su habitación. La familia pensó que los ángeles habían vuelto para reclamar el alma de Carolyn, pero pronto se dieron cuenta de que la casa estaba rodeada de niños que cantaban, eran los niños del orfanato donde Carolyn trabajaba como voluntaria. La familia Bordeaux se quedó tan conmocionada que decidió construir este lugar en su memoria. Dicen que hay un ángel para cada una de las personas a las que ayudó. Hay cientos de ellos repartidos por el jardín.

—Caray. ¿Y tú cómo sabes todo eso?

—Lo pone en esa placa de ahí. —Daniel sonrió con más picardía que nunca.

—Me había emocionado y todo —contesté, riendo—. Y ya empezaba a pensar que eras una especie de intelectual, con todo este conocimiento de las oscuras historias locales y esa cita de los eruditos religiosos.

Daniel bajó la cabeza.

—Es que tenía mucho tiempo para leer allá donde estaba.

El aire que nos separaba se espesó. ¿Quería Daniel que le preguntase dónde había estado durante los últimos tres años? Yo deseaba hacerlo, desde el mismo instante en que volví a verlo. Esa pregunta era tan importante como descubrir qué había pasado entre él y Jude. Seguro que las dos respuestas estaban relacionadas entre sí. Decidí aprovechar la oportunidad, y obtener así la información que necesitaba para poder arreglar las cosas.

Junté las manos y me clavé las uñas en las palmas y, antes de que pudiese cambiar de idea, lancé la pregunta.

—¿Adónde fuiste? ¿Dónde has estado todo este tiempo?

Daniel suspiró y alzó la vista hacia la alta estatua que se erguía a su lado. Era un joven, de unos veinte y pico años, y sentado a su lado había un perro de piedra. El perro era alto y esbelto como el ángel, y sus orejas puntiagudas se alzaban hasta el codo del joven. Tenía el hocico alargado y su pelaje espeso y la cola se perdían entre los intrincados pliegues de la túnica del ángel.

—Fui al Este, bajé al Sur y, después, me dirigí al Oeste. Estuve en casi todos los lugares tópicos que puedas imaginar. —Daniel se puso de cuclillas y contempló al perro—. Lo conocí cuando estaba en el Este y me dio esto —explicó, sujetando el colgante con la piedra negra entre sus dedos—. Dijo que me mantendría a salvo.

—¿El perro o el ángel? —bromeé. Debería haberme imaginado que Daniel no respondería con claridad a mi pregunta sobre sus andanzas.

Daniel se apartó las greñas de los ojos.

—Conocí al hombre para el cual esculpieron esta estatua: Gabriel. Me enseñó muchas cosas. Me habló de Carolyn Bordeaux y de lo que hizo por los demás, y me entraron ganas de volver aquí, de volver a estar cerca de este lugar... y de otras cosas. —Daniel se levantó y aspiró una gran bocanada de aire brumoso—. Además, aquí siempre me cogía como un subidón...

—Pues será porque venías aquí a colocarte, ¿no? —comenté, intentando adivinar.

—Bueno, sí. —Daniel rio y se sentó sobre un banco de piedra.

De manera instintiva, me alejé un paso de él.

—Pero ahora ya no. —Tamborileó con los dedos sobre las piernas—. Hace tiempo que estoy limpio.

—Pues me alegro. —Dejé caer mis manos a los lados e intenté que pareciese que su confesión no me había afectado ni sorprendido. Sabía que no era un ángel y que su vida ya había dado un giro hacia terrenos pantanosos antes de que desapareciese. Lo había visto sólo tres veces en seis meses desde que se mudó a Oak Park con su madre; los seis meses que concluyeron con su total desaparición. La última de esas tres veces fue cuando llamaron a papá del instituto público de Oak Park porque Daniel había sido expulsado por pelearse. No localizaban a su madre, de manera que papá y yo tuvimos que acompañarlo a casa. Pero, en cierto modo, era como imaginar a mi hermano tomando drogas o incluso peor.

Observé la alta estatua del ángel Gabriel mirándonos desde arriba. Sus ojos esculpidos parecían descansar sobre la coronilla de Daniel. Un hilo de curiosidad me impulsó a sentarme en el banco junto a él.

—¿Crees en los ángeles? ¿En los de verdad?

Se encogió de hombros.

—Bueno, no creo que tengan alas con plumas y todo eso, pero creo que hay gente que hace cosas buenas por los demás sin esperar nada a cambio. Personas como tu padre... y como tú.

Lo miré a los ojos. Daniel alzó la mano como si fuese a acariciarme la mejilla, noté un hormigueo en la piel, pero la apartó y tosió.

—Pero para mí, estáis todos locos —añadió.

—¿Locos? —Las mejillas me ardían.

—No sé cómo lo hacéis —continuó—. Como Maryanne Duke, que no tenía nada y todavía intentaba ayudar a personas como yo. Creo que era un ángel.

—¿Y por eso has venido al funeral? ¿Por Maryanne? —«¿Y no por mí?», pensé.

—Muchas veces, cuando mis padres discutían, yo me iba a casa de Maryanne. Si no estaba en tu casa, estaba con ella. Siempre me apoyó cuando nadie lo hacía. —Daniel se pasó el dorso de la mano por la nariz. Tenía las uñas manchadas de negro con lo que parecía tinta de rotulador—. Pensé que debía presentar mis últimos respetos...

—Lo había olvidado, supongo. Es que Maryanne cuidó de tanta gente...

—Sí, claro, ya sé que no soy especial ni nada de eso.

—No, no me refería a eso... Lo siento, es que no me acordaba. —Le puse la mano en el hombro. Se encogió; apenas podía notar la firmeza de su cuerpo bajo el tejido de la cazadora—. Las cosas no fueron fáciles para ti. Seguro que Maryanne te hacía sentir...

—¿Querido?

—Sí, supongo. Querido o, por lo menos, normal.

Daniel sacudió la cabeza.

—A veces sí, como cuando Maryanne me leía cuentos por la noche, o cuando me sentaba a la mesa con tu familia. No hay nada como una cena con la familia Divine para hacerte sentir que hay personas a las que sí les importas. Pero nunca me sentí normal. De algún modo, siempre sentí que no era...

—¿Que no era tu sitio? —En cierta manera, lo entendía.

—Y nunca lo fue, ¿verdad? —Daniel alzó la mano y me cogió de la muñeca con sus largos dedos. Se movió como si me fuese a apartar la mano, pero vaciló y, entonces, cogió mi mano entre las suyas—. No sabes cuántas veces en los últimos años he deseado poder sentarme a la mesa con tu familia. Como si pudiese borrar lo que hice, cambiar las cosas para volver a formar parte de eso. Pero es imposible, ¿no? —Pasó sus cálidos dedos por la línea del corazón de mi mano abierta y los deslizó entre los míos.

Quizá fuera por la luz tenue de los focos o por el movimiento de la neblina, pero por un momento me pareció estar con el Daniel de antes, el del cabello rubio y la mirada pícara pero inocente, como si los años no hubieran pasado y la oscuridad que lo rodeaba se hubiera esfumado. Y en ese momento, algo, una energía, pasó entre nosotros, como si el hilo que me había arrastrado tras él fuese ahora un cable o una carga vital que nos mantenía a ambos unidos, y sentí la necesidad de ponerlo a salvo.

—Oye, mañana organizamos en casa una gran comida de Acción de Gracias —solté—. Podrías venir. Me gustaría que vinieras.

Daniel pestañeó.

—Estás helada —dijo—. Deberíamos meternos en algún sitio.

Daniel se levantó, todavía sujetando mi mano, y me condujo camino abajo. No sabía cuándo iba a soltarme la mano, pero no quería que lo hiciera. Y yo le agarré porque sabía que me necesitaba.

Al final me soltó, abandonó el sendero y se adentró en una zona de plantas en estado de descomposición.

—Si vamos por aquí la valla no está tan alta —me explicó.

Vacilé un instante al borde del camino, observándolo mientras se escabullía entre la neblina. Puse los pies fuera del sendero de gravilla y lo seguí a través de las profundidades del jardín. Cuando alcanzamos la valla de hierro, dejé que me ayudase; y mientras trepaba noté sus manos a ras de mi cintura y mis piernas. De regreso a la motocicleta, caminamos el uno al lado del otro. Nuestros dedos se rozaron una vez y deseé que me volviese a tomar de la mano. Me subí a la parte trasera de la moto y aspiré una profunda bocanada de la fragancia terrosa de Daniel cuando empezamos a movernos hacia la ciudad de noche.

Unos minutos después

Daniel detuvo la moto de golpe frente a su edificio. Me aplasté contra su espalda y por poco salgo volando a la cuneta.

Daniel me agarró el muslo y me sujetó.

—Perdona —masculló, y tardó un instante en apartar la mano.

Se bajó de la moto, y yo lo seguí. Apoyó el brazo en mi hombro y me condujo hasta la acera y a través de la entrada, sin puerta, del bloque de pisos. Cuando subíamos las escaleras, el corazón me latía tan fuerte que me dio miedo de que Daniel pudiese oírlo. A medida que ascendíamos, los golpes fueron ganando intensidad y, entonces, me di cuenta de que de una puerta del tercer piso salía música. Daniel se guardó la llave en el bolsillo y empujó la puerta. El ruido se nos tragó. La sala estaba repleta de gente bailando y Zed, que parecía mucho más animado que la última vez, cantaba (bueno, gritaba) con un micrófono mientras otros chicos golpeaban unos instrumentos musicales con total desenfreno.

Daniel me condujo entre el gentío. El asqueroso humo dulce que envolvía la habitación no me dejaba respirar. Estaba tosiendo, atragantada, cuando una persona, que parecía más una mujer que una adolescente, surgió de entre la multitud y se nos acercó, moviéndose y vibrando al ritmo indiscernible de la canción de Zed. Tenía el cabello corto y despuntado como si fuesen plumas, parecía algún tipo de pájaro exótico; y los mechones de su flequillo decolorado, cuyas puntas llevaba teñidas de un tono rosa chillón, le formaban tres triángulos perfectos en la frente.

—Oh, Danny Boy, por fin has llegado —dijo con un acento como de Europa del Este. Desvió sus ojos, maquillados de negro, hacia mí e hizo morritos con los labios pintados de color sangre.

Daniel apartó su brazo de mi hombro.

—Y mira lo que has traído. —La mujer me repasó de los pies a la cabeza—. Espero que haya suficiente para todos.

—Grace, ésta es Mishka. Nos conocimos hace mucho tiempo —explicó Daniel, refiriéndose a la portadora de la minifalda de cuero y lo que creo que se llama corsé.

—No hace tanto, Danny Boy. —Puso sus pechos contra él—. Pero antes eras más divertido. —Y le acarició la cara con una de sus uñas, largas y rojas—. Y ahora tienes que venir conmigo —dijo, llevándose a Daniel de mi lado—. Me has hecho esperar y ya sabes que Mishka no es una mujer paciente.

—Ven, Grace. —Daniel me tendió la mano.

Y cuando me disponía a deslizar mis dedos entre los suyos, Mishka frunció el ceño.

—¡No! —ordenó—. No actúo con público. Ésta se queda aquí.

—Pero no quiero dejarla —replicó Daniel.

Mishka se inclinó todavía más sobre él; sus brillantes dientes le rozaban la oreja mientras hablaba.

—Esto tenemos que hacerlo solos tú y yo. Tu chica tendrá que apañárselas unos minutos sin ti, pues Mishka no piensa esperarte ni un minuto más, Danny Boy. —Le tiró del brazo, pero él no se movió.

»¿Acaso necesitas que te recuerde cómo me pongo cuando me haces enfadar? —Entornó los ojos y se lamió los labios.

—No... pero es que Grace... —protestó él con poca convicción.

Mishka me fulminó con la mirada. Bajo la tenebrosa luz del apartamento sus ojos se veían de color negro azabache. Me rozó el brazo con sus garras, y cuando sonrió sus dientes me parecieron terriblemente afilados.

—No te importa que me lleve a mi Danny Boy un rato, ¿verdad? —dijo, aunque habría jurado que no había movido los labios, como si su voz hubiera sonado dentro de mi cabeza.

—Eh... no —contesté. De repente, ya no me importaba nada. Quizá fuese por ese humo dulce y denso que flotaba en la habitación, pero cuando Mishka me miró a los ojos, no pude pensar en nada, y mucho menos preocuparme.

—Buena chica —comentó Mishka. Pasó su brazo alrededor del de Daniel y se lo llevó lejos de mí.

Daniel miró atrás y dijo:

—Espérame aquí. Y no hables con nadie, ¿vale?

O al menos eso es lo que me pareció oír. Estaba aturdida y la lengua me pesaba demasiado como para contestarle. Me quedé ahí plantada hasta que alguien casi me tira al suelo de un golpe. Intenté mirar, pero una niebla me empañaba los ojos. Todo lo que pude ver fue a una chica con el pelo verde y el rostro cubierto de piercings. Dejó de «bailar» y se me acercó, entrecerrando los ojos, que en aquel momento me parecieron enormes. Dijo algo que no entendí, y yo intenté preguntarle si nos conocíamos de algo, pero lo que salió de mi boca ni siquiera parecían palabras. Se alejó, tambaleándose de lado a lado y riéndose como una histérica.

Me refugié en el pasillo oscuro que conducía hasta los dormitorios y aspiré un par de bocanadas de aire, ligeramente más fresco ahí. Estaba a punto de llamar a la puerta de Daniel cuando oí la risa de Mishka que venía del interior. Se me revolvió el estómago, y cuando Zed dejó de cantar esa maléfica canción para empezar otra melodía (todavía más espeluznante y machacona que la anterior, con Zed jadeando sobre el micrófono), lo empecé a ver todo más claro y comprendí que me habían abandonado. Cualquier tipo de conexión, momento o energía que Daniel y yo hubiéramos compartido, se había esfumado.

—Eh, hola, cariño —dijo un chico, arrimándose a mí—. No

esperaba volver a verte por aquí. —Sonrió con satisfacción y, entonces, me di cuenta de que era uno de los chicos malhablados que había conocido el otro día.

—Yo tampoco. —Me llevé el abrigo de lana al pecho. Todo el atractivo que había visto en mis ropas de domingo, me parecía ahora totalmente infantil.

—Creo que te iría bien divertirte un poco —me dijo con una voz escurridiza como una serpiente. Me ofreció un vaso de plástico lleno de un líquido oscuro de color ámbar y algo deshaciéndose de manera inquietante en el fondo—. Podríamos pasar un buen rato si te sientes abandonada.

Rechacé el vaso.

—No, gracias, ya me iba.

—Eso es lo que tú te crees —espetó, bloqueando mi vía de escape con el brazo—. La fiesta acaba de empezar. —Intentó rozarme con la mano que sujetaba el vaso donde no debía.

Pasé por debajo de su brazo y a través del gentío llegué hasta la puerta. La chica del pelo verde se tambaleó en la misma dirección, y cuando la empujé para poder salir me soltó una grosería. Bajé las escaleras y salí del edificio. En la salida escuché con atención y cuando oí pasos sobre las escaleras metálicas, salí disparada por la calle Markham.

Mi suerte debió de dar un giro, pues justo cuando llegué al final de la manzana un bus que iba en dirección a casa se detuvo junto a la acera. Cuando las puertas se abrieron, subí a toda prisa los escalones y recé para que me alcanzara el dinero para el billete. El conductor refunfuñó mientras contaba las monedas, pero tenía suficiente e incluso me sobraban treinta y cinco centavos.

El autobús estaba casi vacío, excepto por un par de hombretones que se estaban chillando en un idioma que me recordó el acento de Mishka, y un hombre de unos cuarenta y pico años que llevaba unas gafas de culo de botella y mecía una muñeca en los brazos canturreándole en tono paternal. Me senté al fondo y me abracé las rodillas contra el pecho. El autobús daba bandazos a un lado y a otro, y olía ligeramente a orina, pero me sentí más segura ahí que en aquel pasillo del piso.

No podía creer que Daniel me hubiese dejado sola con esa gente. Y ¿en qué estaba pensando cuando entré en su casa? ¿Qué hubiera pasado si no llega a ser por la fiesta? Pero lo que más me avergonzaba era esa parte de mí que había deseado que pasase algo.

«Bocados de tentación.»

De nuevo en casa

No me bajé del autobús hasta que se detuvo en la parada frente al colegio. Utilicé las últimas monedas que me quedaban para llamar a April desde una cabina, pero no respondió al teléfono. No era demasiado difícil imaginarse con quién podría estar a esas horas.

Me envolví bien en el abrigo y caminé hasta casa todo lo rápido que mis tacones me permitieron, con la sensación de que aquel chico asqueroso de la fiesta me estaba siguiendo. Me colé en casa con la esperanza de pasar inadvertida hasta mi habitación, como si pudiese fingir que había estado todo el rato en la cama; pero mamá debió de oír que la puerta se cerraba y me llamó a la cocina antes de que pudiera escabullirme escaleras arriba.

—¿Se puede saber dónde has estado? —preguntó, con voz un poco más que molesta. Vi que estaba desmenuzando unas gruesas rebanadas de pan en pequeños pedazos para que se secasen durante la noche y poderlos utilizar como parte del relleno de Acción de Gracias—. Tenías que ayudarme a servir la cena después del funeral. —Por lo que parecía no era lo suficientemente tarde para que se hubiese preocupado por mi seguridad, pero tarde de sobra para que le irritase mi ausencia.

—Lo sé —masculló—. Lo siento.

—Primero, desapareces tú, y luego Jude. —Cogió otra rebanada de pan y la despedazó con los dedos—. ¿Sabes la imagen que ha dado que la mitad de la familia no viniese a la cena? Y tu padre casi se parte la espalda apartando sillas mientras vosotros dos estabais de paseo con vuestros amigos.

—Lo siento. Te compensaré. —Y di media vuelta para salir de la cocina.

—Y tanto que me compensarás. Mañana vendrán unas veinte personas como mínimo para celebrar Acción de Gracias. Tú te encargarás de hacer las tartas y luego de fregar el suelo. Tu hermano tendrá su propia lista de tareas.

Por un momento me planteé sacar el examen de Química para que me lo firmase; como ya estaba enfadada... Pero, al final, decidí no hacerlo. Mamá puede volverse muy minuciosa con la asignación de tareas cuando está irritada.

—Vale —contesté—. Me parece justo.

—Y ya te estás poniendo el despertador a las 5.45 de la mañana —añadió mamá mientras me dirigía hacia las escaleras.

Como si en ese momento necesitase otro motivo para maldecir mis decisiones impulsivas.

9

Acción de Gracias

Casi tres años y medio antes

—Nunca aprenderé a pintar así —comenté mientras admiraba el boceto que Daniel había dejado sobre la encimera de la cocina para que se secase.

Era un dibujo de las manos de mi padre cortando una manzana verde para el pastel de cumpleaños de Daniel. Las manos parecían tan reales: suaves, amables y serenas. A su lado el autorretrato en el que yo había estado trabajando tenía un aspecto tan vacío...

—Claro que sí —dijo Daniel—. Te enseñaré.

Le hice una mueca con la nariz.

—Como si tú pudieras enseñarme algo a mí.

Pero yo sabía que sí podía enseñarme. Era mi primer intento con los óleos después de dos años, y ya estaba a punto de desistir de nuevo.

—Es que eres tan tozuda... —replicó Daniel—. A ver, ¿quieres que te enseñe a pintar mejor o no?

—Supongo que sí.

Daniel sacó uno de los tableros de dibujo que guardaba debajo de la mesa de la cocina junto con sus otros utensilios. El tablero me pareció un caos, manchado con óleo de doce colores diferentes.

—Prueba con esto —sugirió—. Los colores cobran vida a medida que pintas, y así le das más profundidad al dibujo.

Volví a empezar el autorretrato; Daniel me supervisaba. No podía creer la diferencia. Me encantaba cómo quedaban mis ojos con unas motas de color verde y naranja que aparecían por detrás de los iris color violeta; se veían más reales que todo lo que había pintado en mi vida.

—Gracias —dije, y él sonrió.

—Cuando tenga más, te mostraré un truco increíble con aceite de linaza y barniz. Le da un toque de calidad extrema a los tonos de piel, y alucinarás con lo que hace con las pinceladas.

—¿En serio?

Daniel asintió con la cabeza y regresó a su propio retrato. Sin embargo, en lugar de dibujarse a sí mismo como nos había encargado la profesora, él estaba pintando un perro gris y canela con ojos que parecían de un ser humano. Eran de color terroso y profundos, como los suyos.

—Daniel. —Mamá estaba de pie en la entrada de la cocina. Estaba pálida. —Alguien ha venido a verte.

Daniel ladeó la cabeza sorprendido. Lo seguí hasta el recibidor, y allí estaba ella: la madre de Daniel esperaba en la entrada. Tenía el cabello mucho más largo y rubio que un año y dos meses atrás, cuando vendió la casa y dejó a Daniel con nosotros.

—Hola, cielo —le dijo a Daniel.

—¿Qué haces aquí? —Su voz crujió como el hielo. Hacía meses que su madre no lo llamaba, ni siquiera para felicitarlo por el cumpleaños.

—Vengo a buscarte —contestó—. He conseguido un lugar pequeño en Oak Park. No es como la casa que teníamos, pero está limpio y es agradable, y podrías empezar a ir al instituto ahí en otoño.

—No pienso irme contigo —replicó, su voz cada vez más enfadada—, y no voy a cambiarme de colegio.

—Daniel, soy tu madre. Tu sitio está en casa, conmigo. Me necesitas.

—No, te equivocas —intervine casi gritando—. Daniel no te necesita. Nos necesita a nosotros.

—No —corrigió Daniel—. No os necesito. —Me apartó para abrirse paso y por poco me tira al suelo—. No necesito a nadie. —Pasó apresuradamente junto a su madre y salió al jardín.

La señora Kalbi se encogió de hombros.

—Creo que Daniel sólo necesita un poco de tiempo para hacerse a la idea. Espero que lo entendáis si no viene a veros durante una temporada. —Desvió la mirada hacia mí—. Enviaré a alguien a buscar sus cosas más tarde. —Y cerró la puerta tras ella.

La mañana de Acción de Gracias

Me desperté temprano con el sonido del viento golpeando mi ventana. Todavía en la cama, sentí un escalofrío y empecé a temblar. Daniel tenía razón: no necesitaba a nadie. Me había estado engañando a mí misma en ese jardín. Daniel no necesitaba mi tabla de salvación, de hecho, no necesitaba nada de mí en absoluto.

Me tapé con el edredón por encima de los hombros y me hice una bola, pero por mucho que lo intentase, no había manera de encontrar calor en mi cama.

El tintineo de la cubertería a lo lejos era señal de que mi madre ya estaba poniendo la mesa para la gran comida de Acción de Gracias.

Decidí empezar pronto con las enmiendas por mi ausencia del día anterior y salté de la cama. La somnolencia de mi cerebro se esfumó en cuanto mis pies tocaron el parqué helado. Salí disparada hacia el armario, me puse las zapatillas y la bata, y bajé.

Mamá había juntado dos mesas de la sala social de la parroquia, y uno de los extremos sobresalía del comedor al recibidor. Las había cubierto con manteles de lino del color de las hojas de arce, y estaba poniendo la mesa para al menos veinticinco personas con su mejor porcelana y copas de cristal. La mesa estaba adornada con velas y vistosos arreglos florales, en lugar de los peregrinos de papel maché que solía poner, aquellos que yo le había ayudado a hacer cuando tenía nueve años.

—Qué bien queda —comenté, bajando el último escalón.

A mamá un poco más y se le cae el plato. Recuperó la calma y lo colocó sobre la mesa.

—Ajá —murmuró—. Hasta las seis menos cuarto no necesito que empieces con las tartas.

Estaba claro que todavía no me había perdonado del todo. Suspiré.

—Es que ya estaba despierta de todos modos. —Me froté las manos—. Podríamos subir la calefacción, ¿no?

—En cuanto pongamos en marcha los hornos y esto se llene de gente hará mucho calor aquí dentro. Este año seremos muchísimos, y estoy preparando dos pavos. —Mientras hablaba, iba colocando los cubiertos de plata en la mesa—. Y eso significa que las tartas tienen que estar listas como muy tarde a las ocho. He comprado guarnición para dos tartas de manzana y caramelo y un par de calabaza con especias. Y tu padre preparará sus famosos cruasanes, así que tenemos que organizar bien el tiempo.

—Gracias a Dios que tenemos dos hornos.

—Sí, ya te he dicho que se iba a calentar mucho el ambiente aquí.

—Pero, ¿no podemos subir la calefacción unos minutos? —Me asomé por las cortinas de la ventana y me sorprendió comprobar que el césped todavía estaba pelado y muerto, sin rastros de nieve—. ¿No te da miedo que el pequeño James se muera de frío o algo así?

A mamá casi se le escapa la risa.

—No hace tanto frío, no exageres. —Se me acercó y me dio un golpecito en el trasero—. Venga, ponte con esas tartas. O si tienes tanto frío, también puedes entrar en calor ayudando a Jude a limpiar el almacén.

—¿El almacén?

—Sí, puede que alguien quiera ver toda la casa.

Arqueé las cejas.

—Pero tampoco tienes que enseñarles el almacén... —repliqué.

Mamá se encogió de hombros.

—Jude se ha despertado hace una hora con ganas de cumplir su castigo, y ambas sabemos que tu padre es el único hombre de la familia que sabe cocinar.

—Ah, claro. —No me molesté en decirle que Jude podía haber puesto la mesa, porque mamá estaba volviendo a colocar todos los centros de flores para que estuviesen exactamente a la misma distancia—. ¿Y April? ¿Sabes si vendrá?

—Sí. ¿No te lo ha dicho? —Mamá me lanzó una mirada inquisidora.

—Es que por lo visto últimamente habla más con Jude que conmigo. —Sabía que era muy mezquino por mi parte que me molestase que April y Jude estuvieran saliendo, pero no podía remediarlo.

Mamá arrugó la nariz.

—Pues supongo que eso explica por qué últimamente se le ve tan inquieto —comentó.

—Puede ser. —Toqueteé el lazo de mi bata—. April es una buena chica.

—Ya lo creo que sí. —Mamá arregló el pliegue de una de las servilletas de lino—. Seguro que lo es.

—Bueno, pues voy a vestirme y empiezo con las tartas.

—Sí, eso estaría bien —murmuró, y empezó a ordenar las copas.

Tartas

Mamá tenía razón. El ambiente se caldeó bastante en casa a lo largo de la mañana. Todo empezó cuando papá reveló que no tenía ni idea de que mamá quisiera que preparase sus famosos cruasanes para los festejos.

—No me lo habías dicho —protestó papá después de que ella se quejase de que debería haber empezado a preparar la masa media hora antes.

—Pero si los preparas todos los años. —Golpeó la bandeja con los pedazos de pan secos sobre la encimera—. No tenía por qué pedírtelo.

—Sí, deberías haberlo hecho. Ahora mismo no estoy de humor para ponerme a cocinar. Y tampoco estoy de humor para esta gran comida.

—¿Qué quieres decir? —Mamá aplastó los pedazos de pan en un cuenco y los empezó a machacar con una cuchara de madera—. Lo hago por ti.

—Pues deberías habérmelo preguntado antes, Meredith —replicó él desde el otro lado de la encimera—. No me apetece que venga toda esta gente. No quería organizar una comilona por todo lo alto. Ni siquiera estoy seguro de que hoy me apetezca dar las gracias.

—¡No hables así! —Mamá blandió la cuchara de madera. Una gota de masa marrón aterrizó a mis pies. Ninguno de mis padres parecía darse cuenta de que yo seguía en la cocina preparando el relleno para mis tartas de manzana y caramelo.

»Pues si tanto te cuesta —continuó mamá—, ya prepararé yo los cruasanes, y los pavos, y los rellenos, y los arándanos, y el puré de patata, y las cazuelas de judías verdes, y las ensaladas de espinacas. Y tú sólo tendrás que bendecir la mesa y poner buena cara a los invitados. —Mamá volvió a clavar la cuchara dentro del cuenco—. Eres el pastor de toda esta gente; no tienen por qué oírte hablar así.

Papá golpeó la encimera con el puño.

—¿Así cómo, Meredith? ¿Así cómo? —Salió furioso de la cocina y se encerró en el despacho antes de que mamá pudiese responderle.

—Un hombre insufrible —farfulló—. Si no puede salvar a todo el mundo, enseguida piensa que no sirve para nada. —Se dirigió a la nevera y abrió la puerta con brusquedad. Ojeó rápidamente las estanterías y continuó quejándose entre dientes.

Tosí un par de veces e hice ruido mientras rallaba las manzanas sobre la masa de hojaldre.

Mamá se puso tensa, sin duda alguna se acababa de dar cuenta de que yo había presenciado toda la discusión.

—Acaba esas tartas —ordenó—. Y después tendrás que ir a Apple Valley a comprar arándanos. Frescos, y no esa porquería enlatada.

Mamá cerró de un portazo la nevera. Y entonces se encogió de hombros.

—Lo siento. Se me olvidó —dijo—. Ayer en Day's Market ya no les quedaban y se me olvidó mirar en otro sitio. Creo que el Super Target abre un par de horas a las siete. —Volvió a abrir la nevera—. ¿Te importaría ir a buscar unas cuantas cosas?

—En absoluto. —En otro momento quizás hubiera protestado y refunfuñado por tener que salir a hacer recados en una mañana tan fría, pero ahora estaba ansiosa por salir de esa cocina.

Un poco más tarde

Deambulé sin rumbo por los pasillos del supermercado, incapaz de recordar lo que había ido a comprar. En cuanto metí las tartas en el horno, salí disparada de casa y, con las prisas, me había dejado la lista de la compra que mamá me había dictado.

Era la segunda vez en una semana que oía a mis padres chillándose de ese modo. ¿Acaso hacía más tiempo del que imaginaba que las cosas no andaban bien en casa? Pensé en papá, que se había pasado el último mes escondido en su despacho. Y los ataques de limpieza de mamá tampoco eran una novedad. La primera vez que me di cuenta fue un par de días después de que Charity y yo regresásemos a casa tras un improvisado viaje a casa de la abuela Kramer tres años atrás. Había visto cómo mamá cepillaba, medía y cortaba con frenesí todos los flecos de las alfombras para que midiesen exactamente lo mismo. Después de aquello, papá escondió las tijeras durante varias semanas. Supongo que era demasiado joven para percatarme de que las cosas no estaban bien entre ellos. Y, por supuesto, nadie dijo nunca una palabra al respecto.

¿Fue así como empezó todo en casa de April? ¿Guardaba algún parecido con lo que Daniel había tenido que soportar?

Pero sabía que las cosas habían sido mucho más difíciles para él. Las discusiones de mis padres no eran nada en comparación con lo que Daniel había vivido.

Metí una bolsa de arándanos en la cesta, me quité a Daniel de la cabeza y rebusqué en las estanterías todo lo demás que recordaba de la lista, pagué y regresé a casa.

Cuando entré en el recibidor, noté un hedor terrible. Algo se estaba quemando. Solté las bolsas del súper y corrí a la cocina. Todas mis tartas menos una se estaban enfriando sobre la encimera. Tiré de la puerta del horno y una gran nube de humo negro me hizo toser, y casi vomito. Abrí la ventana que había encima de la pica e intenté dirigir el humo hacia fuera, pero era demasiado tarde y el detector de humo del pasillo se disparó.

Me tapé las orejas y corrí hacia el despacho de papá. El detector estaba justo delante de las puertas, que seguían cerradas. Las abrí apresuradamente y me sorprendió que papá no estuviese ahí, y todavía me extrañó más que nadie de la familia hubiera respondido al fuerte pitido de la alarma.

Me costó abrir la ventana del despacho y casi me rasgo la mano con un clavo que sobresalía del alféizar. Maldita casa vieja. Al fin conseguí abrirla y cogí un libro de la pila que había sobre el escritorio de mi padre. Lo usé para apartar el humo del detector hasta que la alarma cesó.

Todavía me pitaban los oídos cuando volví a poner el libro sobre la torre de babel que solía ser el escritorio de papá; había libros y apuntes amontonados por todas partes. El libro que sujetaba tenía unas tapas de cuero que se caían a tiras y parecía más antiguo que cualquiera de los que había visto en la biblioteca de Rose Crest. En la portada había grabada en plata una flor delicada con forma de capucha. El título también estaba grabado en plata: *Loup-Garou*.

Nunca había oído esa palabra. Abrí la tapa y vi que estaba escrito en lo que pensé que era francés. Eché un vistazo al siguiente libro de la pila de donde había cogido el primero. Éste no parecía tan viejo, pero estaba igual de destrozado. *Licantropía: ¿bendición o maldición?* Y cuando estaba a punto de hojearlo descubrí, entre los montones de papeles, una caja larga y fina forrada de terciopelo. Parecía uno de esos estuches para guardar collares de una joyería buena. Dejé el libro, abrí la tapa de la caja y encontré el cuchillo de plata de Don, el que papá había guardado con llave en la oficina de la parroquia. ¿Por qué lo habría traído hasta allí? ¿Y por qué iba a dejarlo a la vista, con un niño pequeño en casa?

Oí que alguien abría la puerta de la calle.

—¿Pero qué demonios...? —La voz de mamá resonó por el pasillo.

Deposité la caja con el cuchillo en el estante más alto de la librería y salí a su encuentro.

Mamá sostenía a James sobre la cadera y una bolsa de Day's Market en la mano.

—Estupendo. He olvidado una de las tartas, ¿no?

Asentí con la cabeza, pero en el fondo tenía la sensación de que había sido culpa mía por retrasarme tanto en el supermercado.

—¡Perfecto! —dijo—. Justo después de que te fueras, me acordé de otras cosas que faltaban, así que salí a comprarlas... Y ahora la casa apesta. Lo único que me faltaba.

Contemplé la idea de volver a sacar el tema del móvil, pero me lo pensé mejor cuando James empezó a protestar porque mamá intentó dejarlo en el suelo. Pasó las piernas alrededor de la rodilla de mamá y se aferró a su camisa. Me ofrecí a cogerlo en brazos, así que mamá se lo despegó de las piernas y me lo acercó.

—En seguida se aireará —comenté, e intenté que James rebotase sobre mi cadera.

¿Por qué tenía la sensación de que últimamente me pasaba el día intentando que nadie perdiese el control?

A James se le cayó la mantita en un intento desesperado de saltar de mis brazos a los de mamá.

—¡*Matita*! —gritó, y se echó a llorar, dándome patadas en las piernas con sus zapatillas de Jorge el Curioso.

La recogí del suelo y la enrollé como si fuese un títere.

—Muac, muac —improvisé, y fingí que le daba un beso en la cara. Su lloriqueo se convirtió en risa, y abrazó la mantita con sus pequeños y delgados brazos.

—Voy a abrir alguna ventana más —le dije a mamá—, y a buscar a Charity para que entretenga a James mientras yo te ayudo a cocinar.

—Gracias. —Mamá se frotó las sienes—. Charity debe de estar a punto de llegar, sólo ha ido a casa de los Johnson para dar de comer a los pájaros. Pídele que le prepare la comida a James en un par de horas. Los invitados llegarán a las tres, así que me gustaría ponerlo a dormir un rato hacia las dos. Ah, y tendremos que bajarle la cuna al despacho porque la tía Carol dormirá en su habitación.

Estupendo. Justo la persona que papá necesitaba hoy: la tía Carol.

La cena

La familia de mi madre era medio católica romana, medio judía; un poco irónico para ser la esposa de un pastor protestante. Y a pesar de que recibió una educación católica, su familia seguía celebrando la Pascua Judía y la fiesta de *Jánuca*. Creo que de ahí les venía esa interesante tradición de poner siempre un plato de más en la mesa para las ocasiones especiales. Según la tía Carol, se suponía que era una expresión de esperanza y fe en el Mesías, que algún día vendría. A mí me parecía bastante guay, pero a papá solía fastidiarle porque, claro, él creía que el Mesías ya había venido, en la figura de Jesucristo, y que dicha tradición era una ofensa a su devoción por Él.

Mamá, intentando apaciguar tanto a su marido como a su hermana, le decía que lo viese como un sitio extra por si aparecía un invitado inesperado. No obstante, aquel día a papá, mientras recorría con la vista el variopinto grupo de corazones solitarios, familias jóvenes, viudas, viudos y madres solteras que estaban congregados alrededor de la gran mesa, parecía irritarle especialmente aquella tradición de la familia de mi madre. Y, encima, ese día no sólo había un sitio vacío, sino dos. Uno en su extremo de la mesa; y el otro, que estaba justo frente a mí, tenía una copa dorada y cubiertos de oro.

Papá miró la copa y masculló algo en voz baja. Seguidamente, una sonrisa casi amable se insinuó en su cara y preguntó a los invitados:

—¿Empezamos?

Todos asintieron con ganas, y April incluso se lamió los labios, pero cuando lo hizo estaba mirando a Jude, así que quizá no tuviera nada que ver con la comida.

—¿Quién falta? —preguntó Pete Bradshaw, señalando los dos sitios vacíos. Él y su madre estaban sentados a mi lado. Me supo mal cuando Pete me explicó que su padre había cancelado el crucero familiar que hacían cada año por Acción de Gracias porque tenía una reunión urgente en Toledo, pero me alegraba que estuviese allí para reducir la distancia entre mamá y papá, que se lanzaron un par de miradas mordaces cuando Pete formuló la pregunta.

—Don Mooney tenía que trabajar en el supermercado hasta la hora de cerrar —explicó papá—. Y a Meredith no le apetece esperarle.

Mamá tosió.

—Don no ha confirmado, así que no tiene sentido esperarlo si no sabemos si vendrá o no.

—Seguro que en breve está con nosotros. —Papá le sonrió.

Me preguntaba si tendría razón o si Don todavía estaría dándole vueltas a su discusión con papá el otro día. De hecho, me dio mucha lástima imaginármelo solo en su piso detrás de la parroquia.

—El otro sitio —empezó a explicar mamá— es una tradición familiar que tenemos.

Papá dejó escapar un gruñido.

—Meredith me ha pedido que bendiga la mesa —interrumpió.

La tía Carol le lanzó a papá una mirada maliciosa, probablemente en defensa de mi madre.

Papá le tendió la mano a Jude, que estaba a su derecha, y a Leroy Maddux, a su izquierda. Nos cogimos todos de la mano y, tras un instante de vacilación, pasé los dedos entre los de Pete. Papá empezó con la bendición. Su tono era tan uniforme que parecía que estuviese repitiendo las palabras que había ensayado en su despacho de la parroquia o dondequiera que hubiera desaparecido hasta la hora de la comida.

—Nos hemos reunido aquí, Padre, para celebrar tu infinita misericordia. Siempre nos colmas de bendición y bondad, y queremos compartirlo con todos. Por esta razón, dejamos un sitio libre en nuestra mesa para aquellos invitados inesperados y para recordar que nuestra casa siempre estará abierta para los necesitados. Y para acordarnos de aquellos que también deberían estar aquí: parientes lejanos, mi padre y Maryanne Duke. —Hizo una breve pausa y continuó—: Permítenos que te demos las gracias por tu bendición...

Sonó el timbre de la puerta. Mamá se movió nerviosa en la silla.

—Permítenos que te demos las gracias por tu bendición. Guárdanos y bendice estos alimentos que nos nutrirán y fortalecerán del mismo modo que Tú fortaleces nuestras almas. Amén.

—Amén —entonamos todos al unísono.

Yo estaba sentada en el extremo de la mesa que sobresalía en el recibidor. Me levanté de un salto y fui a abrir la puerta esperando encontrarme con Don. Pero, en su lugar, me encontré con un chico extremadamente atractivo con el cabello corto de color castaño claro que esperaba en el porche, vestido con unos pantalones de color caqui y una camisa azul.

—Perdona, llego tarde —dijo.

—Grace, ¿quién es? —gritó mamá desde el comedor.

—¡Daniel! —susurré.

10
Inesperado

En la puerta

—Has venido...

—Estaba invitado, ¿no? —respondió Daniel.

—Pero no creía que... Y estás tan... diferente.

—Gentileza de Mishka —explicó—. Para eso vino a casa ayer por la noche. Necesitaba un cambio de aspecto para el colegio. Y como no pudimos aclararlo más —se pasó la mano por el pelo castaño y corto—, nos conformamos con esto.

En cuanto oí el nombre de Mishka me entraron ganas de cerrarle la puerta en la cara, pero estaba tan guapo ahora que esas greñas negras y largas no le tapaban el rostro...

Sacudí la cabeza.

—Será mejor que te vayas.

—Grace, ¿quién es? —repitió mamá, acercándose a la puerta—. ¿Es un amigo tuyo del colegio...? —Se detuvo a medio metro de mí—. Grace, ¿qué significa esto? —Y señaló con un dedo acusatorio a Daniel, que permanecía inmóvil en el porche—. ¿Qué está haciendo aquí?

—Lo he invitado yo.

—¿Cómo que lo has invitado? —dijo en voz demasiado alta. Seguro que a esas alturas ya teníamos un buen público—. ¿Cómo pudiste hacerlo? ¿Cómo te atreves?

—Le dijiste que podía invitar a quien quisiera —intervino papá, viniendo hacia nosotras—. Tienes que estar preparada para lidiar con las consecuencias si Grace se toma tu sugerencia al pie de la letra.

—Tienes razón, Grace. Será mejor que me vaya. —Daniel miró a papá—. Lo siento, pastor, ha sido culpa mía. Ya me marcho.

Papá bajó la mirada.

—No —contestó—. Te han invitado, así que eres bienvenido.

Mamá se quedó boquiabierta y yo miré a mi padre en estado de shock y un tanto sobrecogida.

—Si decimos que vamos a hacer algo, lo hacemos. ¿No es así, Grace? —Papá miró a Daniel—. Siento haberlo olvidado.

Daniel asintió con la cabeza.

—No puede quedarse —dijo mamá—. No hay sitio. No contábamos con él.

—No digas tonterías. Tú misma le has puesto un sitio en la mesa. —Papá se volvió hacia Daniel—. Venga, entra antes de que se enfríe la comida.

—Gracias, pastor.

Papá tomó a mi madre de los hombros y la condujo de vuelta hasta la mesa. Creo que estaba demasiado aturdida para protestar. Le hice un gesto a Daniel para que pasase y cerré la puerta tras él. Me siguió hasta la mesa y le mostré el sitio vacío que había delante del mío.

Todo el mundo se quedó sentado mirándole, probablemente intentando entender cuál era el problema.

—¿Es ese tal Kalbi? —me preguntó Pete en voz baja.

Asentí con la cabeza, y él se giró y le susurró algo a su madre.

—Esto es ridículo. No puede quedarse. No tiene nada que hacer aquí —protestó Jude, levantándose de la mesa.

—Él se queda. —Papá se sirvió una cucharada colmada de puré de patata en el plato—. Pásaselo a Daniel —dijo, y le pasó el cuenco a Leroy.

—Pues entonces, yo me voy —replicó Jude—. Venga, April, salgamos de aquí. —Y le tendió la mano.

—¡Siéntate! —ordenó papá—. Siéntate, come y estate agradecido. Tu madre ha preparado esta comida estupenda, y ahora vamos a disfrutarla. Todos.

April se hundió en la silla como un cachorro regañado. Por un momento me dio la sensación de que Jude iba a hacer lo mismo. Apretó los puños y, seguidamente, se relajó en su hosco caparazón.

—Lo siento, madre —se disculpó en un tono tranquilo—. Acabo de acordarme de que me había ofrecido voluntario para servir la comida en el centro de acogida. Debería ir tirando para no llegar tarde. —Y salió del comedor.

—¿Y qué pasa con nosotros? —le gritó mamá.

Pero Jude no se detuvo. Cogió un juego de llaves que colgaba del gancho y se dirigió al garaje.

—Deja que se vaya —le indicó papá.

Mamá sonrió a los invitados.

—Ya conocéis a Jude. Siempre pensando en los demás. —Cogió el cuenco de salsa de arándanos que le pasó la tía Carol—. Comed —dijo a todos, y mientras se servía la salsa por encima del pavo me lanzó una mirada que me hizo sentir muy culpable.

Observé la cazuela de judías verdes que tenía en el plato. No tenía muy buena pinta. Demasiado pasado; seguro que lo había cocido en exceso.

Pete me rozó el brazo y sentí que el rostro me ardía.

Alguien me dio una patadita en la pierna. Alcé la vista hacia Daniel, quien enarcó las cejas y sonrió como si fuese completamente inocente. El ardor en mi rostro aumentó cuando advertí lo mucho que me gustaba el modo en que su cabello rubio rojizo le caía por encima de sus ojos oscuros. Levantó su copa dorada hacia mí, fruncí el ceño y volví a concentrarme en mi plato, sintiéndome como una niña tonta.

La comida prosiguió en un silencio incómodo durante otros diez minutos más o menos, pero entonces un fuerte golpe en la puerta de entrada me hizo, literalmente, saltar en la silla. Los golpes se hicieron más intensos y el timbre sonó varias veces. Todo el mundo me miraba, como si yo también fuese la responsable de esta interrupción misteriosa.

—¿Y a quién has invitado ahora? ¿Al circo de los hermanos Ringling? —me preguntó mamá mientras me levantaba de la mesa.

La tía Carol dejó escapar una risita. Siempre disfrutaba de nuestra pequeña familia Divine.

—¿Pastor? ¿Pastor? —gritó una voz detrás de la puerta. En cuanto la abrí, Don Mooney entró a toda velocidad y casi me tira al suelo—. ¡Pastor Divine! —chilló.

—¿Qué sucede, Don? —preguntó papá, levantándose de la mesa.

—Pastor Divine, ven aquí, rápido. Tienes que verlo.

—Pero ¿qué pasa?

—Hay sangre. Sangre por todo el porche.

—¿Cómo? —Papá salió disparado, y yo detrás. Había sangre: un charco pequeño en el escalón del porche y varias gotas alrededor.

—Pensé que a lo mejor alguno de vosotros estaba herido —explicó Don—. Quizás el monstruo...

—Estamos todos bien —dijo papá.

Fui detrás de papá, que empezó a seguir los rastros de sangre. Nuestro porche rodeaba la casa, y la sangre también: pequeñas manchas rojas de sangre, en lugar de migas de pan, que llegaban hasta el exterior del despacho, cuya ventana estaba abierta. Había salpicaduras de sangre por todas partes, como si alguien hubiese sacudido una mano herida. O una pata. Papá se puso de cuclillas para inspeccionar las manchas. Yo miré dentro del despacho y vi que la cuna de James estaba volcada junto al desordenado escritorio de mi padre.

—¡Mamá! —Me di media vuelta rápidamente, y casi choco con Daniel que estaba detrás de mí—. Mamá, ¿dónde está el pequeño James? —No recordaba haberlo visto en la comida.

—Todavía duerme —respondió mamá. Había salido al porche con casi todos los invitados a la cena—. Me sorprende que no se haya despertado con todo este jaleo... —Miró la sangre que tenía a los pies. Se le puso la cara blanca, y entró a toda prisa en casa.

Papá, Carol y Charity la siguieron; yo no, los gritos de mamá fueron suficientes para confirmar mis temores.

—¿Había persiana en esta ventana? —preguntó Daniel, examinando el marco de la ventana.

—Sí, pero Jude tuvo que romperla hace un par de meses porque nos habíamos quedado encerrados fuera, y nadie supo arreglarla.

Los gritos de mamá, que venían del otro lado de la ventana, se hicieron más estridentes y papá intentó calmarla.

—Puede que James haya salido solo —dijo el viejo Leroy—. Venga, todos, busquemos en el jardín. —Leroy salió cojeando del porche—. ¿James? —gritó mientras daba la vuelta hacia la parte de atrás.

Pete y April lo siguieron.

El doctor Connors, un amigo de la clínica de mamá, le pasó su diminuto bebé a su mujer.

—Quedaos aquí, yo iré hacia el camino —dijo el doctor, y él y gran parte de los invitados se dispersaron por el jardín gritando el nombre de James.

—¿Crees que ha sido el monstruo, señorita Grace? —me preguntó Don—. Si por lo menos tuviese mi cuchillo... Lo mataría... Lo atraparía, igual que mi tatarabuelo.

—Los monstruos no existen —respondí.

Daniel se estremeció de dolor; había encontrado el clavo con el que yo misma casi me pincho por la mañana. Tenía el dedo manchado de sangre, pero no era suya. Se lo acercó a la nariz y lo olfateó. Cerró los ojos, como si estuviera pensando, y volvió a oler la sangre.

Don lloriqueaba, emitiendo un sonido muy parecido al de mamá.

—¿Hay algún lugar al que a James le guste ir? —me preguntó Daniel.

—Pues, no sé. Le encantan los caballos que tienen los Mac-Arthur en el establo.

—Don —ordenó Daniel—. Ve a buscar a toda la gente que puedas e inspeccionad la ruta que va hasta la granja de los Mac-Arthur.

Yo sabía que también debía ir, pero esperé a ver qué hacía Daniel.

Se limpió la sangre en la manga.

—Pastor —llamó a través de la ventana abierta.

Papá estaba abrazando a mamá contra su pecho.

—No le pasará nada —la consolaba, acariciándole la cabeza.

Mamá casi siempre lo tenía todo bajo control, así que verla tan desconsolada me hizo temblar de angustia.

—Pastor —repitió Daniel.

—Uno de vosotros que llame a la policía para que organicen un equipo de búsqueda —dijo papá, mirándonos.

Empecé a moverme, pero Daniel me sujetó del brazo.

—No. —Miró a papá—. La policía no puede ayudarnos.

Mamá sollozó.

—Yo lo encontraré por vosotros —dijo, tras soltarme el brazo.

—Pues date prisa —contestó papá, asintiendo con la cabeza.

11

Revelaciones

En el bosque

Daniel saltó la barandilla del porche y salió disparado hacia la parte de atrás. Yo bajé a toda prisa por los escalones y salí tras él. Pete y Leroy estaban inspeccionando la valla de madera que papá instaló cuando mataron a *Daisy*, la cual separaba nuestro jardín del bosque que había detrás de casa. Daniel se detuvo donde la cerca terminaba dejando un estrecho hueco, justo la parte que siempre caía cuando había un vendaval como el de esa mañana. Escudriñó el suelo como si buscara alguna huella; yo no vi ninguna.

—Id a ayudar a Don a rastrear el camino que lleva hasta la casa de los MacArthur —dijo, pasando a través del hueco de la valla. Sonó como una orden general dirigida a los tres, pero no hice caso y lo seguí.

—¿Grace? —preguntó Pete.

—Llama al centro de acogida —respondí—. Y diles que manden a Jude a casa en cuanto llegue. Después, ve con Leroy a ayudar a Don.

Pete asintió con la cabeza, y yo me deslicé a través del hueco.

Daniel estaba más adelante, palpando la tierra alrededor del sendero que solíamos explorar de niños. Me froté los brazos para entrar en calor, ojalá hubiera cogido el abrigo, pero tendría que conformarme con el jersey fino y los pantalones de algodón que llevaba.

—¿De verdad piensas que está en el bosque? —pregunté.

—Sí —contestó, quitándose el polvo de las manos.

—Y, entonces, ¿por qué envías a todo el mundo a la granja? ¿No sería mejor que nos echasen una mano aquí?

—No quiero que se borren las huellas.

—¿Qué huellas?

—Este camino llega hasta el riachuelo, ¿no? —Daniel me tomó de la mano.

—Sí. —Tragué saliva.

—Con un poco de suerte, ya se habrá secado —comentó, pasando sus dedos entre los míos.

Corrimos sendero abajo durante aproximadamente un kilómetro. Cuanto más nos adentrábamos en el bosque, más embarrado estaba el camino. Y cuanto más se hundían mis pies en la tierra, más dudaba de que James hubiera podido llegar tan lejos.

Daniel se paró, y dio una pequeña vuelta como si se hubiera desorientado.

—Deberíamos regresar. —Me quité uno de mis zapatos planos y di las gracias al cielo por no haberme puesto esos estúpidos tacones que mamá quería que llevase para la comida.

—Por aquí. —Daniel salió del camino y avanzó un paso entre la maleza. Respiró y cerró los ojos, como si estuviera oliendo algo—. James está por ahí.

—Es imposible. —Flexioné el pie—. No tiene ni dos años todavía, no podría haber llegado hasta aquí de ninguna de las maneras.

Daniel tenía la vista clavada en la oscuridad del bosque.

—Solo, no. —Se puso de puntillas—. Quédate aquí —susurró, y salió disparado hacia los matorrales del bosque. Hacía un momento estaba ahí y, de repente, ya no estaba.

—Espe... ¡Espera!

Pero no se detuvo y, al parecer, a mí no se me daba muy bien hacer lo que se me decía.

—¡Es mi hermano! —chillé, y metí el pie en el zapato.

Empecé a seguirlo, pero apenas podía verlo, sólo destellos de su espalda a lo lejos pasando entre los árboles. Parecía un animal, corría por instinto sin mirar siquiera dónde ponía los pies.

A mí, en cambio, me costaba moverme y chocaba contra los árboles que parecían saltar justo frente a mí. Las ramas crujían bajo mis zapatos y tropezaba con las piedras y raíces mientras intentaba alcanzar a Daniel.

Parecía como si estuviera olfateando un rastro o algo así. ¿Era posible? A mí me costaba respirar y lo único que olía eran las hojas en estado de descomposición y las agujas de los pinos. Esos olores sólo me recordaban una cosa: que ya era casi invierno. Y si Daniel tenía razón, el pequeño James estaba ahí en alguna parte.

La temperatura bajaba a medida que el sol se iba hundiendo tras los altos pinos, y con la inminente falta de luz todavía me costaba más abrirme camino a través del bosque. Tropecé con la raíz de un pino enorme y caí de morros; me golpeé contra el suelo y una punzada de dolor recorrió mis brazos. Me levanté como pude y me limpié las manos en el pantalón, dejando una mancha de sangre en la tela.

Miré alrededor: ni rastro de Daniel. Y un par de pasos más me hubieran llevado barranco abajo. De hecho, si no hubiese tropezado, habría caído unos diez metros como mínimo. ¿Le habría pasado eso a Daniel? ¿O habría girado a la derecha, o tal vez a la izquierda? Me agarré a la rama de un árbol que tenía cerca y me asomé al empinado despeñadero, pero lo único que pude ver fueron más piedras, tierra y grandes helechos en el fondo.

—¡Daniel! —grité. El eco de mi voz fue la única respuesta que obtuve. Si Daniel se hubiese caído, yo habría oído algo, ¿no? Y si hubiese bajado, tendría que ser capaz de distinguir sus huellas...

Faltaba poco para que una media luna reemplazara al sol. No llevaba linterna y era la primera vez que me adentraba tanto en el bosque. ¿Cómo iba a encontrar a James, o a Daniel, o tan siquiera el camino de vuelta? Me había perdido y puede que me lo mereciese pues fue mi tarta la que se quemó y fui yo quien abrió la ventana. El ambiente en casa estaba tan cargado a causa de los dos hornos que habían estado en marcha durante todo el día, que Charity no debió de notar que la ventana seguía abierta cuando puso a dormir la siesta al bebé.

«¿Y cómo voy a volver a casa sin James?», pensé.

Un aullido llenó el vacío que tenía bajo los pies, resonando contra las paredes del barranco. Sólo un animal podría haber emitido ese ruido, pero había sonado como un grito de frustración, como un lobo ansioso por capturar a su presa. Tenía que encontrar un modo de bajar. Tenía que encontrar a mi hermano antes de que lo hiciera aquel animal.

Algunas partes del despeñadero eran bastante más empinadas que otras, en algunas zonas las paredes eran totalmente verticales, pero desde donde estaba no me pareció imposible intentar bajar. Así que me agarré a las raíces que sobresalían de la erosionada ladera y empecé a descender de espaldas, contra la pared del despeñadero. Pero la punta de mi zapato patinó en el barro y me golpeé el pecho contra la pared de tierra, dejando escapar un chillido. Resbalé un buen trozo hasta que fui capaz de clavar las manos en una maraña de raíces que encontré por encima de mi cabeza. Me agarré con todas mis fuerzas; las raíces me quemaban como un rayo en la mano herida. Oscilando los pies intenté averiguar lo lejos que estaba del suelo. «Por favor, que no haya más de un par de metros», pensé. No podría aguantar mucho más.

—Tranquila, no te pasará nada —gritó Daniel desde más abajo—. Empújate hacia fuera y suéltate; yo te cogeré.

—No puedo —contesté. Su voz sonaba demasiado lejana, demasiado lejana para soltarme. Y no podía verlo.

—Venga, es como saltar desde la verja del Jardín de los Ángeles.

—Sí, bueno, es que ahí, un poco más y también me mato. —Me temblaban los brazos.

—Pero yo te cogí, ¿recuerdas? —La voz de Daniel sonaba más cerca ahora—. Confía en mí.

—Vale.

Me solté y empecé a caer. Daniel me agarró rápidamente rodeándome el pecho con los brazos y me paró antes de que chocase contra el suelo repleto de pedruscos. Me apretó contra él.

Me quedé sin respiración.

—¿Y qué parte de «quédate aquí» no has entendido? —susurró. Su aliento caliente me rozó el cuello como si me acariciara con sus dedos y sentí un fuerte calor en todo el cuerpo.

—Bueno, pues como no soy un golden retriever...

Daniel me soltó con delicadeza. Me volví hacia él y cuando intenté moverme noté que las piernas me temblaban. Sus pantalones y su camisa azul seguían impecables, sólo sus antebrazos, por donde me había cogido, estaban manchados de barro.

—¿Cómo has...?

Pero entonces advertí lo que tenía en la mano. Pequeña, marrón, blandita y demasiado conocida: era una de las zapatillas de Jorge el Curioso de James.

—¿Dónde la has encontrado? —pregunté, arrebatándosela de la mano. Era extraño, la zapatilla estaba casi limpia por completo, no estaba cubierta de lodo, como mis zapatos tras deambular por el bosque.

—Allí —respondió Daniel, señalando un montón de helechos muertos que había entre dos piedras a unos seis metros de distancia de nosotros—. Estaba convencido de... —Daniel se separó y empezó a examinar el suelo como si esperase encontrar algún tipo de huella.

—¡James! —chillé; mi voz resonó en el barranco como cientos de gritos desesperados—. James, ¿estás aquí?

Daniel siguió inspeccionando el suelo con una rígida expresión de frustración en el rostro. Cruzó al otro lado del barranco, al lado opuesto de donde yo había resbalado, y lo acompañé. Se agachó, apartó algunos helechos con la mano y respiró profundamente.

—Estaba convencido de que iba por el buen camino.

—¿Seguías su olor? —pregunté.

Daniel ladeó un poco la cabeza como si escuchara algo. Dio un salto hacia delante y empezó a dar vueltas con la vista clavada en la pared del barranco, que ahora estaba como a unos treinta metros de nosotros. Y en aquel momento, yo también oí algo: un grito lejano que procedía de algún lugar en la cima del barranco. Se me cayó la zapatilla del mono Jorge de los dedos y mi corazón dejó de latir al ver que algo, que bajo el crepúsculo parecía un pequeño fantasma blanco, se tambaleaba detrás de una piedra e iba directo hacia el borde del acantilado.

—¡James!

—¡*Gua-cie!* —gimió, tendiendo los brazos en mi dirección.

—¡Para! —chillé—. ¡Para, James!

Pero sus pequeñas piernas seguían moviéndose.

—¡*Gua-cie, Gua-cie!*

Daniel se echó a correr. Cruzó el suelo del barranco en dirección a James, mucho más rápido de lo que creía posible.

James avanzó un paso más, patinó con el barro y empezó a despeñarse.

—¡James! —chillé mientras él caía como un muñeco de trapo.

Daniel se puso a cuatro patas, saltó de una piedra como si fuese un puma y voló por los aires hacia James, alzándose a seis metros de altura como mínimo. Observé atónica y paralizada cómo rescataba a James en el aire y lo estrechaba entre sus brazos. Simultáneamente, giró hasta que su espalda chocó con muchísima fuerza contra las rocas que sobresalían de la pared del barranco. Por una milésima de segundo me pareció ver una mueca de dolor en el rostro de Daniel, pero apretó al pequeño James contra su cuerpo mientras rebotaban en la pared y empezaron a caer, girando sin control, los últimos seis metros.

—¡No! —Cerré los ojos y recé la oración más rápida de la historia. Creía que oiría el estallido espantoso de un cráneo golpeando el suelo, pero en lugar de eso, todo lo que oí fue el ruido de unas piedras que se movían y el crujido de una rama, como si alguien hubiera saltado encima de ella desde apenas medio metro de altura.

Abrí los ojos y vi a Daniel de pie sobre el suelo con el pequeño James aferrado a su pecho como un osito. Me quedé boquiabierta.

—Hostia pu...

—Bonita palabra para enseñarle a tu hermano pequeño, ¿eh? —comentó Daniel cuando se lo arranqué de los brazos.

El pequeño James aplaudía y repetía mi improperio con su graciosa pronunciación de bebé. Me acarició la cara con sus manos heladas. Tenía el jersey y la zapatilla de Jorge el Curioso cubiertos de barro, los labios de color azul pálido y temblaba en mis brazos; pero, gracias a Dios, no tenía ni un rasguño.

—¿Y qué otra cosa querías que dijese? —Abracé a James con todas mis fuerzas a fin de transmitirle un poco del calor que con el pánico me había recorrido el cuerpo cuando los vi caer—. ¿Cómo puede ser? ¿Qué diablos...? Ha sido un milagro alucinante.

—*Alusinante* —repitió James.

—¿Cómo lo has hecho?

—Un milagro —respondió Daniel, encogiéndose de hombros. Se estremeció de dolor y, entonces, advertí el rasguño de sangre que tenía en la camisa justo debajo del hombro izquierdo, en la espalda. Recordé la mueca de dolor en su rostro cuando chocó contra la pared del barranco.

—Te has hecho daño. —Le toqué el brazo—. Deja que le eche un vistazo.

—No es nada —replicó, y se apartó.

—No, claro que no. Y lo que acabas de hacer tampoco es nada. —Había oído hablar de personas que hacían cosas extraordinarias cuando les subía la adrenalina, pero no podía creer lo que acababa de presenciar, fuesen cuales fuesen las circunstancias—. Explícamelo, ¿cómo lo has hecho?

—Luego, ahora tenemos que irnos.

—No —insistí—. Estoy harta de que todo el mundo eluda mis preguntas. Cuéntamelo.

—Gracie, James se está helando. Si no lo llevamos a casa, pillará una hipotermia. —Daniel me cogió de la mano que no estaba herida y me condujo hasta una zona cubierta de lodo para mostrarme las huellas de algún animal. Estaba claro que pertenecían a algo grande y fuerte—. Éstas son recientes —explicó Daniel.

Recordé ese extraño aullido de animal y abracé a James todavía más fuerte.

—Tenemos que salir de aquí. —Daniel se desabrochó la camisa de manga larga y se la sacó, dejando al descubierto la desgastada camiseta del grupo Wolfsbane que llevaba debajo y, seguidamente, ató las dos mangas haciendo un nudo con los puños.

—¿Qué haces?

—Un cabestrillo.

—Pero si me has dicho que el hombro no...

—No es para mí, es para James. —Hizo un par de nudos más en la camisa—. Si lo llevo aquí delante, nos resultará más fácil correr hasta casa. —Daniel se pasó el improvisado cabestrillo por encima del hombro y me cogió a James de los brazos. Cuando Daniel lo colocó entre los pliegues de la tela, el niño empezó a berrear, pero no cabía duda de que la camisa se había convertido en la sillita perfecta para que James estuviese sentado contra el pecho de Daniel—. Ya he estado aquí antes. Este barranco da la vuelta y sigue en dirección a tu barrio. —Daniel me tomó de la mano otra vez.

Empezó a correr, arrastrándome tras él.

—Pero ¿cómo vamos a salir del barranco? —pregunté—. Tengo la mano hecha polvo, no creo que pueda escalar.

—Déjame eso a mí —contestó Daniel, y aceleró el paso.

Tuve que correr para seguirle el ritmo. No podía creer lo rápido que corría y más cargando con James. A pesar de que ya había oscurecido bastante, Daniel no se tropezó ni una sola vez. Lo más probable es que ya llevásemos fuera de casa más de una hora. Yo tenía que concentrarme en mis pisadas para no resbalar en el barro o tropezar con algún pedrusco. Si me flaqueaban las piernas, Daniel me cogía antes de que pudiera caerme. Le temblaba la mano y comprobé que sus hombros se tensaban y relajaban, como cuando me había llevado en la moto. Me pareció que quería acelerar, pero agradecí que no me hiciese ir más rápido porque me costaba tanto respirar que casi no podía ni hablar.

El barranco daba la vuelta hacia el este, y me dio la sensación de que habíamos corrido casi dos kilómetros. Sentía los pies ampollados y tenía las piernas y los pulmones doloridos. Como ya no podía ver nada en la oscuridad, cerré los ojos. Escuché los latidos de mi corazón resonando en mis oídos y la respiración de Daniel, que parecía tranquila en comparación con la mía. Y justo cuando pensaba que ya no podía aguantar más, sucedió: noté una ola de energía que pasaba de la mano de Daniel a la mía. Esa conexión, esa carga vital, que había sentido en el Jardín de los Ángeles nos estaba uniendo de nuevo, pero esta vez la energía se expandió por todo mi cuerpo y, de repente, sentí una liberación y supe que podía confiar en Daniel; él me mantendría a salvo mientras yo le seguía con los ojos cerrados. Así que me dejé llevar y sentí que sus ágiles movimientos fluían a través de mí. Fue mi guía en la oscuridad mientras corríamos con total libertad en la noche.

Nunca me había sentido tan libre.

Casi se me había olvidado dónde estaba cuando Daniel se inclinó hacia mí.

—Ya casi hemos llegado —dijo. Me soltó la mano y deslizó los dedos por mi brazo. Con un solo movimiento, me agarró fuerte por debajo de los brazos, me levantó del suelo y me colocó sobre su espalda—. ¡Agárrate fuerte!

Pasé los brazos alrededor del cuello de Daniel y me sujeté con las piernas a sus prácticamente inexistentes caderas de chico. James dejó escapar una risita y me tiró del pelo. Sin lugar a dudas, yo debía de estar en una posición bastante graciosa. A Daniel le cogió un arrebato de velocidad y salimos disparados. Abrí los ojos justo a tiempo para darme cuenta de que estaba corriendo en línea recta hacia la pared del barranco. Saltó sobre un árbol caído y dio un brinco.

Daniel se agarró a una raíz, pero apenas la tocó. Apoyó una pierna contra la pared y volamos otros dos metros hacia arriba. Sus pies se posaron sobre un saliente y volvió a saltar. Me resbalé en sus caderas y le clavé los dedos en la garganta. James se aferró a mis brazos. Daniel se sujetó, con una sola mano, a la rama de un árbol que caía de la cima del acantilado. Y ya estábamos arriba. Sanos y salvos.

Daniel avanzó unos pasos más y se inclinó hacia delante, jadeando. Me bajé de su espalda y los tres nos dejamos caer sobre el sucio suelo. Me quedé estirada junto a Daniel un instante, me temblaba el cuerpo; estaba en estado de shock y totalmente alucinada.

—Eso... ha sido... ha sido...

Tiempo atrás había pasado dos semanas enteras tragándome vídeos de acrobacias callejeras *online* porque mi compañera de habitación en el campamento de Arte, Adlen, se había enamorado por completo de un acróbata callejero francés. No obstante, en comparación con esas películas, las cosas que Daniel había hecho, con dos personas a cuestas, ni más ni menos, no eran humanamente posibles.

Daniel me miró, los ojos le brillaban a la luz de la luna.

James aplaudió y chilló:

—¡Más!

—Pero si ya estamos en casa, chiquitín —respondió Daniel, tras respirar hondo. Sacó a James del cabestrillo y señaló hacia las luces de mi barrio, que se veían más allá del bosque y que nos avisaban como un faro en la distancia.

James empezó a hacer pucheros, estaba desilusionado; yo me sentí igual.

Daniel se agachó sobre su estómago, todavía respiraba con dificultad. Pasé el dedo por el desgarrón de su camiseta y comprobé que aunque estaba manchada de sangre, no tenía ni un solo corte en la piel, y en el punto donde esperaba encontrar una herida sangrante, únicamente hallé una cicatriz larga e irregular. Recorrí con el dedo la marca de color rosa; estaba caliente. Daniel empezó a separarse de mí, pero suspiró aliviado como si mi roce fuese un bálsamo para su piel.

—¿Cómo...? O sea... ¿Qué eres? —pregunté.

Daniel soltó una carcajada, una carcajada de verdad. No un bufido o una risita sarcástica. Se puso de pie y me tendió la mano.

—Creo que será mejor que a partir de aquí vayamos caminando —dijo, y me ayudó a levantarme. Cogió a James en brazos y me indicó con un gesto que siguiéramos andando hacia casa.

Fruncí el ceño. ¿De verdad pretendía que volviera caminando y ya está?

—Explícamelo, por favor. Eso no ha sido normal. ¿Cómo lo has hecho?

—Llevemos primero a tu hermano a casa. Y ya hablaremos cuando todo esto se haya acabado. Te lo prometo.

—No creo en las promesas...

Daniel alzó la mano y me acarició la mejilla.

James tosió. Su aliento se nublaba frente a sus labios. Yo tenía tanto calor por haber corrido tan rápido que me había olvidado por completo del frío que hacía. Sentí escalofríos en los brazos, empapados de sudor, y supe que James debía de tener todavía más frío. Pero también sabía que una vez que atravesáramos la valla de mi jardín, la magia o conexión que había sentido mientras corría con Daniel se esfumaría y quizá no volviese a tener la oportunidad de sonsacarle alguna explicación.

¿Y si Daniel decidía volver a desaparecer?

A pesar de todo, James era lo primero, así que me tragué las preguntas y seguí a Daniel a través del bosque hasta que llegamos a la valla detrás de casa, y me colé por el hueco.

De nuevo en el jardín

Unas luces azules y rojas parpadeaban en la calle, iluminando los remiendos del tejado de casa. Pitidos, gritos y mucho movimiento alrededor de las sombras que proyectaban esas luces. Parecía que la mitad de los habitantes de Rose Crest, incluidos el *sheriff* y su ayudante, se hubiesen concentrado en nuestro barrio.

—Creo que, de todas formas, han organizado un grupo de búsqueda —dije.

Daniel se puso tenso en cuanto cruzó la valla.

—Será mejor que me vaya. Toma a James. Diles que lo has encontrado tú.

—Ni hablar. —Le cogí de la mano—. Tú eres el héroe aquí y no pienso atribuirme el mérito. —Arrastré a Daniel hasta la parte delantera del jardín—. ¡Mamá, papá! —grité—. ¡Ya estamos aquí! ¡Traemos a James!

—¡James! —Mamá bajó a toda prisa los escalones del porche—. ¿Cómo lo habéis...? ¿Dónde lo habéis...? Mi bebé... —Intentó coger a James de los brazos de Daniel.

Pero James protestó y se aferró con los brazos al cuello de Daniel. Me pareció que éste se sonrojaba, aunque quizá no fuese más que el efecto de las luces centelleantes de la policía.

—Mamá, Daniel lo ha salvado. —Le toqué el codo a Daniel—. Y creo que el pequeño James le ha cogido mucho cariño a su héroe.

—Venga, chiquitín, que no me dejas respirar. —Daniel apartó a James de su cuello—. Además, seguro que tienes hambre. ¿Quieres un poco de pavo o un trozo de tarta?

James asintió con la cabeza y Daniel se lo pasó a mamá, que lo abrazó tan fuerte que lo hizo llorar, y le dio besos por toda la cara.

—¿James? —dijo papá, aproximándose desde el camino. El *sheriff* le seguía.

Daniel se movió un poco detrás de mí.

El ayudante del *sheriff*, que estaba intentando evitar que los vecinos entrasen al jardín, dejó pasar a papá y a su jefe.

Papá cogió a James en brazos y lo balanceó en el aire. A continuación, miró a Daniel.

—Bien hecho —le dijo, y le pasó el brazo alrededor del hombro—. Bien hecho, hijo.

—No es mi intención interrumpir este pequeño reencuentro —intervino el *sheriff*—, pero necesitaré tomarle declaración —añadió, mirando a Daniel.

—No hay mucho que declarar. —Daniel se encogió de hombros—. Lo encontré vagando por el bosque y lo traje de vuelta a casa. Debió de tumbar la cuna y decidió salir de aventura.

Lo miré. «¿Eso es todo?», me pregunté. Supongo que en el fondo no esperaba que contase la verdad: que había seguido el rastro del niño a través del bosque, que lo había cogido al vuelo mientras caía de un precipicio de casi diez metros de alto y que entonces había utilizado sus poderes sobrehumanos para sacarnos del barranco; pero tal como lo explicaba sonaba tan poco interesante... Sin ningún tipo de emoción.

—¡Eso no fue todo lo que pasó! —intervine, casi gritando. Daniel me miró con los ojos abiertos como platos, como si temiese que revelase sus secretos a todo el mundo, cosa que no pensaba hacer en absoluto. Me aferré a la primera mentira verosímil que me vino a la cabeza, aunque poco se parecía al escenario real—. ¡Evitó que James cayera al riachuelo!

Mamá empezó a llorar y recuperó a James de los brazos de papá.

Me alegré de que estuviera demasiado oscuro para que nadie pudiese ver las manchas que me salían en las mejillas cuando mentía.

—Daniel es un héroe. Le ha salvado la vida a James. —Deseaba que la gente conociera parte de la historia, aunque Daniel no quisiera explicar toda la verdad.

—¿Y el bebé estaba solo? ¿Sin ninguna herida? —El *sheriff* arqueó las cejas y señaló el desgarrón con manchas de sangre en el cabestrillo improvisado.

Daniel y yo asentimos.

—¿Y cómo explicáis la sangre que hay en el porche?

Daniel se quedó pálido.

—No es su trabajo explicarlo —dijo papá—. Puede haber sido cualquier cosa, probablemente uno de los gatos del vecindario. ¿No tenéis un laboratorio forense que os lo pueda confirmar?

El *sheriff* resopló.

—El departamento de investigación que tenemos en Rose Crest no es más que una caravana aparcada detrás de la gasolinera. Así que el ayudante Marsh tomará una muestra y la enviará a un laboratorio de la ciudad, pero tardarán un poco en decirnos algo. —Desvió la mirada hacia mí—. ¿Y hay algo más que quieras añadir? ¿No recuerdas nada más?

—Daniel le ha salvado la vida a mi hermano —repetí—. Eso es todo lo que tengo que decir.

Un coche avanzó a toda prisa por el camino de entrada, dispersando a un gran número de espectadores por el jardín.

—Mamá. Papá. —Jude salió de un salto del monovolumen y se abrió paso entre la multitud—. ¡Traigo refuerzos! La mitad de los voluntarios del centro de acogida vienen hacia aquí para echarnos una mano... —Se paró en seco. La expresión de triunfo en su cara se esfumó y un vacío glacial ocupó su lugar. Seguí su fría mirada que saltó de James, que estaba en los brazos de mamá, a la estampa de papá abrazando a Daniel en actitud paternal.

—James está a salvo —exclamó mamá.

—Gracias a Daniel. —Papá le dio un apretón a Daniel en el hombro—. Si no llega a ser por él, James todavía estaría perdido por ahí.

El *sheriff* le tendió la mano a Daniel, quien le miró con sorpresa e incredulidad mientras éste le daba un caluroso apretón de manos.

—Bien hecho —le felicitó el *sheriff*, y alumbró con la linterna la valla trasera—. Debería arreglarla —le sugirió a papá—. Han tenido mucha suerte de que todo haya acabado así de bien. Y si no llega a ser por su hijo... —Primero pensé que se refería a Jude, pero entonces reparé en que estaba sonriendo a Daniel.

Papá no lo corrigió.

—Acabaremos de recoger un par de cosas por aquí y les dejaremos tranquilos. —El *sheriff* le dio una palmadita a Daniel en la espalda—. Además, a mi mujer le ha cogido un buen berrinche cuando me he levantado de la mesa antes de acabar de comer. Es que han venido sus padres y... Bueno, ellos querían que se casase con un contable.

—Ahora mismo nos ponemos a arreglar esa valla —dijo papá, y le estrechó la mano al *sheriff*—. ¿Daniel, nos echas una mano?

Daniel asintió con la cabeza.

—Voy a llevar a James adentro —informó mamá con una ligera sonrisa, y le dio un apretón a Daniel en el brazo. Creo que era su manera de darle las gracias.

No pude evitar sonreír. Quizás había tenido que tergiversar un poco la verdad, pero mi plan para ayudar a Daniel a recuperar su vida estaba funcionando; la tabla de salvación que le había ofrecido lo estaba rescatando.

Pero en aquel instante oí un sonido sordo que procedía de mi hermano mayor. Sin lugar a dudas, estaba temblando.

—Ju...

Jude se abalanzó sobre Daniel.

—¡Lo hiciste tú! —chilló, y le dio un puñetazo a Daniel en la cara.

Daniel se cayó de espaldas, tirándome a mí también al suelo. Jude se acercó para atestarle otro golpe y casi me pisa en el intento, pero el *sheriff* se le tiró encima y lo apartó. Mamá gritó.

—¡Ha sido él! ¡Ha sido él! ¿Es que no lo veis? —chilló, dando golpes al aire.

—¿Jude? —dijo Daniel, levantándose del suelo, y se acercó al que había sido su mejor amigo—. Te juro que yo no he sido.

Jude consiguió soltarse de los brazos del *sheriff* e intentó lanzarse sobre Daniel otra vez, pero papá se puso en medio y el *sheriff* sujetó a Jude desde atrás.

—Cálmate —dijo papá.

—Ha sido él. Se llevó a James. —Jude miró al *sheriff*—. ¡Arréstelo y enciérrelo antes de que salga corriendo!

Daniel retrocedió un paso. Yo sabía que ya podría estar a casi medio kilómetro de distancia si hubiera querido, pero no intentó escapar y dejó que el ayudante Marsh le agarrase del brazo.

—¡Basta ya! —le grité a Jude, e intenté ponerme de pie sobre mis doloridas piernas—. Deja de mentir. Daniel salvó a James. Lo salvó antes de que se hundiese en el riachuelo.

—¡Mentira! —Jude tenía la cara contraída, igual que la noche que halló el cuerpo de Maryanne y luego no daba conmigo. Tenía miedo de que también me diese un puñetazo a mí, aunque hasta ese momento ni siquiera sabía que mi hermano fuera capaz de pegar a nadie—. Ese riachuelo está seco, y tú lo sabes —añadió.

Mamá soltó un grito ahogado y el grupo de curiosos, que se había acercado en cuanto el ayudante abandonó su puesto, la miraron. El *sheriff* debió de soltarle un poco el brazo, porque Jude consiguió separarse de él.

—Arréstele —ordenó Jude—. Arreste a este monstruo. —Y arremetió contra Daniel.

—¡Para! —Papá agarró a Jude del brazo y lo empujó.

Jude se tambaleó y cayó de espaldas al suelo. Rápidamente, papá se puso encima de él, con un pie a cada lado de su cuerpo; nunca le había visto en actitud tan dominante.

—¡Basta ya! —ordenó papá—. Deja de decir mentiras.

Jude gimió y se puso de costado. Fue como si el golpe contra el suelo le hubiese hecho entrar un poco en razón. La cara y los puños se le relajaron.

—¿Qué quiere que hagamos? —preguntó el ayudante Marsh, que todavía sujetaba a Daniel del brazo—. Si quiere, nos podemos llevar a éste a la comisaría.

—¿Bajo qué cargos? —Papá se volvió hacia el gentío y alzó la voz—. El niño se fue por sí mismo, Daniel nos lo trajo de vuelta y eso es todo. —Se acercó al ayudante y le pidió que liberase a Daniel—. Gracias a todos por acudir en nuestra ayuda cuando más lo necesitábamos —dijo con su mejor voz de pastor—. Y ahora estoy seguro de que tenéis una celebración esperándoos. Y, si nos disculpáis, nosotros también tenemos que ocuparnos de un par de cosas.

Papá se volvió en dirección a mi madre.

—Meredith, llévate a James adentro. Yo voy a ver qué puedo hacer con la valla. Daniel, Jude, venid conmigo.

Jude ya estaba de pie, pero se mantenía alejado de papá. Meneó la cabeza y entró corriendo en casa, y April, que apareció de entre la multitud, salió tras él.

—¿Daniel? —preguntó papá.

Había algo muy raro en los ojos de mi padre.

Daniel asintió con un ligero movimiento y se fue con él.

Papá debió de notar mi anhelo de seguirlos.

—Gracie, ve a ayudar a tu madre —me dijo. Su voz sonaba tan forzada que parecía que estuviese conteniendo la respiración mientras hablaba.

Me quedé quieta en el jardín y los observé mientras se dirigían a la parte trasera de la casa. El *sheriff* y su ayudante refunfuñaron y empezaron a caminar hacia su coche. Nuestros amigos y vecinos se dispersaron, igual que mi esperanza por arreglar las cosas entre Daniel y Jude.

12

Preguntas sin respuestas

En casa, unos veinte minutos después

Mamá se volcó de lleno en sus tareas de enfermera. Se negó a que el *sheriff* llevase a James al hospital de Oak Park, insistiendo en que ella y el doctor Connors estaban totalmente capacitados para examinarlo. Después de que el doctor le hiciese un riguroso examen, por fin soltó a James de sus brazos y le ordenó a Charity que empezase a preparar una bañera para hacerlo entrar en calor. Entonces cubrió con tiritas de Superman los arañazos que Don Mooney se había hecho de alguna manera en el brazo, y se despidió de los últimos invitados dándoles los restos de nuestra abandonada comida. Y cuando yo estaba a punto de salir a hurtadillas por la puerta de atrás para intentar encontrar a Daniel, mamá me llamó desde la mesa de la cocina.

—A ver, echemos un vistazo a tu mano.

Hice una mueca de dolor mientras ella me quitaba unas piedras que tenía incrustadas en el corte.

—Has tenido suerte, no vas a necesitar ningún punto —comentó, haciendo un chasquido con la lengua.

Dejé que me limpiase la mano e intenté no quejarme. Imaginé que cuanto menos protestase, antes podría salir en busca de Daniel. Él había prometido que me explicaría lo que pasaba, pero ¿y si decidía huir? Había visto lo que era capaz de hacer, y con las falsas acusaciones de Jude... Daniel podría estar fuera del Estado incluso antes de que yo le empezase a buscar.

—Déjala aquí dentro un minuto —me indicó mamá, sumergiéndome la mano en un bol con agua oxigenada mientras sacaba las gasas y el esparadrapo del botiquín.

Sentí un hormigueo y unas pequeñas burbujas se formaron sobre mi piel. Mi mente empezó a divagar, recordando lo que Daniel había hecho en el bosque y lo que había sentido mientras corría con él en la oscuridad. Apenas me di cuenta de que mamá me había secado la mano y me la estaba cubriendo con una gasa.

—Ya está. —Pasó el dedo por encima del esparadrapo y me sostuvo la mano durante un instante—. Gracie —dijo sin mirarme—, por favor, no vuelvas a invitar a ese chico a casa—. Puso mi mano sobre la mesa y empezó a guardarlo todo de nuevo en el botiquín.

Hice un gesto de asentimiento, aunque creo que ni se dio cuenta.

—Mamá —llamó Charity desde el piso de arriba—. James se niega a salir de la bañera hasta que le demos su mantita.

—Ya se la llevo yo —me ofrecí, contenta de tener una distracción momentánea.

Mamá asintió.

—Subo en un minuto —le gritó a Charity.

Primero busqué en el dormitorio de James, pero la tía Carol estaba durmiendo en la cama de invitados que habíamos puesto en su habitación. Se había excusado con un dolor de cabeza en cuanto el doctor Connors anunció que el niño estaba en perfecto estado de salud. Entonces recordé que quizá la mantita de James todavía estaba en el despacho.

Las puertas estaban entreabiertas y la cuna de James seguía volcada de lado. La coloqué bien y encontré la mantita. La cogí y cuando me disponía a salir disparada al baño de arriba, un pensamiento me hizo parar en seco. Si James hubiese salido realmente por su propio pie, me extrañaba que no se la hubiera llevado con él, pues esa pequeña manta de ganchillo de color azul siempre iba con mi hermanito a todas partes. Nunca la dejaba atrás.

Las palabras de Daniel cuando dije que James no podría haberse adentrado tanto en el bosque resonaron en mis oídos: «Solo, no.»

¿Había sido un error despachar al *sheriff*? Cuando Daniel y yo regresamos a casa con James, me dio la sensación de que acababan de llegar. ¿Habían tomado alguna foto o buscado alguna pista? Jude había acusado a Daniel, pero eso no era posible. Mi padre insistió en que no había sido más que un accidente. Pero Daniel... él sí había tenido miedo de algo.

Eché un vistazo por el despacho, y me di cuenta de algo que no había advertido antes: los libros y papeles de papá estaban desparramados por el suelo. La lámpara estaba volcada y el cajón de su escritorio, abierto. Parecía como si se hubiera producido un pequeño terremoto. ¿Podría ser que algún intruso se hubiese colado en el despacho en busca de algo? Pero si así fuera, ¿no habríamos oído entonces el alboroto desde el comedor? ¿Podría mamá haber tirado las cosas al suelo en pleno ataque de angustia? Además, en la librería faltaban varios libros.

¡La librería!

Me abalancé sobre ella y me puse de puntillas. Pasé la mano por el estante superior, hacia un lado y hacia el otro. La caja negra forrada de terciopelo, la que escondía el puñal de plata de Don, ya no estaba.

En el piso de arriba

Mi primer impulso fue ir a contarle a papá lo que había pasado en su despacho, pero enseguida caí en la cuenta de que ya había entrado con mamá. En ese caso, habría visto todo este desorden, ¿no? Y, a pesar de eso, fue él quien despachó al *sheriff* y quien insistió en que no había sucedido nada fuera de lo normal. Quizá mi madre había desordenado todo eso y él quería ahorrarle cualquier tipo de interrogatorio por parte de la policía. Teniendo en cuenta su tendencia obsesiva compulsiva, no sería un buen presagio tener al ayudante Marsh fisgoneando entre nuestras cosas o desmontando la casa. Pero ¿por qué había desaparecido el cuchillo? ¿Lo sabía papá? Ni siquiera le había dicho que lo había cambiado de sitio.

—¡Grace, necesitamos la mantita! —gritó Charity desde arriba.

Cerré las puertas del despacho detrás de mí y corrí al lavabo.

—Toma —dije, pasándosela a mamá.

—¡*Matita!* —James se puso de pie en la bañera, y las burbujas de jabón empezaron a resbalarle por el cuerpo.

—Por fin —dijo Charity, y lo sacó de la bañera. Lo envolvió en una toalla y se lo pasó a mamá.

James se llevó la mantita a la cara; mamá lo sujetaba con firmeza.

Decidí no comentarle nada acerca del despacho, pues no sabía cómo se pondría si le decía algo que la inquietase. Ya lo hablaría con papá más tarde.

Pero con quien realmente quería hablar era con Daniel. ¿Qué sabía él de todo esto? ¿Por qué se había asustado tanto? ¿Tenía algo que ver con las cosas que podía hacer?

—El lavabo es todo tuyo —me dijo mamá—. Antes de ponerte a hacer otras cosas, límpiate. —Miró mi jersey y los pantalones manchados de barro y meneó la cabeza.

—Apestas como un perro sudado.

Charity puso cara de asco.

—Hotia puta —soltó James.

—¿Qué acaba de decir? —preguntó mamá, mirándome.

—Ni idea —respondí, y las ahuyenté del lavabo.

Me pegué una ducha rápida, todo lo rápida que pude sin mojarme la mano vendada.

¿Y si no alcanzaba a Daniel antes de que acabase de ayudar a papá?

Me envolví en una toalla y limpié el vaho de la ventana del lavabo. Miré a través del vidrio y lo único que pude ver fue el estrecho hueco en el contorno blanco de la valla. Apagué la luz del baño y conseguí distinguir una silueta, que parecía la de mi padre, arrodillada en el césped junto a los rosales resecos. Parecía que estuviera rezando, quizá dando las gracias por tener a James de vuelta sano y salvo. Pero entonces empezó a balancearse hacia delante y hacia atrás sobre las rodillas, y se llevó las manos a la cara. Sus hombros rebotaban arriba y abajo sacudiéndose de un modo extraño.

Cogí el albornoz; papá me necesitaba a su lado, pero justo en aquel momento apareció otra persona junto a la valla. Se arrodilló al lado de mi padre, vaciló un instante y, seguidamente, pasó sus brazos largos y delgados alrededor de los hombros de papá, que seguían temblando. Di un paso atrás, un tanto perpleja, y la ventana se empañó de nuevo.

Me apreté fuerte el lazo del albornoz, bajé corriendo las escaleras y me topé de bruces con mi madre.

—¿Adónde te crees que vas así vestida, jovencita? —Se burló de mi albornoz y señaló hacia el comedor, donde Don le estaba contando a Charity una historia sobre su abuelo—. Todavía tenemos invitados en casa.

—Pero es que... —Volví a ver esa mirada enojada en su rostro y recordé el tono sarcástico que había utilizado con papá porque se sentía culpable de la muerte de Maryanne. Él no necesitaba eso ahora—. Sólo tengo que hacer una cosa, iré muy rápido.

—Sube a ponerte algo decente.

Refunfuñé en voz baja y subí las escaleras para cambiarme a toda prisa.

—¿Y has bajado ya tu ropa llena de barro al lavadero o la has dejado tirada en el suelo del lavabo?

—Lo haré después. Es que tengo que...

—Lo que tienes que hacer es vestirte y poner a lavar esa ropa antes de que se arruine. El dinero no nos cae del cielo en esta casa.

—Pero...

—Ahora. —Y prometo que me miró como si adivinase que estaba tramando algo que no le iba a gustar.

—Vale.

Al subir a mi habitación noté que las piernas me dolían. La carrera por el bosque me estaba pasando factura. Me puse lo primero que encontré: una camiseta de manga larga y un peto salpicado de pintura que mi madre odiaba especialmente. Cogí la ropa sucia del lavabo y bajé cojeando hasta el sótano.

Y ya le estaba echando la culpa mentalmente a mamá por reducir mis posibilidades de hablar con Daniel y con mi padre, cuando oí unas voces débiles procedentes de la habitación de Jude. Pude distinguir el tono lúgubre de mi hermano y los gemidos de consuelo estilo cocker spaniel de April. Me apreté la bola de ropa contra el pecho y avancé lentamente hasta la puerta de Jude.

—No es justo —oí que decía mi hermano.

—¿Por qué? —preguntó April.

—Tú no lo entiendes. Nadie lo entiende. —La voz de Jude se volvió más grave—. ¿Cómo puede ser que no se den cuenta de lo que está haciendo?

April dijo algo que no pude entender.

—Está mal. Él está mal. Todo lo que tenga que ver con él está mal —dijo Jude—. Yo soy el bueno, el que hace todo lo que puede por esta familia, el que está aquí cada día; y ahora regresa unas horas y le creen a él antes que a mí. Papá y Grace actúan como si fuese una especie de héroe. —Le temblaba la voz—. ¿Cómo puede papá confiar en él, después de lo que hizo?

—¿Qué? —preguntó April—. ¿Qué hizo?

Jude suspiró.

Toda la culpabilidad que sentía por estar escuchando a escondidas quedó eclipsada por mi deseo de oír la respuesta a esa pregunta, y por los celos que me comían por dentro al pensar que Jude le pudiese contar a April lo que se había negado a contarme a mí durante tres años.

Jude susurró algo y me arrimé más a la puerta para intentar oírlo.

—¡Grace! —gritó mamá desde arriba—. No te olvides de poner el spray antimanchas.

Me alejé de un salto de la puerta y se me cayó el montón de ropa. Jude dejó de hablar y escuché unos ruiditos detrás de la puerta. Recogí la ropa y salí disparada hacia el lavadero.

Esa misma noche, un poco más tarde

Cuando al fin logré salir, Daniel ya se había ido. No estaba en el jardín, ni delante ni detrás. Papá tampoco. Sólo habían pasado quince minutos desde que los había visto por la ventana del lavabo, así que decidí coger un coche y dirigirme hasta su piso para que respondiese a mis preguntas antes de que se largase de la ciudad, pero ninguna de las llaves estaba en el gancho. Papá guardaba la furgoneta en la parroquia y lo más probable es que Jude todavía tuviese las llaves del monovolumen. Y además el Corolla no estaba en el garaje, lo cual era bastante raro.

Me resigné pensando que continuar con la búsqueda sería inútil, y decidí ayudar a mamá y a Don Mooney a recoger el comedor.

No me sorprendió que Don se hubiese quedado. Lo más seguro es que nos pidiese si podía instalarse en la habitación de Jude cuando éste se fuera a la universidad el año siguiente. Pero la idea que Don tenía de «recoger la mesa» implicaba comerse la comida que la gente había dejado en los platos.

Alargué la mano para coger la copa medio vacía que había frente a él.

Don dejó de toquetearse las tiritas que tenía en el brazo y me dedicó una gran sonrisa con los dientes llenos de pavo.

—Estás muy guapa hoy, señorita Grace.

Me pasé los dedos por los rizos, que todavía estaban mojados, y me pregunté si me había ganado un admirador nuevo por salir en su defensa ante mi padre el otro día.

—Gracias, Don —mascullé, y cogí la copa.

—Y también ha sido muy valiente por tu parte —añadió— adentrarte en el bosque para buscar a tu hermanito. Ojalá hubiese estado ahí; le habría protegido del monstruo. Mi abuelo me explicó cómo hacerlo. Era un verdadero héroe, ¿sabes? —Don se frotó el brazo herido contra el pecho.

Sonreí, pero enseguida me vino a la mente el revoltijo en el despacho de mi padre. Mamá se había llevado una pila de platos a la cocina; pero, por si acaso, bajé la voz.

—Don, mientras todos buscábamos a James, ¿entraste en el despacho?

—Yo... Yo... sólo estaba buscando una cosa. No quería desordenarlo tanto, pero todo el mundo volvió antes de que tuviese tiempo de poner orden. —Me miraba de reojo y se mecía en la silla como si fuese a salir disparado.

—No pasa nada, Don. —Sentí un gran alivio, y le sonreí—. No se lo diré a nadie, pero deberías volver a poner el cuchillo en su sitio.

—Sí, señorita Grace —respondió, bajando la vista.

Mamá regresó al comedor y, en cuanto se dio cuenta de que yo estaba recogiendo con torpeza su vajilla de porcelana con la mano vendada, me mandó a la cama. Me fui sin rechistar, aunque no tenía muchas esperanzas de poder conciliar el sueño, ni muchas esperanzas de nada más. Mamá estaba disgustada conmigo por haber invitado a Daniel; la desesperación de papá parecía una montaña rusa a máxima velocidad; mi hermano mayor estaba a punto de sufrir una crisis nerviosa; y Daniel lo más seguro era que ya hubiese desaparecido. Pero, al menos, ya sabía dónde estaba el cuchillo y que no lo había robado ningún temible intruso.

«Qué raro», pensé. Era la primera vez que veía a Don como a alguien inofensivo.

Me tendí sobre la cama, con la mente acelerada por todas las cosas extrañas que habían sucedido a lo largo del día, hasta que en casa reinó la oscuridad y el silencio. Tenía la sensación de que ya hacía horas que había oído a Don despedirse. Todavía llevaba la ropa puesta, así que decidí levantarme y cambiarme. Me quité el peto y la camiseta y elegí mi pijama más cómodo: uno de franela de color blanco estampado con patitos amarillos. Llevaba puestos los pantalones de franela y el sujetador rosa, cuando oí un repiqueteo detrás de mí.

Me volví y descubrí una silueta oscura detrás de la ventana. Pegué un salto y por poco me puse a chillar. Volvió a mi mente la imagen del alféizar del despacho manchado de sangre.

—Grace —llamó alguien en voz baja a través del cristal. La sombra se acercó más a la ventana: era Daniel.

La vergüenza reemplazó al miedo. Nerviosa, crucé los brazos por delante del pecho; no es que tuviera mucho que esconder, pero igualmente... Le di la espalda y agarré el albornoz, que todavía estaba húmedo de la ducha, pero me lo puse de todos modos. Fui hasta la ventana y la abrí.

—¿Se puede saber qué haces aquí?

Daniel se mantenía en equilibrio sobre el tejado inclinado de mi habitación.

—Te prometí que hablaríamos. —Me miraba fijamente a través de la fina tela metálica—. ¿Puedo entrar?

13

El lebrel del cielo

En el tejado

El calor me subió por los brazos y las mejillas; seguro que me puse tan rosa como el sujetador que llevaba. Me envolví más con el albornoz.

—Es que... no puedo dejarte entrar.

Mamá no me había hecho prometérselo, pero sentía que debía respetar su petición de que no volviese a invitar a Daniel a casa. Era lo mínimo que podía hacer por ella.

—Pues entonces tendrás que salir tú. —Con un golpe rápido, quitó la tela metálica de la ventana, que aterrizó a mis pies en perfecto estado. No estaba rota ni destrozada como cuando Jude tuvo que quitar la del despacho, que quedaba justo debajo de nosotros—. Ven. —Y me tendió los brazos a través del marco de la ventana.

Sin pensármelo dos veces, me agarré de su mano. Tiró de mí hacia arriba y hacia fuera, y me cogió en sus brazos. Me acercó hacia él, agarrando el cinturón de mi albornoz.

—Pensaba que te habías ido —susurré.

—Lo prometido es deuda. —Sentí su aliento cálido a través del cabello húmedo. Me tomó de las dos manos y me bajó para que me sentase a su lado sobre el estrecho alero del tejado. Llevaba unos vaqueros y la cazadora negra y roja que le había dado. Recordé que no la llevaba puesta cuando se presentó más temprano a la cena.

Mi albornoz no abrigaba tanto como un abrigo y tenía los pies descalzos, pero no me importaba.

—Me alegro de que hayas vuelto.

Daniel sonrió, pero más que una sonrisa me pareció una mueca de dolor. Y en ese momento advertí, bajo la luz tenue que venía de mi habitación, que tenía un cardenal de color verde violáceo en el pómulo.

—Estás magullado. —Le toqué la cara, y él apoyó la mejilla en mi mano—. Lo siento. Ha sido culpa mía. Me inventé la historia del riachuelo y por mi culpa Jude...

—No te preocupes, nada de esto es culpa tuya. —Daniel puso su mano encima de la mía—. De todas maneras, enseguida estaré bien.

Cerró los ojos y apretó mi mano vendada contra su pómulo. La piel de su mejilla se calentó y me empezó a sudar la palma. Le ardía la cara, y justo cuando pensé que me iba a quemar, el calor desapareció. Daniel dejó caer su mano y yo retiré la mía.

Ahora su piel estaba lisa, sin rastro de cardenal ni marca alguna.

—Eres un superhéroe de verdad —le dije en voz baja.

—No soy nada de eso —replicó, apoyándose contra la pared con los pies colgando del tejado.

—¿Cómo puedes decir eso? He visto las cosas que eres capaz hacer. Podrías ayudar a mucha gente, y hoy has salvado a James. —Me rasqué la venda. Sentía un dolor punzante en la mano y en los pies. En ese momento me hubiese venido muy bien tener el poder de la autocuración—. Ojalá yo pudiese hacer alguna de esas cosas.

Daniel entrelazó los dedos alrededor de su colgante de piedra negra.

—Pero no te gustarían los efectos secundarios.

—¿Bromeas? Haría cualquier cosa por ser como tú.

—No, no lo harías. —Daniel me miró fijamente y en sus ojos reconocí otra vez ese destello de hambre—. Y eso es lo que te hace tan especial.

Un escalofrío me recorrió el cuerpo. Había una parte de mí que quería regresar a mi habitación y cerrar la ventana; pero la otra parte deseaba que me abrazase y huir con él de todo y de todos.

—Eres especial, ¿lo sabes, verdad? —dijo Daniel, y me rozó el brazo.

—Daniel, yo...

Daniel se estremeció y se apartó. Agarró el colgante negro con más fuerza y murmuró algo que no pude entender debido a su fuerte respiración.

—¿Estás bien? —Tendí mi mano hacia él.

—Por favor, no lo hagas. —Se alejó para que no lo tocase y se apoyó contra la pared de la casa. Se llevó las piernas al pecho, como si creara una barrera entre nosotros. Su cuerpo temblaba. Cerró los ojos, jadeando. De pronto, dejó de temblar, pero siguió aferrándose al colgante.

—¿Es eso lo que te da tus... habilidades? ¿El colgante?

—No —contestó, todavía con los ojos cerrados.

—¿Y entonces qué es? ¿Cómo puedes...?

—Debería irme —dijo entre dientes.

—Pero quiero que me lo expliques.

—Lo siento, Gracie. De verdad que será mejor que me vaya.

Me crucé de brazos.

—No te vas a escaquear tan fácilmente. Lo prometido es deuda, ¿recuerdas? —dije con mi voz de mandona.

Daniel se detuvo y esbozó una sonrisa a medias.

—No tienes ni idea de lo que me estás haciendo.

Me ruboricé, pero no pensaba permitir que me distrajera.

—¿Es por esto que te fuiste de la ciudad? ¿O esto te pasó cuando ya te habías ido? ¿Cómo te convertiste en lo que eres? Cuéntamelo, por favor.

—A mí no me pasó nada. No exactamente. Supongo que podría decir que yo nací así.

—No recuerdo que fueras... así. —Pero entonces recordé todas esas veces cuando éramos pequeños que por la mañana tenía morados y por la tarde ya no los tenía; o la cojera que misteriosamente desapareció. Recordé también lo desconcertado que se quedó el médico de Daniel cuando su fractura de cráneo se curó a las pocas semanas, en lugar de meses.

—Eso se va desarrollando con la edad... y las experiencias.

—¿Así que los superpoderes son como el vello de la axila y los granos, pero un poco más intensos, no? —pregunté, y Daniel rio.

—Es como una cosa de familia —continuó, hablando más bajo—. ¿Sabes eso que dice tu padre en los sermones de que el diablo actúa a través de la adulación, los celos y la autocomplacencia, entre otras cosas?

Asentí; era uno de los temas favoritos de papá.

—Pues bien, el diablo no ha sido siempre tan sutil. Al principio, utilizaba demonios, vampiros y otros espíritus malignos para cumplir su voluntad. Cosas reales que hacen ruido por la noche, monstruos. —Daniel me miró para ver mi reacción.

No sabía qué decir, ni qué pensar. ¿Lo decía en serio? ¿De verdad quería que me creyese que los monstruos existían? Pero, por otro lado, hasta aquel día yo había pensado que las personas con superpoderes que podían curarse a sí mismas sólo eran personajes inventados que salían en los cómics.

Como no respondí, Daniel continuó:

—Puesto que en la tierra había demonios sueltos, Dios decidió que necesitaba «apagar el fuego con fuego», para decirlo de alguna manera. Mi familia, la familia Kalbi, proviene de una época anterior a la escritura; ya existía incluso antes que cualquier civilización real. Mi familia formaba parte de una tribu de guerreros. Eran fuertes defensores de su tierra, pero también eran fieles seguidores de Dios y vivían acorde con sus enseñanzas. Así que Dios decidió recompensarlos: les bendijo con dones especiales. Les inculcó la esencia del animal más poderoso del bosque y, de esta manera, ganaron velocidad, agilidad, fuerza, astucia y capacidad de rastreo. —Se acarició el pómulo con la mano—. No estoy seguro de dónde salió la capacidad de curación, pero lo cierto es que debió de formar parte del paquete de donaciones.

—¿Así que Dios creó al soldado perfecto para luchar contra el mal? —Mi pregunta parecía muy lógica, pero todavía no podía creer lo que estaba escuchando.

—Exacto. Incluso los marcó con el cabello rubio platino como el de los ángeles —dijo, toqueteándose las greñas de color castaño claro—. Lebreles del cielo, así es como los llamó, o algo similar, pues la palabra original se ha perdido. La más parecida que conozco es la palabra sumeria *Urbat*. Su trabajo consistía en localizar demonios y proteger a los mortales del diablo.

—¿Y esos... *Urbat*? ¿Qué fue de ellos? ¿Cómo es que no había oído hablar de ellos antes?

Daniel se encogió de hombros.

—Bueno, digamos que abusaron de la hospitalidad del mundo terrenal. Hoy sólo queda un puñado de ellos y prefieren vivir en grupo o, mejor dicho, en manada. Muchos de ellos son artistas como yo; debe de tener algo que ver con la conexión animal con la naturaleza. Hay un grupo en el Oeste; viven en una especie de colonia de artistas. Pasé con ellos una temporada, y ahí es donde conocí a Gabriel.

—¿Te refieres al ángel del jardín? Me contaste que te había regalado este colgante. ¿Qué es?

—Un pedacito de Luna —contestó, acariciando el colgante.

—¿Cómo dices? —No sé por qué, pero eso me resultaba más difícil de creer que el resto de la historia.

Mi mirada incrédula le hizo sonreír. Me pasó el brazo por la espalda y me dejó tocar la piedra negra que pendía de su cuello. Estaba sorprendentemente caliente y no era tan suave como parecía. Era un poco porosa, como las rocas de lava. Apreté la yema del dedo contra la pequeña media luna que había tallada en el centro.

—Me ayuda a controlar mis acciones. —Deslizó sus dedos sobre los míos.

Recosté la cabeza sobre su pecho y me sorprendió oír los latidos de su corazón a través de la cazadora. Su respiración era profunda y regular, pero el pulso parecía errático. Demasiado rápido y demasiado lento a la vez, como si tuviese dos corazones palpitando en su interior, ambos diciéndome que creyese lo que me estaba contando.

Daniel me abrazó más fuerte. Deslizó la mano por el cuello de mi albornoz y sus dedos me rozaron la piel. Uno de los latidos se aceleró, palpitando con fuerza con cada pulsación.

155

Solté el colgante de la piedra, que rebotó con suavidad en su pecho.

—Daniel, si todavía existe gente como tú, los *Urbat*, ¿eso significa que los monstruos también existen?

Daniel apartó la cabeza.

—Será mejor que me vaya. —Me alzó con él mientras se levantaba.

Noté el desnivel del tejado bajo mis pies, y Daniel me ayudó a estabilizarme. No quería que se fuese. Si hubiera podido, me habría pasado toda la noche con él, pero sabía que no se quedaría y que por el momento no respondería ninguna pregunta más.

Me ayudó a entrar por la ventana y volvió a colocar la tela metálica en su sitio.

—Buenas noches, Grace.

—¿Volveré a verte? —Coloqué la mano sobre la malla que nos separaba—. ¿O ahora que me has revelado tu identidad secreta volverás a desaparecer?

Puso su mano contra la mía; la fina malla de metal evitaba el contacto.

—Mañana. Estaré aquí mañana. Le he dicho a tu padre que arreglaría la valla. —Más allá de eso, no me aseguró nada.

—Pues nos vemos mañana entonces.

Daniel apartó la mano.

—Espera —le dije.

Se quedó inmóvil.

—Gracias, por ayudar a papá antes... en el jardín.

—¿Lo viste? —preguntó, mordiéndose el labio.

Asentí con la cabeza, y él se sonrojó ligeramente.

—No te preocupes por eso, Gracie. Tu padre sólo estaba sintiendo los efectos de todo lo que había pasado hoy, cuando pensaba que había perdido a un hijo para siempre. —Daniel se alejó hasta el borde del alero y se puso de puntillas—. Cierra la ventana —sugirió, y dando una voltereta hacia atrás cayó sobre el suelo.

14

En las alturas

En la cama

Me acurruqué bajo el edredón e intenté no darle más vueltas, pero no podía dejar de pensar en Daniel: lo que había sentido en sus brazos, la felicidad y la libertad cuando corríamos juntos por el bosque, lo que me había explicado acerca de sus antepasados... Pero por encima de todo, no podía dejar de preguntarme por qué Daniel no había respondido a la pregunta sobre la existencia de monstruos.

Debo admitir que no sabía mucho sobre ese tipo de cosas, fueran monstruos, demonios o vampiros. Mucha gente de la parroquia consideraba que era pecado leer libros o ver películas que tratasen esos temas. Mis padres restringían los programas que podíamos ver, y tenía amigas a quienes incluso les habían prohibido leer los libros de Harry Potter porque, en teoría, veneraban la brujería. Siempre pensé que era una tontería; esas cosas eran pura fantasía de todos modos.

Bueno, al menos eso es lo que había creído siempre.

No obstante, las restricciones no impedían que la gente de Rose Crest hablase del tema. Siempre había querido creer que el Monstruo de la Calle Markham no era más que una especie de fábula con la que asustaban a los niños para que nos portásemos bien. Las historias empezaron como simples avistamientos de algún tipo de bestia peluda en la calle Markham; pero, entonces, comenzaron a desaparecer algunas personas en esa parte de la ciudad. La mayoría eran vagabundos, prostitutas y drogadictos, así que nadie parecía muy preocupado hasta que se empezaron a encontrar sus cuerpos despedazados en Markham una vez al mes, más o menos. Al menos eso decían los rumores que había oído cuando era pequeña. En Rose Crest, la situación no era tan mala, básicamente se encontraban animales muertos y descuartizados, como mi perrita *Daisy*. Papá decía que lo más probable es que sólo fuese un mapache del bosque, pero siempre había temido que fuese algo peor. ¿Y si yo tenía razón? ¿Y si hubiese sido el Monstruo de Calle Markham? ¿Y si se hubiera acercado hasta nuestro jardín?

Esos extraños sucesos habían dejado de ocurrir años atrás, antes incluso de que Daniel se fuese de la ciudad, pero ahora empezaban a suceder de nuevo. Maryanne había muerto a causa del frío, pero tenía el cuerpo destrozado como los que encontraban en Markham. Y, entonces, James había desaparecido... y la sangre en el porche. Además, no podía olvidar lo que había pasado cuando me quedé tirada con el coche en esa parte de la ciudad. ¿Qué hubiera pasado si Daniel no hubiese estado allí?

¿Podría ser una mera coincidencia que todas estas cosas comenzasen a suceder de nuevo ahora que Daniel había regresado? ¿Podría ser que el monstruo le hubiese seguido hasta aquí? O quizá fuese él quien lo estaba persiguiendo.

Daniel dijo que había vuelto por la escuela de Arte, pero yo tenía el presentimiento de que había algo más. ¿Era eso? ¿Había regresado el Monstruo de la Calle Markham y Daniel estaba aquí para protegernos?

Por la mañana

Seguro que al final logré conciliar el sueño porque me desperté sobresaltada por un fuerte ruido que procedía del exterior. Me di la vuelta y miré el reloj: las 6.00 de la mañana. Volví a oír ese ruido, así que salté de la cama y fui a investigar. Aunque todavía estaba bastante oscuro, pude ver que no había nadie en esa parte del jardín. El ruido se repitió; parecía que venía de la parte de atrás. Tenía las piernas tan agarrotadas que prácticamente tuve que bajar las escaleras deslizándome sobre el trasero.

Cuando llegué a la cocina vi a Daniel, en la parte de atrás del jardín, clavando un poste de madera en el suelo helado con las manos desnudas. Como se hallaba de espaldas a mí, no estaba segura, pero me pareció que sujetaba el poste con una mano y balanceaba el otro brazo, como si estuviese golpeando el extremo superior del poste con la palma de la mano. Desde donde yo me encontraba, no vi que tuviese cerca ningún mazo, ningún martillo ni ningún tipo de herramienta. Seguro que había empezado tan temprano para poder hacerlo a su manera.

Estuve a punto de salir a su encuentro en ese momento, pero me pasé la mano por el cabello y me di cuenta de lo enredado que lo tenía. Observé a Daniel mientras golpeaba una vez más el poste y lo hundía unos siete centímetros en la tierra. De repente, me sentí obligada a lavarme y ponerme algo un poco más favorecedor que mi pijama de franela con patitos amarillos.

Cuando acabé de maquillarme, de plancharme el pelo y de cambiarme de jersey tres veces —¿por qué toda mi ropa era tan grandota?—, Charity ya estaba en la cocina leyendo con atención uno de sus libros de Ciencias y comiendo cereales azucarados de su alijo particular, lo que significaba que mamá no se había despertado todavía. El ruido que procedía del jardín había cesado, así que con un poco de suerte mamá y James seguirían durmiendo un rato más.

Me asomé a la ventana.

—¿Sabes adónde ha ido Daniel?

—Ni idea —refunfuñó Charity—. Estaba decidida a estrangularlo por armar tanto jaleo, pero cuando bajé ya no estaba.

—Lo siento —dije, como si todo lo que hiciese Daniel fuera culpa mía.

—Es igual. —Se encogió de hombros—. De todas maneras, me quería levantar temprano porque este fin de semana tengo que redactar el primer borrador de mi proyecto de investigación.

—Ah. —Seguí mirando por la ventana—. Me pregunto adónde habrá ido.

—El Corolla no está, así que puede que papá le haya acompañado a la ferretería o algo así.

O quizás el que se había llevado el coche la noche anterior aún no había regresado a casa. Yo no había oído la puerta del garaje y eso que había estado despierta hasta las tres de la madrugada por lo menos. El despacho de papá estaba cerrado con llave y la luz apagada, y si Daniel no estaba con mi padre, ¿adónde habría ido?

Me hundí en una de las sillas de la cocina. Quizá Daniel había venido a arreglar la valla tan temprano porque había cambiado de idea y ya no quería volver a verme.

—¿Puedo? —pregunté, cogiendo la caja de cereales de Charity.

Mi hermana asintió con la cabeza.

—¿Te has enterado de lo de la nieta del señor Day? —me preguntó.

—¿Jessica o Kristy?

—Jess. Ha desaparecido.

Los pequeños tréboles azucarados cayeron en mi tazón. Hacía mucho tiempo que no veía a Jessica, quien durante unos años había coincidido en clase con Daniel y Jude, hasta que su familia se mudó a la ciudad cuando ella cursaba segundo.

—Bueno, pero solía escaparse como unas dos veces al mes, ¿no?

—Sí, pero no de esta manera; nunca durante un feriado. Al ver que no aparecía para Acción de Gracias, sus padres avisaron a la policía. Sus amigos dijeron que la otra noche fueron con ella a una fiesta en el centro. Dijeron que estaba ahí con ellos y que, de repente, desapareció. Ha salido en el periódico —añadió Charity, a punto de acabar los cereales de su tazón—: El Monstruo de Calle Markham ataca de nuevo.

Se me cayó la caja de cereales.

—¿Eso es lo que están diciendo?

—Pues sí. Incluso había un breve comentario sobre la desaparición de James al final del artículo. Dicen que quizás el monstruo intentó llevárselo. —Noté un ligero tono de angustia en su voz. Me miró por encima de la caja de cereales—. Tú no crees que...

—Sólo están asustando a la gente para aumentar las ventas. —Ojalá me creyese lo que estaba diciendo, pero ahora sabía que el artículo podía estar en lo cierto—. ¿Y dónde está el periódico?

—Jude se ha levantado hace un rato y se lo ha llevado abajo —explicó Charity—. El diario decía que la policía está esperando los resultados de los análisis de sangre antes de emitir ningún comunicado.

Me dio un vuelco el corazón. ¿Qué descubrirían con esos análisis? Aparté el tazón de cereales, estaban demasiado dulces.

Charity pasó una página de su libro. Un lobo de color gris plateado me miraba desde el papel y un escalofrío recorrió mi cuerpo cuando pensé en aquellas huellas de animal que había visto en el fondo del barranco.

Por la tarde

Me convencí a mí misma de que no estaba esperando a Daniel, que sólo estaba trabajando en mi dibujo para el profesor Barlow, en el porche, en pleno noviembre, donde quizá por casualidad viese a Daniel si decidía regresar. Me instalé en uno de los extremos del balancín del porche. Desde ahí podía ver el nogal del jardín y la calle, pero como he dicho, no estaba sentada a la espera de ningún chico.

Quizá fuera por mi falta de concentración, pero por mucho que lo intentase no conseguía que el dibujo del nogal me saliera bien. Y ya me estaba planteando tirar el carboncillo al suelo del porche cuando oí que alguien se acercaba.

—Me alegro de que todavía no hayas perdido la confianza en mí —dijo Daniel.

—Pues he estado a punto. Has tardado mucho, la verdad —respondí, intentando disimular que me había preocupado por si no aparecía—. Pero ¿dónde has estado?

—En casa de Maryanne Duke.

Lo miré.

—Por lo visto, donó su casa a la parroquia y tu padre me ha dado permiso para instalarme en el apartamento del sótano hasta que solucione algunas cosas, así que esta mañana he llevado mis trastos allí.

—Pues seguro que a las hijas de Maryanne no les ha hecho ninguna gracia que digamos.

Daniel sonrió y se sentó junto a mí en el balancín.

—¿Has visto el periódico esta mañana? —pregunté, intentando parecer despreocupada.

La sonrisa de Daniel se esfumó.

—¿Crees que están en lo cierto? ¿Y que el Monstruo de la Calle Markham es el responsable de lo que le pasó a la nieta del señor Day? ¿Y que también intentó llevarse a James? —inquirí.

Sacudió la cabeza.

—Pero dijiste que James no podría haber llegado tan lejos por sí solo. ¿Y cómo fue a parar su zapatilla al fondo de ese barranco?

Daniel tenía la mirada clavada en las palmas de sus manos, como si esperase encontrar la respuesta ahí.

—Los monstruos existen —dije—. Todavía hay algunos aquí en Minnesota, y en Iowa, y en Utah, ¿verdad?

Daniel se rascó detrás de la oreja.

—Sí, Gracie. Si no hubiese monstruos, mi gente ya no existiría.

De repente empecé a temblar, a pesar de que estábamos sentados al sol. No estaba segura de querer tener razón.

—Es todo demasiado raro para que mi cerebro lo comprenda. Pensar que durante diecisiete años he estado viviendo totalmente inconsciente de cómo es el mundo de verdad... Quiero decir, podría haber pasado junto a un monstruo sin ni siquiera saberlo.

—Ya has conocido a uno —replicó Daniel—. La otra noche.

—¿Sí? —Mi mente retrocedió hasta la fiesta en el piso de Daniel—. Mishka —adiviné, pensando en sus ojos negros, tan negros, y en la confusión que había sentido a su lado—. ¿Y vosotros sois amigos?

—Bueno, es complicado —explicó Daniel—. Pero sólo es peligrosa cuando no consigue lo que quiere. Y por eso me fui con ella; no te hubiera abandonado por un simple corte de pelo, pero sabía que si te elegía a ti antes que a ella, quizá te convertirías en... su nuevo objetivo.

Me dio un vuelco el corazón.

—Pero eso no fue lo que pasó, ¿no? Quizá te siguió hasta aquí y decidió llevarse a mi hermanito...

—No, seguro que no.

—¿Y entonces?

—No lo sé —farfulló. Se quedó callado un instante y entonces bajó la mirada al dibujo que yo tenía en la falda—. Puedo echarte una mano con eso, si quieres.

—Ya lo estás haciendo otra vez —protesté.

—¿El qué?

—Esquivar mis preguntas, como todo el mundo. No soy tonta, ni frágil ni débil, ¿sabes?

—Ya lo sé, Grace. Eres todo menos eso. —Se apartó de un soplo el flequillo de la frente—. No estoy esquivando tus preguntas, pero no tengo más respuestas para darte. —Dio unos golpecitos sobre mi bloc de dibujo con uno de sus largos dedos—. ¿Y ahora? ¿Quieres que te ayude o no?

—No, gracias. Ya tuve suficientes problemas la última vez que «retocaste» uno de mis dibujos.

—No me refería a eso —replicó—. Me tendré que quedar en el aula de Arte cada día después de clases, me vendría bien un poco de compañía para que ese Barlow me dejase un poco en paz. Pero podríamos empezar hoy mismo; te puedo enseñar algunas técnicas nuevas que he aprendido durante estos últimos años.

—No me cabe ninguna duda —suspiré, dándome cuenta de que, por el momento, nuestra charla sobre monstruos se había acabado—. Pero este dibujo es un desastre. —Arranqué la hoja del bloc y me dispuse a arrugarla.

—No lo hagas. —Daniel me la arrebató de las manos y la estudió con atención durante un momento—. ¿Por qué estás dibujando esto? —quiso saber, señalando el esqueleto del árbol.

Me encogí de hombros.

—Pues porque Barlow quiere que dibujemos algo que nos recuerde a nuestra infancia y no se me ocurría nada más.

—Pero ¿por qué? —preguntó—. ¿Qué es lo que estás intentando captar exactamente? ¿Qué te hace sentir? ¿Qué te hace desear?

Desvié la vista hacia el árbol del jardín y un montón de recuerdos me vinieron a la mente. «A ti —pensé—, me hace desearte a ti.» Bajé la vista a mi bloc de dibujo, esperando que el poder de leer la mente no fuese uno sus talentos ocultos, un superpoder del cazador de demonios.

—¿Recuerdas cuando nos subíamos al árbol para ver quién podía trepar más rápido y alcanzar mayor altura? —le pregunté—. Y entonces nos quedábamos ahí observando todo el barrio desde arriba... Daba la sensación de que si trepábamos sólo un poco más hacia los extremos de las ramas, podríamos estirarnos y acariciar las nubes con los dedos. —Jugueteé con el carboncillo que sostenía en las manos—. Supongo que eso es lo que me gustaría volver a sentir.

—¿Y, entonces, por qué estamos aquí abajo? —Daniel me cogió el carboncillo y se metió el bloc debajo del brazo—. Vamos. —Me levantó del balancín y me condujo hasta la base del nogal. En un abrir y cerrar de ojos, se había quitado los zapatos y ya había trepado hasta la mitad del árbol—. ¿Vienes? —me retó desde una rama.

—Estás loco —le grité.

—¡Te estoy ganando! —chilló, saltando de una rama o otra más alta.

—¡Eres un tramposo! —Me agarré de la rama de más abajo e intenté impulsarme hacia arriba. Mis piernas agarrotadas se quejaron. Me apoyé en otra rama y subí medio metro. Daba mucho menos miedo que el barranco, pero costaba mucho más que la columna de piedra del Jardín de los Ángeles, y mi mano lesionada no ayudaba mucho.

—¡A ver si me pillas, tortuga! —me gritó Daniel desde arriba, como cuando éramos niños. Había subido más de lo que yo había conseguido en toda mi vida.

—Cierra el pico si no quieres que te arranque una pata.

Mis pies se rasguñaban contra la corteza de color blanco ceniciento mientras yo intentaba trepar más alto. Cuando estaba medio metro por debajo de Daniel las ramas me parecieron demasiado finas e inseguras para soportar mi peso. Estiré los brazos para alcanzarle e intentar tocar el cielo, como cuando era pequeña, pero resbalé un poco, así que me aferré a la rama más cercana. Daniel se dejó caer para acercarse a mí y cuando aterrizó el nogal tembló. Me abracé con todas mis fuerzas a la rama; Daniel, en cambio, ni se inmutó y se quedó sentado en el recodo del árbol con las piernas suspendidas en el aire.

—¿Y ahora qué ves?

Miré hacia abajo y recorrí el barrio con la mirada, como si observara el mundo con los ojos de un pájaro. A través de las ramas, veía los tejados de las casas, el humo que salía de la chimenea de los Headricks, un grupo de niños que estaba jugando al hockey en el callejón sin salida donde Jude, Daniel y yo solíamos perseguirnos unos a otros con nuestras espadas láser; y donde Daniel, tras mucho insistir, me había enseñado a ir en monopatín. Alcé la vista, las ramas del árbol se bamboleaban por encima mío, bailando en el cielo azul tachonado de nubes.

—Lo veo todo —dije—. Veo...

—No me lo digas. Muéstramelo. —Sacó el bloc de dibujo—. Dibuja lo que estás viendo —añadió, e intentó pasarme mis cosas.

—¿Desde aquí arriba? —Seguía aferrada a la rama del árbol. ¿Cómo esperaba que consiguiera dibujar algo sin caerme?—. No puedo.

—Deja de preocuparte. —Se apoyó contra el tronco—. Ven aquí.

Poco a poco me acerqué a él, que me ayudó a sentarme delante suyo y, a continuación, me pasó mis cosas. Recosté la espalda contra su pecho y él me rodeó la cintura con los brazos.

—Dibuja —ordenó—. Yo te sujetaré hasta que acabes.

Apoyé el carboncillo sobre el papel, pero vacilé. ¿Qué era exactamente lo que quería dibujar? Alcé la vista en la otra dirección, más allá del jardín. Desde donde estaba, gran parte de mi casa quedaba oculta tras las ramas, pero se veía igual que cuando me sentaba ahí de niña: no estaba vieja ni con remiendos, se veía sólida, acogedora y segura. Mi mano empezó a moverse, dibujando lo que estaba viendo: flashes de la casa de mi infancia desde mi percha en lo alto del nogal.

—Bien —me felicitó Daniel, que observaba mi trabajo. Estuvo casi todo el rato callado, excepto para hacer alguna que otra observación—. ¿Ves el modo en que el sol destella sobre la veleta? Pues intenta reflejar las sombras, no la luz.

Seguí dibujando, dejando que los trazos fluyeran de mí, hasta que noté mi mano cansada y agarrotada. Descansé un momento para estirar los dedos y Daniel me cogió el bloc.

—Está bien. Muy, muy bien. —Restregó la nariz contra mi cabeza—. Y ahora tendrías que intentar hacerlo con óleo.

—Sí, claro... —Me incliné hacia delante.

—Veo que todavía le tienes manía al óleo, ¿eh? —comentó, recorriéndome la columna con sus dedos.

—Hace años que ni intento usar óleo. —Nunca más desde el día en que su madre se lo llevó.

—Pues jamás conseguirás entrar en un sitio como Trenton si no le pillas el tranquillo.

—Lo sé. Barlow lleva todo el curso repitiéndome lo mismo.

—Ese sitio no sería lo mismo sin ti.

Me aparté un poco, con las piernas colgando a ambos lados de la rama. ¿Acaso Daniel nos imaginaba juntos en la universidad? Se me hacía extraño pensar en el futuro, en nuestro futuro, con tantas cosas extrañas sucediendo a nuestro alrededor. ¿Y qué estábamos haciendo ahí arriba, para empezar? Nos habíamos cogido de la mano, nos habíamos acariciado, habíamos charlado hasta altas horas de la noche, pero ¿qué significaba todo aquello? ¿Qué podía significar?

—Nunca me llegaste a enseñar esa técnica con aceite de linaza y barniz —dije. Era el «truco» que había prometido enseñarme antes de que su madre se lo llevara.

—¿Todavía te acuerdas? —Daniel carraspeó y se puso de pie.

—Intenté olvidarlo —admití—. De hecho, intenté olvidar todo lo que tuviese que ver contigo.

—¿Tanto me odiabas?

—No. —Me agarré a una rama y me levanté, todavía de espaldas a él—. Pero te echaba tanto de menos...

Daniel deslizó los dedos entre mi cabello; sentí un escalofrío en la espalda.

—Sólo Dios sabe todo lo que hice para dejar de pensar en ti —confesó.

—¿En mí?

—Grace, yo... Tienes que... —Daniel apoyó la mano sobre mi hombro, suspiró y supe que estaba a punto de cambiar de tema.

Me alejé de él, molesta por no saber lo que me iba a decir, y a Daniel se le escapó una risita.

—Todavía puedo ver tu habitación desde aquí —comentó.

—¡¿Cómo?!

En efecto, desde ahí se veía perfectamente la ventana de mi habitación. Era media tarde, así que el sol se reflejaba en la ventana, pero si fuese de noche y la luz estuviera encendida, se podría ver casi todo el interior de mi dormitorio.

—¡Pervertido!

—Te estoy tomando el pelo —dijo—. A ver, me sentaba aquí a menudo a observar a tu familia, pero no para...

Justo en ese momento, algo o alguien se movió tras mi ventana. Me incliné hacia delante, agarrándome a una rama para no perder el equilibrio; quería ver quién había entrado en mi habitación.

—Cuidado —avisó Daniel.

Se me resbaló el pie, la rama a la que me sujetaba se partió y se me escapó un chillido.

Daniel me agarró por la cintura y me dio la vuelta, de manera que yo ahora estaba en la parte más gruesa de la rama y él donde yo estaba antes. Me apretó fuerte contra su cuerpo.

«¿Soy yo la que tiembla de este modo o es él?», me dije.

Daniel apoyó la barbilla sobre mi cabeza y ahí nos quedamos, juntos, precariamente sentados en lo alto del árbol. Lo único que me sostenía para que no me cayese era Daniel, pero él no se esforzaba para nada por mantener el equilibrio, no lo necesitaba.

—Tienes que dejar de hacer eso —comentó acerca de mi reciente tropiezo—. No te recordaba tan patosa.

Yo tampoco, al menos hasta que volvió a aparecer en mi vida.

—Pero eres tú quien se empeña en hacerme trepar y subir a todas partes. —Le di una palmadita en el pecho—. ¿Quién me iba a decir que salir contigo podía llegar a ser tan peligroso?

—Ni te lo imaginas... —me murmuró al oído.

Bajé la vista a mi mano, que descansaba sobre su fuerte pecho.

—Pero vale la pena.

—Gracie —susurró. Me levantó la barbilla para que lo mirase y me cogió la cara entre las manos. Sus ojos centelleaban con la luz del sol y cuando su nariz me rozó la ceja, Daniel ladeó la cabeza.

Todos mis miedos e inquietudes acerca de los monstruos, mis preocupaciones por mi hermano mayor y mis preguntas sobre Daniel se esfumaron cuando me puse de puntillas para besarlo.

—¡Grace, Daniel! —gritó alguien.

Daniel apartó las manos de mi cara y se alejó.

Por un momento me sentí decepcionada, pero enseguida me volvieron a invadir las dudas. Suspiré y miré hacia la casa. Por una milésima de segundo me pareció ver a Jude observándonos desde mi ventana, pero él no nos había llamado. Había sido mi padre.

Estaba de pie junto al árbol, con la misma ropa del día anterior, y parecía que llevase una caja de madera bajo el brazo. El Corolla estaba aparcado en la entrada de casa.

Daniel se alejó de mí tanto como pudo por la rama.

—Ah, hola, papá. —Lo saludé ligeramente con la mano.

Papá se agachó y recogió el bloc de dibujo que había sobre

el césped. Debía de haberse caído cuando Daniel me sujetó. Miró el dibujo y, a continuación, alzó la vista hacia nosotros.

—Sólo estamos haciendo un trabajo para clase —expliqué.

Papá se protegió los ojos del sol.

—Bajad ahora mismo —ordenó, con una voz tan cansada como yo nunca le había oído.

—¿Te encuentras bien? —pregunté.

—Tenemos que hablar —respondió, mirando a Daniel.

Daniel asintió con la cabeza. Se volvió hacia mí y me dijo en voz baja:

—Sal al porche después de cenar. Iremos a la tienda y compraremos aceite de linaza y barniz, ¿vale?

—Y después, ¿podremos ir a correr?

Me acarició la mejilla.

—Haremos todo lo que quieras.

15

El cordero descarriado

Esa misma tarde

—¡Grace! —bramó Charity desde el salón.

Entré en él desde la cocina y me encontré a mi hermana repanchigada en el sofá viendo la tele.

—¿Qué pasa?

—Al teléfono. —Me tendió el inalámbrico por encima de la cabeza.

Lo cogí y cuando estaba a punto de acercármelo a la oreja, vi dos lobos en la pantalla del televisor. Estaban royendo unos huesos carnosos llenos de sangre.

—Qué asco. ¿Qué estás mirando? —pregunté, tapando el auricular.

—Es para el cole. —Bajó un poco el volumen—. Estoy haciendo un trabajo sobre los lobos. ¿Sabías que hace más de cincuenta años que no hay ninguno en el condado?

—¿En serio?

Uno de los lobos aulló, produciendo un sonido exactamente igual al que había oído en el barranco.

Me quedé mirando un tercer lobo, más pequeño, que se acercaba a la pareja que estaba comiendo. Intentó dar un mordisco a la res muerta, pero los otros dos rugieron. Uno de ellos arremetió contra el más pequeño con brusquedad y sin dejar de gruñir, así que éste retrocedió medio metro y se quedó mirando con ansia mientras los otros dos devoraban la comida.

—¿Por qué no le dejan comer? —pregunté—. Tienen de sobra.

—Ése es un omega —explicó Charity, señalando al lobo pequeño—. Es el miembro más débil de la manada y los otros siempre se meten con él.

—No es justo.

—Bueno, al menos, el alfa de esta manada no es tan cruel y, al final, permitirá que el omega coma algo.

No obstante, cuando el pequeño intentó acercarse de nuevo, el lobo más grande le mostró los dientes y se abalanzó sobre su cuello.

Me di la vuelta, no soportaría ver a un alfa más cruel que ése.

—No te olvides de tu novio —dijo Charity, señalando el teléfono.

—Ah. —Sabía que se estaba burlando, pero me preguntaba si algún día podría llamar así a Daniel. Fui hasta la cocina—. ¿Hola? —dije al teléfono.

—¿Grace? —No era Daniel.

—Ah, hola, Pete.

—¿Qué tal? Mi madre quería saber cómo estaba James.

—Está muy bien, gracias.

—Me alegro. —Pete hizo una pausa—. Espero que no estés enfadada conmigo por no haberme despedido ayer, pero es que mi madre no se encontraba muy bien después de todo lo sucedido.

—No te preocupes —respondí. Para ser franca, ni siquiera había vuelto a pensar en Pete desde que entré en el bosque con Daniel—. ¿Y tú? ¿Qué me cuentas?

—Llamaba por lo de mi vale.

—¿Tu vale?

—Sí, para ir a la bolera. Todavía me debes una cita, ¿recuerdas?

Adiviné por su tono de voz que estaba utilizando una de sus sonrisas «triplemente amenazadoras».

—¿Hoy?

—Sí, con Jude y April —dijo, como si la cita fuese inamovible—. Cena, bolos y después vamos a una fiesta en casa de Justin Wright.

—Ah.

Me preguntaba si debía ir. No por Pete, sino por Jude. No había vuelto a hablar con él desde que había perdido el control la noche anterior. El hecho de que quisiera salir y divertirse con sus amigos era una buena señal, pero me sorprendía. ¿Cómo se sentiría si supiera que pasaba de salir con él y April para estar con la persona que más odiaba del mundo? Pero por mucho que sintiese que debía ir, no podía echar a perder la oportunidad de volver a correr con Daniel.

—Lo siento, pero ya tengo planes para esta noche.

—Pues cámbialos, entonces —replicó Pete.

—No puedo —dije, intentando disculparme—. Tengo que irme, nos vemos en la iglesia, ¿vale?

—Sí, vale —respondió con voz seca. Ni rastro de sonrisa.

La cena, esa misma noche

Cada año, el día después de Acción de Gracias, mamá preparaba su famoso pavo *à la king*: una salsa cremosa con trozos del pavo que había sobrado y verduras frescas servida en tartaletas de hojaldre. Y como sólo lo comíamos una vez al año, nadie de la familia se perdía nunca esa comida.

Sin embargo, ese día Charity, Don y James eran los únicos que estaban en la mesa conmigo cuando mamá trajo la humeante olla de la cocina. Don y Charity golpearon los cubiertos contra la mesa con ilusión.

—Dejad algo para los demás —avisó mamá cuando vio que Don se servía un segundo cucharón de salsa en sus ya rebosantes hojaldres.

—¡Ni hablar! —Charity le cogió a Don el cucharón.

—Ellos se lo pierden —añadí, y le pasé la ensalada a mamá.

—Y ¿adónde ha ido Jude si se puede saber? —preguntó mamá un tanto molesta—. Nunca se salta esta comida.

—Ha quedado con April —respondí.

Mamá frunció el ceño.

—¿Y dónde está el pastor Divine? —quiso saber Don.

—Todavía no ha vuelto —contestó mamá—. Debe de estar a punto de llegar... espero.

James hundió la mano en su pavo *à la king* y desparramó por la mesa un puñado de guisantes y salsa. Reía y repetía sin cesar su nueva palabra favorita.

—¡James! —Mamá se sonrojó—. ¿Dónde habrá aprendido esa palabra?

A Charity se le escapó una risita.

—No tengo ni idea —contesté, intentando mantener la compostura. Si Daniel hubiese estado ahí, se habría partido de risa. De verdad, qué pena que no estuviese... Además, ésa era una de sus comidas preferidas. Comprobé cuánto quedaba en la olla y me serví una ración un poco más pequeña de lo normal.

Cuando todos hubieron terminado y salieron de la cocina, llené un túper con sobras para Daniel. Se lo merecía, y todavía más si los otros no pensaban aparecer para disfrutarlo. Desde que lo vi por primera vez la semana pasada, había ganado algo de peso, como un perro callejero que crece rápidamente bajo los cuidados de un nuevo amo. Todavía estaba delgado, pero ya no tenía la cara tan hundida. Sin lugar a dudas, mis donativos de comida le sentaban bien, pero seguro que el pavo *à la king* de Meredith Divine sería mucho más que bienvenido.

Decidí guardarlo como una sorpresa para después de nuestro paseo, así que dejé el recipiente detrás de la leche y salí a encontrarme con Daniel.

Por la noche

Al ver que el nogal crujía y se mecía con el viento, decidí esperar a Daniel en el salón, así que me acomodé en el sofá con mi libro de Historia y aproveché la ocasión para hacer deberes; al fin y al cabo, Daniel siempre llegaba tarde. No obstante, cuando hube acabado todas las lecturas que nos habían encargado para la semana siguiente, empecé a temer que no apareciera, que algo no iba bien.

La casa estaba tranquila. Mamá y James se habían ido a la cama horas antes; papá al fin había llegado a casa, pero se había encerrado directamente en su despacho; y Charity se había ido a dormir a casa de una amiga, Mimi Dutton, que vivía al lado. Pero yo ya no me podía concentrar, imposible con ese zumbido en la cabeza que me decía que incluso Daniel sabía que las diez de la noche era demasiado tarde como para considerarse «después de cenar». Y si no hubiese sido por la inquietante sensación que acompañaba a ese pensamiento, hubiera dado por concluida la noche y me hubiera ido a la cama.

Estaba de pie frente a la ventana cuando vi que algo se movía en el césped, cerca del nogal. El movimiento se repitió y me pregunté si el gato de los Dutton habría salido. No quería pensar que algo le pudiese suceder al gato de Mimi, como lo que le pasó a *Daisy*, así que decidí pasar a la acción. Me cubrí los hombros con una manta y salí de casa.

Avancé poco a poco hacia la parte lateral del jardín para no asustar al gato, pero al acercarme descubrí que lo que estaba acurrucado debajo del árbol era demasiado grande y sólo podía ser una persona.

—¿Daniel?

Llevaba la misma ropa que antes: unos pantalones de color añil oscuro y una camisa de manga larga roja que yo le había dado. Estaba sentado con las rodillas pegadas al pecho y los brazos alrededor de las piernas. Tenía la mirada fija en su antigua casa y no parpadeaba.

—Daniel, ¿qué haces? Te he estado esperando.

—Nada, sólo estoy mirando —respondió—. Esta casa me gusta más en azul. El color amarillo siempre me hizo pensar que se estaba pudriendo por dentro.

—¿Dónde está tu cazadora? —«Ojalá tuviese la mía», pensé, tiritando. Ya era casi diciembre.

Daniel no contestó. No apartaba la vista de la casa. Me senté junto a él sobre el césped helado y le tapé las piernas con un extremo de mi manta.

—No puedo hacerlo. —Daniel se sorbió la nariz.

—¿Hacer el qué?

—Esto. Todo esto. —Respiró hondo y apoyó la barbilla en las rodillas. A la luz de la luna, su silueta era blanca y suave—. No sé cómo ser una cosa distinta de lo que soy. —Agarró con fuerza su colgante, casi como si quisiera arrancárselo—. Ya no quiero seguir siendo esto.

—¿Por qué? —Contuve el impulso de tocarle la cara—. Eres increíble, puedes hacer cosas sobrenaturales. Eres un héroe.

—No hay nada heroico en mí, Grace. Deberías saberlo. Tu hermano ya lo sabe y por eso me odia. —Le temblaban las manos, igual que cuando era pequeño y sabía que se había metido en algún lío—. Lo que soy... Es por eso que nadie me quiere.

Se me partió el corazón; no soportaba verlo así. Desvié la vista a su casa. Lo cierto es que había mejorado. Los nuevos propietarios habían construido un porche, instalado postigos y la habían pintado de un bonito azul semejante al color de los huevos de petirrojo.

—Eso no es verdad. Tu madre te quiere...

—No tengo madre.

—¿Cómo que no? —pregunté mirándole.

—Esa mujer no es mi madre —respondió, apretando los dientes. Tenía la mandíbula tensa y las venas del cuello hinchadas—. Y ni siquiera ella me quería. Lo eligió a él y no a mí.

—¿A quién?

—A mi padre.

—Pensaba que él se había ido de la ciudad cuando el *sheriff* te vino a buscar.

Daniel resopló.

—Sí, pero no estuvo fuera mucho tiempo. En cuanto nos mudamos a Oak Park, empezó a visitarnos. Insistía y le rogaba a mamá que lo perdonase. Al principio ella le dijo que desapareciese de nuestras vidas y que tenía prohibido acercarse a mí; pero mi padre le dijo que la quería y ella le creyó. Dijo que yo le sacaba de quicio y que le hacía hacer las cosas que hacía. —Daniel se frotó la cabeza con la mano, como si todavía pudiese notar el dolor de su cráneo fracturado—. Una noche la oí por casualidad mientras hablaba por teléfono con el trabajador social que se encargaba de mi caso. Mamá le pidió que viniese a buscarme porque ella quería irse con mi padre. Le dijo que ya no se quería ocupar de mí, que era demasiado para ella. —Daniel se mecía hacia delante y hacia atrás, golpeándose los hombros contra el tronco del árbol.

—Daniel, no lo sabía... —Quería reconfortarle. Le puse la mano en el pecho y le acaricié el cuello con los dedos—. ¿Y qué hiciste?

—Me escapé. No quería volver a la casa de acogida.

—Pero podrías haber vuelto con nosotros.

—No, no podía —dijo—. Esa bestia, mi padre, era lo más horrible que te puedas imaginar, y mi propia madre lo escogió a él por encima de mí. Vosotros tampoco me habríais querido. Nadie me habría querido. —Se encogió; temblaba más que nunca—. Y nadie me querrá.

—Pero yo sí te quiero, Daniel. —Le pasé los dedos por el cabello—. Siempre te he querido.

Tenía que demostrarle que lo necesitaba. Tenía que hacer algo. Incliné su cabeza hacia la mía y puse mis labios sobre los suyos. Estaba duro y frío como una piedra, y yo quería hacerlo entrar en calor. Moví los labios e intenté besarlo, pero su boca permaneció rígida y no me devolvió el beso. Apreté más fuerte.

Entreabrió los labios, me abrazó por la cintura bajo la manta y me colocó encima de sus rodillas. Deslizó las manos por mi espalda, hasta los omóplatos. La manta cayó al suelo. Seguidamente, una de las manos de Daniel se posó en mi cabello, meciéndome la cabeza. Su boca se volvió cálida y feroz, y me apretó fuerte contra su pecho, como si no me sintiera suficientemente cerca.

Cuando era más pequeña, me había imaginado muchas veces vivir ese momento con Daniel. Habíamos compartido un par de besos torpes frente a la puerta de casa, pero la pasión que sentía en el beso de Daniel era mucho más de lo que nunca hubiera soñado; su boca me buscaba, como si rastrease una respuesta que podía salvarle la vida. Las sombras y el frío invernal se fundieron a nuestro alrededor; jamás me había sentido tan rodeada de calor. Deslicé las manos por sus hombros y, después, por su cuello. Mis dedos se enredaron en la correa de cuero de su colgante. Incliné la cabeza hacia atrás mientras él recorría con sus labios mi cuello. El corazón me latía con la verdad que había intentado negar, con las palabras que ya no podía contener por más tiempo. Quizás ésa fuese la respuesta que él buscaba en mi beso.

—Daniel, te quie...

—No lo digas —susurró. Notaba su respiración caliente en mi cuello—. No lo digas, por favor.

Pero tenía que hacerlo. Tenía que explicarle cómo me sentía. Necesitaba que lo supiese.

—Te quiero.

Daniel se estremeció. Un rugido sordo y grave resonó en las profundidades de su garganta.

—¡No! —gritó, y me apartó de un empujón.

Caí al suelo, demasiado aturdida para hablar.

Daniel, a cuatro patas, retrocedió a toda prisa medio metro.

—¡No! ¡No! —Se llevó las manos al cuello, como si quisiera agarrar el colgante de piedra, pero no estaba ahí: estaba en mi mano. La correa de cuero se había roto entre mis dedos cuando él me había empujado hacia atrás.

Temblando, tendí la mano para dárselo.

Se acercó para cogerlo y comprobé que temblaba más que yo, como si un terremoto estallase en su pecho. Sus ojos brillaban como dos lunas llenas. Agarró el colgante, apretándolo tan fuerte que de haber sido afilado le habría cortado la mano, y se alejó de nuevo. La luz desapareció de sus ojos. Respiraba fuerte y rápido, como si acabase de correr una maratón.

—No puedo hacerlo —jadeó.

—¿Daniel? —Me arrastré hacia él.

Se apartó todavía más. Le caían gotas de sudor por la frente. De repente, oímos el ruido de un coche que se subía al bordillo, Daniel dio un salto y murmuró algo en voz tan baja que apenas pude entender con el ruido del motor.

—No puedes ser tú —me pareció que decía.

Pete Bradshaw dijo algo cuando Jude y April se bajaron del

coche. Seguidamente, se escuchó una risa de chica. Parecía la de Jenny Wilson.

—No puedo hacerlo. —Daniel se refugió en las sombras, observando aún el coche—. Nunca podría pedírtelo.

Miré a Pete, que se estaba despidiendo de Jude y April, y cuando me volví, Daniel ya no estaba.

«¿No podrías pedir el qué?».

Casi medianoche

Me escondí detrás del árbol mientras Jude y April, que se habían sentado en el balancín del porche, se despedían. Me llevé las piernas al pecho y hundí la cabeza entre las rodillas. Intenté dejar de temblar y dejar de pensar en ese beso y en la reacción de Daniel ante mi confesión; esa mirada asustada en sus ojos. Las palabras de Daniel resonaban en orden inverso en mi cabeza: «Nunca podría pedírtelo. No puedo hacerlo. No soy un héroe. Tu hermano lo sabe.»

¿Qué sabía mi hermano?

Estaba claro: tenía que hablar con Jude. Ya estaba harta de esquivar el tema y de fingir que no pasaba nada. Quería saber qué había sucedido entre ellos dos. ¿Cómo podía apoyar a Daniel? ¿Cómo iba a ayudarlo si no sabía qué le remordía la conciencia?

Necesitaba estar a solas con mi hermano. El coche de April estaba en el camino de entrada, pero tardaron una media hora larga en empezar a avanzar hacia él. Me aplasté las orejas con la manta para bloquear el sonido de sus besos, pero aun así oí que April emitía un pequeño ronroneo cada vez que interrumpían para coger aire.

Debí de quedarme dormida porque, cuando al fin oí que el coche de April se alejaba, las agujas luminosas de mi reloj señalaban que ya era casi medianoche. Jude se disponía a entrar en casa cuando lo llamé. Giró sobre sus talones.

—Grace, ¿cuánto tiempo llevas ahí? —me preguntó mientras se pasaba el dorso de la mano por la boca.

—No mucho. —Me envolví bien con la manta para ocultar las manchas de color rosa que me subían por el cuello—. Vengo de casa de los MacArthur; estaba haciendo de canguro.

—Ah. —Reparó en la manta—. ¿Te encuentras bien?

—Necesito preguntarte... —Me acerqué más—. Necesito preguntarte algo acerca de Daniel.

—¿Qué pasa con Daniel? —dijo, jugando con las llaves que tenía en la mano.

—Necesito saber qué pasó entre vosotros y por qué lo odias tanto.

Jude gruñó.

—Así que te importa lo que pasó, ¿eh? —Noté cierta satisfacción en su voz—. Pues ya era hora.

—Te lo he preguntado mil veces y tú nunca has querido explicármelo. —Subí al porche—. Pues claro que me importa, Jude. Siempre me has importado.

—No tanto como él.

—Pero ¿cómo puedes decir eso? Eres mi hermano.

—Si de verdad te importo tanto, ¿cómo consiguió Daniel esa cazadora?

—¿La cazadora?

—Sí, la cazadora que llevaba hoy por la mañana. La North Face de color rojo y negro. ¿De dónde la sacó?

—Yo... Se la di yo. —No entendía por qué era tan importante esa chaqueta, pero, entonces, me acordé—. Era tuya, ¿no?

Jude no respondió.

—Lo siento. —Se me cayó la manta a los pies—. No me di cuenta. Esa noche, cuando me quedé tirada en la calle Markham, Daniel apareció y arregló el coche. A cambio, yo le di la cazadora; la necesitaba. Le han pasado tantas cosas horribles que pensé que era lo mínimo que podía hacer por él.

—Sí, claro, pero las cosas horribles le pasan a la gente horrible. ¿No se te pasó por la cabeza? Cosechas lo que siembras, ¿no crees?

Sentí un escalofrío.

—¿Y qué me dices de Maryanne Duke? Nunca hizo nada malo en toda su vida y aun así murió congelada en su porche. Y, encima, algo le destrozó el cuerpo.

Jude sacudió bruscamente la cabeza.

—¿Algo? Di más bien «alguien». Estás tan ciega que ni lo ves, Grace. Estás dejando que Daniel haga lo que quiera contigo, igual que papá.

—Sólo le estamos ayudando. Nos necesita, a todos nosotros.

—Te está utilizando, y a papá también. Lo vi contigo aquella noche en la calle Markham. ¿De verdad crees que fue una coincidencia que justo Daniel pasara por ahí? April me ha contado lo que has hecho por él. —Frunció el ceño y bajó la vista a la manta que tenía tirada alrededor de los tobillos—. Y no quiero ni imaginarme lo que has hecho con él.

—¡Jude! —«Menudo hipócrita», pensé—. No sabes ni de lo que hablas.

—¿Ah no? Daniel haría cualquier cosa con tal de conseguir lo que quiere. —Jude me fulminó con la mirada—. A ver, cuéntame, ¿de quién fue la idea de que le ayudases a volver a entrar en la clase de Arte? ¿Y de quién fue la idea de invitarlo a la comida de Acción de Gracias?

—Mías. Fueron ideas mías.

—¿Ah sí? ¿De verdad? Piénsalo bien, Grace. ¿Seguro que no fue Daniel quien de alguna manera te metió esas ideas en la cabeza? ¿No te sugirió sutilmente cómo podías ayudarle?

Hice una pausa.

—Nada de eso importa. Él no me está manipulando, y a papá tampoco —repliqué.

—Claro, claro —continuó, con una sonrisa sarcástica—. ¿Y cómo te crees que consiguió que lo volviesen a admitir en el Holy Trinity? ¿Quién crees que lo trajo de vuelta? Si tiene a papá comiendo de su mano... Y, para que lo sepas, Daniel fue quien secuestró a James. No le costó mucho encontrarlo, ¿no crees? Es justo el tipo de cosas que alguien como él haría: fingir que ha rescatado a un bebé para que la gente crea que es un héroe.

—No estaba fingiendo, yo estaba con él. Y no le costó encontrarlo gracias a sus habilidades...

Jude se dejó caer sobre el balancín. Los ojos y la boca abiertos.

Me pregunté si habría hablado demasiado.

—Así que lo sabes, ¿eh? —Jude se pasó la mano por las cicatrices—. ¿Y también sabes lo que es?

—Sí.

—¿Y qué te ha contado, si se puede saber?

No tenía muy claro cómo contestar. Daniel no me había pedido que guardase el secreto, ya me conocía muy bien. No obstante, no sabía hasta dónde podía explicar pues no estaba segura de si Jude me estaba provocando para sonsacarme información. Pero si quería que mi hermano fuese honesto conmigo, yo también tenía que serlo.

—Daniel es un *Urbat*. Su gente fue creada para luchar contra los demonios. Es un Lebrel del Cielo.

—¿Un *Urbat*? ¿Un Lebrel del Cielo? —Se rio, y sonó como un gruñido áspero y agudo a la vez—. Más vale que te informes, Grace. Daniel te la ha jugado bien jugada.

—No, no es verdad. Está perdido y asustado, y nos necesita. Puedo ayudarlo a ser un héroe. —No lo había pensado antes de decirlo, pero en ese preciso instante sentí que eso era lo que debía hacer; ése era mi papel en todo ese asunto—. Le enseñaré a utilizar sus dones para ayudar a la gente. Son una bendición, eso es lo que me dijo.

—Pues entonces ese monstruo es un mentiroso, además de un ladrón y un asesino —espetó Jude, levantándose del balancín.

—¿Un asesino? —retrocedí y casi me caigo del porche—. No te creo, estás celoso. Tienes celos porque papá le creyó a él antes que a ti y no soportas que queramos que vuelva a formar parte de esta familia. Incluso estás lanzando absurdas acusaciones contra mí. ¿Cómo voy a creerme nada de lo que digas?

—Pues pregúntaselo a él —dijo Jude—. Pregúntale a tu querido Daniel acerca de la noche en que intentó quitarme la cazadora. Pregúntale qué hizo con todo el dinero que robó y que te explique qué pasó en realidad con las vidrieras de colores de la parroquia. Pregúntale también qué es realmente. —Jude golpeó el balancín contra la pared—. Y pregúntale de paso cómo se sintió cuando me abandonó pensando que estaba muerto.

—¿Qué? —Me caí hacia atrás y me sujeté en la barandilla. Sentí como si me arrancaran el aire del pecho—. No...

Bajó corriendo las escaleras del porche y salió disparado.

—¡Jude! —grité, persiguiéndole. Pero no se paró; continuó corriendo, tan rápido que no pude seguirlo, hasta que desapareció en la noche.

16

Deshecha

Hacia las dos de la mañana

Hace años tuve una blusa de color verde esmeralda con unos botones suaves y delicados. A pesar de que estaba rebajada, mamá dijo que era demasiado cara, pero como yo la quería, hicimos un trato: durante dos meses dedicaría las noches de los sábados a hacer de canguro y así podría devolverle el dinero. Me gané la camisa justo a tiempo para ponérmela para el decimosexto cumpleaños de Pete Bradshaw. Cinco chicos diferentes me sacaron a bailar, pero más tarde esa misma noche descubrí que un fino hilo verde me colgaba de la manga. Intenté esconderlo en el puño, pero volvió a colgar. Parecía que cada vez era más largo, así que al final decidí tirar de él e intenté arrancarlo; pero cuando empecé a tirar, la manga entera se descosió hasta la altura del hombro, así que me quedé con un enorme agujero en mi blusa nueva.

En esos momentos me sentía así respecto a mi vida. Había tirado, o presionado o hurgado demasiado, y ahora parecía que todo se desmoronaba. De hecho, era mi hermano quien se venía abajo, y lo que yo sabía era que la culpa era mía y no tenía ni idea de cómo arreglarlo. Jude solía ser un santo en comparación con casi todos los adolescentes, así que ¿qué le habría hecho inventarse esas mentiras tan hirientes sobre Daniel?

«Seguro que miente», me repetí a mí misma una y otra vez.

Jude lanzaba acusaciones en todas las direcciones, con la esperanza de que alguna cobrase sentido, pero todo lo que había dicho tenía que ser falso.

De lo contrario, ¿cómo podría sentir lo que yo sentía por Daniel?

Oí que Jude le decía a April que mi padre sabía lo que Daniel había hecho. Pero papá no permitiría que Daniel se acercase a nosotros si las acusaciones de Jude fueran ciertas. Además, yo sabía que él no había atacado a Maryanne, él la quería, y que tampoco había secuestrado a James. Había ido al bosque con Daniel y yo misma había visto cómo salvaba a mi hermanito. Era un héroe, aunque él no lo creyese y Jude tampoco; pero yo lo sabía. Y si descubría la verdad podría ayudar a Daniel a convertirse en la persona que yo veía en él, la persona a la que amaba. Y entonces Jude también vería al mismo Daniel que yo y volverían a ser amigos y hermanos. Todavía podía arreglar las cosas entre ellos dos.

Sin embargo, en aquel momento, tumbada en la cama, tuve la sensación de estar flotando entre las palabras de Jude y las de Daniel.

«No soy un héroe. Nadie puede quererme.»

«Monstruo, mentiroso, ladrón, asesino.»

Monstruo. Jude le había llamado monstruo.

«¿Un *Urbat*? ¿Un Lebrel del Cielo? Más vale que te informes, Grace.»

Salí de un salto de la cama y fui hasta mi escritorio, desconecté el cable del teléfono y lo enchufé a mi ordenador. Mis padres me habían regalado el antiguo ordenador de papá con la condición de que no me conectara a internet desde mi habitación, lo cual quedaba estrictamente reservado al ordenador que teníamos en el salón, desde donde mamá podía comprobar el historial de navegación de forma regular. Sin embargo, aquello era una excepción: tenía que comprobar una cosa y no quería que nadie viese lo que hacía.

Esperé a que el ordenador se iniciase y me conecté a internet. Abrí la página de Google e introduje «Lebreles del Cielo». El cursor se convirtió en un pequeño reloj de arena y seguí esperando. Poco después, la página mostró diversas referencias para «Lebrel del Cielo»; todas eran acerca de un poema que un tipo católico ya fallecido había escrito sobre cómo la gracia de Dios daba con las almas de los pecadores. Interesante, pero no era lo que estaba buscando. ¿De verdad esperaba hallar un sitio web dedicado a la colonia secreta de los antepasados de Daniel?

Cuando estaba a punto de desconectarme, se me ocurrió otra idea. Borré mi búsqueda y empecé a escribir «U-r...» y las palabras «Urbat, sumerio» aparecieron en la barra de búsqueda. Otra persona había utilizado mi ordenador para buscar la palabra *Urbat*. Hice clic en «buscar» y una lista de diccionarios bilingües apareció en la pantalla. Uno estaba destacado en color lila, mientras que los otros seguían en azul. Pinché sobre él y encontré una lista de palabras en sumerio para todo tipo de cosas, desde vampiros y destructores hasta espíritus malignos. Continué mirando más abajo, recorriendo con la vista las palabras hasta que encontré una que reconocía: Kalbi, el apellido de Daniel. Significado: perros.

¿Demostraba aquello la explicación de Daniel? Al fin y al cabo, un lebrel era un perro. Pero seguí revisando la lista y hallé otra palabra que me resultaba familiar: *Urbat*.

Busqué la traducción; no era «Lebreles del Cielo».

Aspiré una bocanada de aire. Ya no estaba flotando entre palabras y acusaciones. Me estaba hundiendo. Hundiendo muy hondo, y no podía respirar.

Urbat... Perros de la Muerte.

Daniel me había mentido y Jude lo sabía. Era algo insignificante, no era más que el significado de un nombre, pero si Daniel había pensado que tenía que mentir sobre eso, entonces ¿qué más me estaba ocultando?

«Ese monstruo es un mentiroso, además de un ladrón y un asesino.»

¿Podía haber una pizca, aunque diminuta, de verdad en lo que Jude había dicho? ¿Era Daniel realmente capaz de hacer esas cosas? Lo que sucedió entre Daniel y Jude debió de ser bastante horrible para que después de tantos años mi hermano siguiera tan dolido y enfadado, pero ¿intento de asesinato?

Necesitaba hablar con Daniel y preguntarle qué había sucedido realmente. Sólo de esa manera yo sabría cómo ayudarles. Sólo de esa manera se volverían a juntar las piezas.

17

Un lobo disfrazado de cordero

El domingo por la noche

Dos días después metí la llave en la cerradura de la puerta del sótano en la casa de Maryanne Duke. Había llamado al timbre unas cuantas veces, pero nadie había contestado. Quizá fuese mejor así, porque no estaba segura de si Daniel me dejaría entrar. Giré la llave y con un suave codazo abrí la puerta.

Me volví y miré las estrechas escaleras de hormigón que conducían al apartamento. Había bordeado el porche delantero, donde había pasado muchas horas con Maryanne, y había ido directa a la entrada del sótano que había en la parte trasera de la casa. Me resultaba muy extraño estar tan cerca del lugar donde Maryanne había muerto, sentía como si ella me estuviese observando.

Como si algo me estuviese mirando.

No pude evitar pensar en Lynn Bishop, que se había pasado la mañana hablando en la escuela dominical y había dicho que durante el fin de semana habían desaparecido las mascotas de tres familias distintas. Todas vivían en Oak Park.

Entré y eché el cerrojo de la puerta detrás de mí. «¿Ha sido una locura venir hasta aquí?», me pregunté.

Era la única solución que se me había ocurrido. Daniel no había vuelto a pasar por casa desde el viernes, y ya no esperaba que lo hiciese, más aún después de lo que había sucedido cuando nos besamos. Y de ninguna manera podíamos mantener esa conversación en el colegio. Pero ahora estaba oscureciendo y yo acababa de colarme en el apartamento de un chico sin permiso. Y no un chico cualquiera, sino un chico con superpoderes a quien mi hermano acusaba de ser un asesino.

Me quité ese pensamiento de la cabeza y deposité mi mochila sobre la mesa de la cocina. Guardé en el bolsillo la llave que Maryanne me había dado dos semanas antes, cuando la ayudé a limpiar el apartamento después de que su último inquilino se mudase a otro lugar. No me había acordado de devolvérsela antes de que muriese.

Recorrí el apartamento con la mirada. Los únicos indicios de que Daniel estaba viviendo ahí eran la bolsa de viaje y la ropa sucia desparramada encima del sofá cama de color azul pálido, un par de platos en la pica y una caja abierta con utensilios de plástico sobre la encimera de la pequeña cocina. El resto de cosas de la habitación lo convertían en el típico piso de abuela: una alfombra de un color que Maryanne describía como «rosa viejo», pero que a mis ojos se semejaba más a un «rosa vómito», y las paredes forradas con un papel estampado de margaritas diminutas del mismo tono. Y por mucho que fregase, ese apartamento siempre desprendía un fuerte olor a persona anciana, un olor a decadencia y a polvo.

Busqué en mi mochila y saqué una bolsa de papel marrón y dos túpers. Seguidamente abrí la nevera; estaba vacía. Con un poco de suerte, eso jugaría a mi favor. Cogí un par de platos del armario que había encima del microondas y me pregunté cuánto tendría que esperar antes de empezar a calentar la comida. Pero justo en aquel momento una sombra pasó frente a la ventana. Así que me senté a la mesa, intentando parecer natural y tratando de disimular, al mismo tiempo, que me habían empezado a temblar las rodillas.

Puede que no hubiese sido buena idea. Quizá debiera marcharme. Pero oí la llave en la cerradura. «Demasiado tarde», pensé.

La puerta se abrió y se cerró. Daniel tiró las llaves sobre el sofá cama y se quitó los zapatos. Se despojó también del abrigo y empezó a quitarse la camisa por la cabeza.

Di un grito ahogado.

Daniel dio media vuelta a toda velocidad y se agachó, como si se preparase para abalanzarse sobre mí, pero en cuanto me vio sus ojos brillaron. Soltó la camisa y se puso de pie.

—¡Grace!

—Hola. —Me temblaba la voz.

Los músculos de su estómago se tensaron y se llevó la mano al colgante que pendía entre sus marcados pectorales. No pude evitar fijarme en el modo en que sus músculos delgados y largos y el cabello despeinado le hacían parecer un animal salvaje y poderoso. Por una milésima de segundo, deseé que se hubiese abalanzado sobre mí.

—¿Qué haces aquí? —No parecía muy contento.

Me levanté.

—He traído suministros. —Señalé la bolsa de papel marrón.

Enarcó una ceja.

—Aceite de linaza y barniz. —«¿Por qué me tiembla tanto la voz?», pensé—. Siempre me prometes que me enseñarás esa técnica, pero nunca lo haces.

—No deberías estar aquí. —Seguía agarrando el colgante, presionándolo contra su pecho—. Y más después de... Y tus padres... ¿Sabe alguien que estás aquí?

Tragué saliva.

—También he traído algo para cenar. —Saqué las tapas de los recipientes—. Tenemos chuletas de cerdo con arroz y el pavo *à la king* de mamá.

Daniel se acercó.

—Muchas gracias, Grace. —Retrocedió de nuevo—. Pero tienes que irte.

—¿Qué te apetece más? ¿O prefieres un poco de cada?

Daniel abrió la bolsa de papel que había dejado sobre la mesa y sacó las botellas. Me sorprendió que no se hubiese vuelto a poner la camisa, pero algo me sacudía por dentro porque no lo había hecho.

—¿Un poco de cada, entonces? —Empecé a servir los restos de comida—. He pensado que podíamos comer y luego ponernos manos a la obra. Tengo un par de tableros de dibujo en la mochila.

Daniel apretó sus largos dedos alrededor del cuello de la botella de aceite, estrangulándola.

Recogí los platos y fui hasta la cocina. Puse un plato sobre la encimera y me volví hacia el microondas con el otro. Pero ese microondas era de principios de la era moderna, con diales en lugar de botones.

—¿Cómo funciona esto? —Me volví hacia la mesa, mas Daniel estaba de repente junto a mí. Mis ojos quedaban a la altura de esos músculos flacos y fuertes de su pecho.

—No tienes que hacerlo. —Me agarró de la muñeca.

Se me cayó el plato y se rompió a nuestros pies. El suelo de linóleo quedó cubierto de trozos de vidrio y granos de arroz.

—Lo siento —me disculpé—. Ahora lo limpio. —Intenté que me soltase mientras me agachaba, pero no me soltó, y tiró de mí para levantarme.

—Ya lo haré yo.

—No, ha sido culpa mía. —Me temblaba la mano—. Lo recogeré. —Miré alrededor en busca de una escoba—. Y después desapareceré de tu vista.

Daniel me soltó el brazo.

—¿Estás bien?

—Sí. —Me froté la muñeca—. Pero se ha hecho tarde y debería irme a casa. —Me estaba comportando como una gallina y estaba fallando, pero en aquel momento supe que la verdad podía ser más de lo que era capaz de afrontar—. Podemos hacer esto otro día.

—Grace, ¿qué te pasa? —Me puso las manos en las caderas.

—Es que olvidé que tenía que hacer una cosa —contesté, mirando el desorden que teníamos a los pies.

—Sé que no has venido aquí para pintar. Te lo veo en la cara. —Hizo una pausa—. ¿Es por el beso? Grace, ¿has venido aquí por algo más? —Me acarició la mejilla—. Porque no creo que estés preparada...

—No —dije, casi chillando—. Para nada. He venido porque... —Pero no era capaz de decirlo. Necesitaba irme. Necesitaba salir de ahí. Intenté apartarme, pero me tenía bien agarrada de las caderas.

—¿Grace? —preguntó, parecía herido—. Dime qué te pasa.

—Nada. —Noté que el calor me subía por el cuello.

—Pues, entonces, mírame.

Lo miré a los ojos. Una mirada profunda, suave y familiar. Mi hermano tenía que estar mintiendo.

—Tú crees que debes irte y yo que no deberías estar aquí —dijo—. Pero no puedo dejarte marchar así. Cuéntame qué pasa.

—Jude.

Daniel bajó la vista y apartó el plato roto con el pie descalzo.

—No sé qué le pasa, pero no es el mismo. Está lanzando todas esas absurdas acusaciones contra ti. —Me mordí el labio—. Te llamó monstruo y dijo que me estabas utilizando. Y también dijo otras cosas horribles sobre ti, cosas que hiciste.

Daniel apartó las manos de mi cintura y cruzó los brazos contra su pecho desnudo.

—Me negué a creerle. No pensé que fueses capaz de hacer esas cosas. —Me detuve—. Pero también dijo que mentías acerca de los *Urbat*. Y ahora sé que no significa «Lebreles del Cielo». —Aspiré una bocanada de aire—. Me mentiste... y ahora ya no sé qué creer.

Daniel miró al techo.

—Lo siento, Grace. Debería haberme mantenido alejado de ti. Él me pidió que no me acercase ni a ti ni a Jude, pero no pude evitarlo. Vi tu nombre en esa aula y tenía que saberlo. Me dije que si podías mirarme a los ojos... quizá todavía podrías quererme. Quizás hubiese alguna esperanza para mí, después de todo. —Una lágrima le resbaló por la cara. Se la secó con los nudillos—. Pero fui un egoísta, no me importaba lo que pudiese haceros a ti ni a Jude. Todo lo que quería era tu amor, y ahora sé que eso es algo que nunca podré tener.

—Sí, claro que puedes. —Le acaricié el bíceps, desnudo y vigoroso—. Sólo tienes que ser sincero conmigo. Si me cuentas la verdad, podré ayudarte.

—Tú no puedes ayudarme. —Se apartó y se agarró al borde de la encimera—. No podría pedírtelo.

—No tienes que pedirme nada. Yo sé lo que tengo que hacer.

—Tú no puedes hacer nada... —Los músculos de los hombros de Daniel se pusieron rígidos.

—Me he dado cuenta. Tengo que ayudarte a utilizar tus dones para ayudar a la gente. Yo soy quien puede convertirte en un... superhéroe.

—¡Maldita sea, Grace! —rugió. La encimera crujió bajo la presión de sus pálidos nudillos—. ¿Quién demonios te crees que soy? ¿Un superhéroe? No soy Peter Parker. Tampoco soy tu estúpido Clark Kent. Tu hermano te ha dicho la verdad: ¡soy un monstruo!

—No, no lo eres. Yo puedo...

—Te estoy utilizando, Grace —gruñó—. Crees que me puedo salvar, pero estás equivocada. ¡Ni siquiera sabes de lo que soy capaz! —Con un amplio movimiento del brazo tiró el segundo plato de la encimera, que explotó a mis pies.

Di un salto, chafando con los zapatos los trozos de cristal.

—No me importa —le grité—. No me importa si me estás utilizando ni las mentiras que mi hermano diga sobre ti. La persona que describe no eres tú.

Se tambaleó encima mío. Tenía los ojos negros y vacíos.

—¿Y, entonces, quién es esa persona? —preguntó—. ¿Qué dijo Jude acerca de mí? Porque estoy bastante seguro de que sabe exactamente lo que soy.

Desvié la vista hacia el pequeño reloj con forma de gato que descansaba sobre la estufa.

—Pues me dijo que eras un mentiroso, un ladrón y un asesino —respondí en voz baja—. Me pidió que te preguntase cómo te habías sentido cuando le abandonaste creyendo que estaba muerto.

Daniel aspiró una bocanada de aire, y exhaló.

—Pues como si me arrancasen las últimas pizcas de luz y esperanza que quedaban en el caparazón de mi alma —respondió.

—¿Entonces? ¿Es cierto? —Se me quebraba la voz—. Dime qué eres y cuéntame lo que hiciste. Creo que al menos merezco saber la verdad.

Oí el ruido de los cristales rotos mientras se alejaba. Yo seguía mirando al reloj con forma de gato, sus ojos se movían de un lado a otro con cada segundo que pasaba, y al fin Daniel habló.

—No te mentí acerca de los «Lebreles del Cielo» —explicó desde la mesa de la cocina—. Así es como llamaron a mis antepasados al principio. Todo lo que te conté era verdad; lo de la lucha de Dios contra el mal, la bendición sobre mi gente; pero no te expliqué el final de la historia.

Me volví para observarlo. Estaba sentado en una silla de la cocina, inclinado hacia delante, con los codos sobre las rodillas. Miraba el suelo, así que sólo podía ver su greñuda cabeza.

—Mis antepasados pasaron muchos años luchando contra las fuerzas del infierno. Parecían un ejército inquebrantable contra el mal, pero el diablo encontró el defecto de sus armaduras: el defecto que todos tenemos. Los Lebreles habían sido bendecidos con una esencia animal que los hacía fuertes y ágiles, pero seguían siendo humanos, tenían sentimientos humanos. Lo que no pensaron es que el animal, el lobo que vivía en su interior, se alimentaba de esos sentimientos y, en especial, de los negativos: el orgullo, los celos, la lujuria, el miedo y el odio.

»El diablo cultivaba esos sentimientos. A medida que los Lebreles se volvían más y más orgullosos, sintiéndose superiores al resto de los humanos, su lobo interior crecía e influía en sus pensamientos y sus acciones, y devoraba, a su vez, trozos de sus almas. De esta manera, su bendición se convirtió en su maldición.

»Le dieron la espalda a Dios y a su misión, y despreciaron a los humanos, quienes acabaron por odiarlos y temerlos. Y entonces el lobo empezó a ansiar la sangre de aquellos a los que los Lebreles habían prometido proteger. Y cuando un Lebrel se deja llevar por la sed de sangre, como hace la gran mayoría, y comete un verdadero acto predador e intenta matar a alguien, el lobo toma el control. A partir de ese momento, tiene el poder de adoptar la forma del Lebrel a su antojo, convirtiéndose así en un lobo con cuerpo de persona. Y mientras caza, destroza y mata, mantiene dormida el alma mortal del Lebrel.

—¿Y de ahí viene el nombre *Urbat*? —pregunté—. ¿Los Perros de la Muerte?

Daniel asintió con la cabeza.

—Existen muchos nombres; cientos de ellos: *Loup-Garou*, Oik, Varkolak, Varulv, Licántropos... Seguro que el que más te suena es Hombre lobo.

—¿Hombre lobo? ¿Vienes de una familia de hombres lobo? —Di un paso atrás—. ¿Y tú eres...? ¿Tú eres un...?

—¿Un lobo vestido de chico? —No bromeaba—. En realidad, soy un híbrido. Mi madre era completamente humana. Mi padre era el Kalbi, la bestia. —Daniel alzó la vista y me miró—. Lo que te expliqué acerca de los *Urbat*, que vivían en manada, es verdad. Viven juntos, por protección y parentesco. —Pasó los dedos por el colgante—. Muchos de ellos intentan controlar al lobo; a otros, en cambio, les gusta el sabor de la sangre. Mi padre era uno de estos últimos. Retó al alfa de su manada y perdió; y el alfa, en lugar de abrirle el cuello, lo expulsó, lo cual fue un gran error.

»Mi padre estuvo deambulando durante algún tiempo, pero uno de los mayores instintos de un lobo es vivir en manada, en familia. Así que acabó en Rose Crest y eligió a una mujer a la que pudiese dominar. Intentó vivir como un mortal con ella, pero entonces yo entré en escena. Creo que sintió que no podría controlarme tan fácilmente... y eso le hizo perder el juicio. Por mi culpa empezó a salir de caza de nuevo.

—¿Así que tu padre —casi no me atrevía ni a preguntarlo— era el Monstruo de la Calle Markham? —Pensé en su padre, quien parecía pasar el día durmiendo y trabajaba en el turno de noche de un almacén cerca del centro de acogida de Markham. Y caí en la cuenta de que todos los sucesos extraños dejaron de pasar más o menos cuando él se fue de la ciudad—. Él mató a toda esa gente, ¿verdad?

Daniel bajó la cabeza aún más. No hacía falta que contestase.

—¿Y tú también naciste con la esencia de lobo?

Daniel se agachó y recogió un par de pedazos del plato roto. Los aguantó en la palma de la mano.

—Mi lobo no era tan fuerte cuando era pequeño, seguramente porque no era un purasangre. Gabriel cree que hay algunos descendientes de los Lebreles que son tan mestizos que lo más seguro es que nunca se den cuenta de ello. —Cerró la mano en la que sujetaba los trozos de cristal y apretó. Hizo una mueca de dolor y abrió la ensangrentada palma—. Por aquel entonces yo no conocía la verdad acerca de mi familia. Lo único que sabía era que en mi padre había algo muy malo; de hecho, así fue como descubrí que era capaz de curarme mucho más rápido que la gente normal. Era capaz de curarme a mí mismo.

Cerró los ojos y apretó los labios. Era como si los cortes que tenía en la mano succionasen la sangre hacia dentro otra vez y, a continuación, cicatrizaron dejando unas marcas pequeñas e irregulares.

—No obstante, a medida que fui creciendo empecé a sentir la agitación del lobo —continuó—. Luché todo lo que pude, pero fracasé y el lobo se apoderó de mí y me convirtió en una bestia como mi padre.

—Pero si el monstruo se apoderó de ti, eso significa que tú has... —Pensé en Jude, en las cicatrices que tenía en la cara y las manos, y en las acusaciones que había lanzado sobre Daniel—. Y entonces sucedió: intentaste atacar a Jude y, en ese momento, el lobo se apoderó de ti. Y por eso mi hermano te tiene miedo, ¿no?

Daniel volvió a cerrar el puño, todavía con los cristales en la palma. Los nudillos se le pusieron de color violeta, y después blancos. Seguidamente empezó a correrle la sangre por la muñeca. Me di la vuelta y clavé la vista sobre las margaritas de color rosa vómito de la pared.

—La noche en la que me escapé de casa —explicó—, me colé en la parroquia. Fue justo después de la recaudación de fondos para las reparaciones que se necesitaban a causa del incendio, y sabía que tu padre no había ido al banco para ingresar los donativos. Por aquel entonces, ya era bastante fuerte, de manera que no me costó más de un segundo romper la cerradura de la puerta exterior del anfiteatro. El plan era entrar y huir con el dinero, pero justo cuando salía, apareció tu hermano. Me vio con la caja del dinero y me pidió que la volviera a dejar en su sitio. Lo vi tan santurrón que me sacó de quicio y el lobo me dijo que todo aquello era por su culpa, que si no fuera por él ni siquiera estaría en aquella situación.

—¿A qué te refieres?

—Siempre tuve el instinto del lobo de vivir en manada, pero yo quería una familia normal, con una madre que pone por delante de todo a su hijo, y un padre tranquilo y amable que no me hiciera temblar de miedo en la cama por las noches. Quería una familia como la tuya. Quería ser Daniel Divine —balbuceó. Oí que se movía en la silla—. Odiaba a mi padre y al monstruo que me quemaba por dentro. Cada vez que me enfadaba, o me ponía celoso, o... Algo dentro de mí crecía y crecía, comiéndome vivo. Me decía que atacase, que saliera de caza. Al principio pensé que me estaba volviendo loco e intenté sacarme esas ideas de la cabeza. Pero de algún modo sabía que mi padre era el responsable de lo que me estaba pasando. Así que un día lo seguí y fui testigo de su transformación y de las cosas que hizo. Comprendí entonces que aquello era lo que me deparaba el futuro.

»Pensé que si me libraba de mi padre y le explicaba a alguien lo que había visto, quizá conseguiría deshacerme del monstruo. Quería contarlo, y casi llegué a hacerlo. Pero al final pensé que debía perdonarlo, que por mucho daño que me hiciese mi padre o cualquier otra persona, tenía que ofrecer la otra mejilla. Tú eres quien me lo dijo: me dijiste que mi padre me pegaba porque estaba desesperado.

Se me entumecieron las rodillas y me agarré a la encimera para no caer. Cuando le dije aquello, años atrás, no lo entendía y, de hecho, aún seguía sin entenderlo. Pero eso no era lo que yo había querido decir. En absoluto.

—Así que mantuve la boca cerrada —continuó Daniel—. A veces intentaba pintar las cosas que veía, pero con eso sólo conseguía enfurecer a mi padre. Por último, un día intenté contarle a Jude lo de los *Urbat*, lo poco que sabía de ellos por aquel entonces, pero creyó que me lo estaba inventando. Así que, en lugar de eso, decidí decirle que mi padre me maltrataba. Pensé que si se lo contaba a alguien y le pedía que guardase el secreto, conseguiría aliviar un poco el dolor sin traicionar a mi padre. Le hice prometerme que no se lo contaría a nadie, pero tu hermano rompió su promesa y lo echó todo a perder.

—Pero conseguiste lo que querías —repliqué. El entumecimiento de las rodillas se extendió a las piernas—. Te convertiste en nuestro hermano.

—Pero eso no duró mucho. De pequeño imaginaba cómo sería formar parte de una familia de verdad, pero si tu hermano no hubiese roto su promesa, yo nunca lo hubiera sabido realmente. No habría sabido lo que era sentirse querido y que, de repente, te arrancasen del único lugar dulce y acogedor que habías conocido. Las cosas hubieran seguido como estaban y mi madre no habría tenido que elegir entre ese monstruo y yo.

Daniel se aclaró la garganta y tosió.

—Resultaba más fácil controlar al lobo cuando vivía con tu familia —prosiguió—, pero cuando me fui, empezó a cobrar fuerza. En aquel momento, no obstante, no me resistí. Busqué a personas que también tuviesen demonios en su interior, otras criaturas de la noche. —Dejó escapar una risita burlona—. Aunque la mayoría de sus demonios interiores no eran exactamente como el mío.

Daniel hizo tanto ruido al tragar que pude oírlo desde la otra punta de la habitación. Estaba segura de que ya no iba a hacer más bromas.

—El lobo se hizo más fuerte —continuó, tras una pausa—. Influía en todo lo que hacía. Y, entonces, esa noche en la parroquia cuando vi a tu hermano, que tenía todo lo que yo siempre había querido, el monstruo al fin se liberó.

La imagen de Jude solo y asustado me hizo estremecer.

—Me puse furioso y me abalancé sobre Jude del mismo modo en que mi padre se abalanzaba sobre mí. Quería que sintiese todo el dolor que yo llevaba dentro. Tu hermano ni siquiera intentó defenderse, como si fuera un mártir y eso enloqueció todavía más al lobo. Quería arrebatarle todo lo que tenía. —Daniel respiró hondo—. Cuando le dije a Jude que me iba a llevar el dinero y su cazadora nueva, ¿sabes lo que hizo? Se puso de pie frente a esas vidrieras de colores con la representación de Cristo, se quitó la cazadora y me la ofreció. «Toma», dijo. «Hace frío y tú la necesitarás más que yo.» Me puso la chaqueta en las manos; estaba tan tranquilo... No entendía que reaccionase así ni que me la ofreciera voluntariamente, como si no le hubiera hecho nada. Y entonces lo pensé: quería matarlo. Sentí que algo me ardía en las venas, empecé a temblar y a gritar... y embestí contra él.

»Después de eso, lo único que recuerdo es despertarme fuera, en los jardines de la parroquia. Estaba desnudo y había trozos de cristal de colores esparcidos por todas partes. Estaba cubierto de sangre, pero no era mía. No tenía ni idea de qué había sucedido ni en qué me había convertido. Más tarde Gabriel me explicó que siempre suele ser así las primeras veces: no eres consciente en absoluto de tus acciones. Estaba desesperado, no sabía adónde había ido tu hermano. Pero entonces lo vi tirado y retorcido entre los arbustos unos metros más allá, y supe que yo era el responsable.

Me llevé la mano al corazón, que palpitaba tan rápido que pensé que me iba a reventar las costillas.

—Pero ¿fuiste tú o el lobo? —pregunté.

Daniel permaneció callado unos instantes.

—El lobo se lo llevó por esa ventana, pero fui yo quien lo abandonó. Vi sangre en su rostro y sabía que necesitaba ayuda, pero hui. Cogí la caja con el dinero y lo dejé ahí tirado.

La silla crujió cuando se puso de pie, oí que se acercaba y lo vi reflejado en los ojos del gato-reloj.

—¿Y quieres saber lo peor? —preguntó, a pocos centímetros de mí.

No respondí, pero me lo contó de todas formas.

—Pues que ese dinero sólo me duró tres semanas —dijo—. Cinco mil dólares manchados de sangre, y me los pulí en moteles de mierda con chicas que me decían que me querían hasta que se acababan las drogas. Y después de esas tres semanas, cuando me puse lo suficientemente sobrio para recordar lo que había hecho, empecé a correr. Pero por mucho que corriera o por muy rápido que lo hiciera, no podía escapar del lobo. Así que seguí corriendo y bebiendo y tomando cualquier cosa que me hiciese olvidar. Y llegué tan lejos que creo que así fue como acabé aquí de nuevo.

Se acercó más; estaba tan cerca de mí como la noche en que nos besamos a la luz de la luna.

—¿Y ahora? ¿Ya sabes quién soy? ¿Todavía crees que vale la pena salvarme? —Su aliento me quemaba en la mejilla—. ¿Todavía puedes mirarme a los ojos y decirme que me quieres?

Desvié la vista del reloj hasta mis pies. Me abrí camino entre los cristales rotos y cogí mi mochila sin preocuparme de las botellas de aceite de linaza y barniz que quedaron sobre la mesa, y me dirigí a la puerta. Puse la mano en el pomo y me detuve.

—Jude no rompió su promesa —balbuceé—. Fui yo quien contó lo de tu padre. Yo soy quien te entregó al lobo.

Abrí la puerta de un tirón y corrí escaleras arriba hacia el monovolumen. Conduje sin rumbo durante al menos una hora y, de algún modo, acabé en casa metida en la cama.

No tenía ningún pensamiento en la cabeza, ni sentía nada en la piel. Me había quedado completamente vacía.

18

El libro de los secretos

Lunes

Me desperté a la mañana siguiente enredada entre las sábanas y con la camiseta pegada al pecho, empapada de sudor frío. Me dolía mucho la cabeza, como si alguien estuviera taladrando un agujero en la base de mi cráneo, y el dolor se extendía hasta detrás de los ojos. Eché un vistazo al despertador, era mucho más tarde de lo que pensaba. Me levanté de la cama y me metí en la ducha.

Me quedé de pie bajo el chorro de agua caliente y dejé que el calor aliviase el entumecimiento que sentía bajo la piel y el agua se llevase la conmoción. Y, entonces, llegaron las lágrimas.

Yo nunca lloraba. Según mi madre, no había vuelto a llorar desde que era un bebé. No le veía el sentido, porque llorar no servía de nada; pero en cuanto me empezaron a rodar las lágrimas por la cara, mezclándose con la lluvia de la ducha, no pude aguantar más. Sollocé entre el vapor, esperando que nadie me oyese por encima del zumbido del extractor del lavabo. Era como si por fin estuviese sacando todas las lágrimas que había contenido a lo largo de mi vida. Lloré por el día en que Don Mooney le puso un cuchillo en el cuello a papá. Lloré por todas las veces que oí al padre de Daniel abalanzarse contra él; por el día en que su madre se lo llevó de casa; y por aquella vez que nos enviaron tres semanas a Charity y a mí a casa de los abuelos sin darnos ninguna explicación. Lloré también la muerte de Maryanne, y por la desaparición de James, y por Jude.

Pero por encima de todo, sollocé por lo que ahora sabía acerca de mí: era una farsante. Mi padre me había dicho que mi nombre significaba misericordia, ayuda y orientación, pero se equivocaba. Yo era torpe, entrometida y decepcionante. Todo lo que tocaba y lo que intentaba arreglar acababa deshaciéndose en pedazos y yéndoseme de las manos.

¿Por qué había tenido que entrometerme en este asunto, en lugar de no averiguar nada? Ojalá pudiese retroceder en el tiempo y pararme los pies antes de causar todo este embrollo.

Si me hubiese mantenido al margen y sólo me hubiese preocupado de mis asuntos, ¿sería todo como antes? ¿Seguiría siendo Daniel el chico rubio que vivía en la casa de al lado si yo no hubiese contado lo de su padre? ¿Y Daniel y Jude seguirían siendo ahora los mejores amigos? ¿Y a mi hermano no le habrían hecho daño y Daniel seguiría siendo humano?

Pero ¿cómo hubiese podido quedarme de brazos cruzados? De haber sido así, Daniel seguiría viviendo una vida de abusos y torturas, y puede que ni siquiera estuviese vivo. Y cuando volvió, ¿cómo no iba a ayudarlo?

Todavía significaba mucho para mí, incluso ahora, después de conocer la verdad.

Pero lo que no podía creer es que hubiese antepuesto mis sentimientos por Daniel a los de mi propio hermano. La primera vez que mencioné el nombre de Daniel durante la cena vi reflejado el dolor en el rostro de Jude. Lo miré a los ojos y le prometí que no me inmiscuiría más en ese asunto y que respetaría sus secretos; pero, en lugar de eso, fui y arrastré de nuevo a nuestras vidas a la única persona que le había hecho daño.

—Te odio —dije bajo el chorro de agua, y aporreé la pared de la ducha—. Te odio, te odio, te odio —repetí, como si hablara con Daniel.

El problema era que no era cierto. No lo odiaba en absoluto, pero sabía que debería hacerlo.

Una vez más, había traicionado a mi hermano.

Me quedé en la ducha hasta que el agua salió fría y, entonces, permanecí ahí, dejando que el líquido helado se abriese camino en mi piel, aunque sólo fuese para sentir algo más aparte de culpa. Salí tambaleándome de la ducha, temblando y agarrándome la barriga. Llegué hasta el váter y vomité el poco líquido que quedaba en mi cuerpo. Me sentía débil y vacía, así que me arrastré hasta la cama, todavía envuelta en el albornoz mojado.

La casa estaba tranquila, todos debían de haberse marchado. El silencio me oprimía y retumbaba en mi cabeza. Cerré los ojos, que me ardían, y dejé que el silencio envolviese mi cuerpo. Dormí a ratos, intentando recuperar el sueño de todas las noches que había pasado en blanco; pero cada vez que cerraba y abría los ojos, me sentía más vacía que antes.

Me pasé dos días en la cama.

Miércoles

Mi familia me dejó tranquila. Me sorprendió, gratamente, que mamá no intentase hacerme ir al colegio. De vez en cuando enviaba a Charity con comida, quien la dejaba en la entrada de mi habitación y se quedaba mirándome como si tuviera la peste cuando venía a recoger los platos que había traído horas antes, y que seguían intactos. Me pregunté si mi familia realmente pensaba que estaba enferma; tenía miedo de que supiesen lo que había hecho, que se avergonzasen de mí tanto como yo. ¿Cómo iba a volver a mirar a mi hermano a la cara sabiendo el dolor que le había causado? ¿Cómo iba a mirar a nadie?

Era media tarde del miércoles cuando oí a mi padre en su despacho, que estaba debajo de mi habitación. ¿Qué estaría haciendo en casa? Los miércoles eran uno de los días que más trabajo tenía en la parroquia, y Jude estaría allí dando clases particulares. Pensé en papá rodeado de sus libros y lo perdido que parecía en ellos últimamente. ¿Qué estaría haciendo?

Y entonces caí en la cuenta. Yo no era la única culpable en todo ese asunto.

En el despacho

—Lo sabías —dije desde la puerta.

Papá levantó la vista del libro.

Entré hecha una furia hasta su escritorio.

—¡Sabías lo que era y, a pesar de ello, lo trajiste aquí! —Agarré uno de sus libros: *Loup-Garou*—. Y todos estos libros son para eso, ¿no? Lo estás ayudando.

¡Mis padres eran unos hipócritas! Todo ese rollo que nos habían enseñado acerca de no guardar secretos, y ahí estaba mi padre guardando el mayor de todos.

Lancé el libro sobre el escritorio; que se deslizó por la superficie de madera y volcó la lámpara.

—Tú empezaste todo esto, no yo.

Papá se acomodó las gafas por encima del caballete de la nariz, cerró el libro que estaba leyendo y lo puso encima de una de las pilas. Parecía como si mi comportamiento no le hubiese afectado lo más mínimo, y me dieron ganas de gritarle más.

—Me preguntaba cuándo acudirías a mí —dijo—. Esperaba que si te dejábamos sola, acabarías viniendo. —Sonaba como el pastor perfecto atendiendo a un parroquiano aquejado de problemas—. Cierra la puerta y siéntate.

No tenía ningunas ganas de escucharlo, pero, aun así, le obedecí. Una vez sentada, cogí otro libro, cuyas palabras y letras desconocía; era árabe o algo así.

—Así que quieres saber por qué estoy ayudando a Daniel, ¿verdad? —dijo—. La respuesta es sencilla, Grace: porque me lo pidió.

—¿Cuándo?

—Daniel se puso en contacto conmigo hace unas seis semanas, y yo organicé su regreso.

—Pero ¿por qué quería volver?

—¿No te lo ha contado?

Hojeé las páginas del libro hasta que encontré una ilustración. Era un grabado de lo que parecía un hombre transformándose en lobo, con una luna llena al fondo.

—Bueno —respondí—, me contó algo acerca de la escuela

de Arte y me dijo que necesitaba graduarse en el Holy Trinity para entrar en Trenton, pero no era más que una tapadera, ¿no? Esto no tiene nada que ver con la escuela de Arte, ¿verdad?

«Daniel me utilizó para que sintiese compasión por él y pensase que teníamos objetivos comunes», me dije.

—Sí, ésa fue la tapadera que inventamos —admitió papá—. Y eso no significa que Daniel no quiera ir a Trenton, pero sobre todo desea recuperar la vida que debería haber tenido. —Se inclinó hacia delante; tenía las manos cruzadas encima del escritorio—. Grace, Daniel regresó porque está buscando una cura.

Algo se me removió por dentro.

—¿Y eso es posible?

Papá bajó la vista a sus manos.

—Cuando se fue, buscó la colonia de donde procedía su padre —explicó—. Les pidió que lo dejasen formar parte de la manada. No obstante, los *Urbat* que han sufrido el cambio y se han convertido en hombres lobo no suelen procrear; va contra su naturaleza. Y según la dinámica de la manada, sólo el alfa puede aparearse. Así que la mera existencia de Daniel era una afrenta a sus costumbres. —Papá no dejaba de mover los dedos—. Creo que esos lobos viejos no tenían ni idea de qué hacer con un *Urbat* tan joven, especialmente con uno cuyo padre había sido expulsado de la colonia. De manera que los mayores se mostraron bastante reacios a permitir que Daniel viviese entre ellos, pero el alfa le concedió un período de prueba mientras deliberaban sobre su futuro. Entretanto, Daniel conoció a un hombre...

—¿Gabriel? —pregunté.

Papá asintió.

—Gabriel es el beta de la manada: el segundo al mando. Tomó a Daniel bajo su ala, o pata, dado el caso, y le enseñó muchas cosas sobre la historia de su familia y sobre las técnicas que han desarrollado con el paso de los siglos para controlar al lobo. El colgante de Daniel es bastante único, le ayuda a mantener al lobo a raya y aumenta su sensibilidad para que sea más capaz de controlar sus acciones cuando está bajo la forma de lobo. Es un colgante muy antiguo. Me he puesto en contacto con Gabriel para preguntarle si tenía otro... —Papá se pasó las manos por el rostro; tenía las ojeras más oscuras y más hundidas que la última vez que lo vi—. A pesar de que Gabriel ejerce mucha influencia en su manada, cuando el período de prueba concluyó, no logró convencer a los mayores para que Daniel se pudiese quedar a vivir con ellos para siempre. Creo que el recuerdo de los daños que su padre causó a la manada era todavía demasiado reciente, así que Daniel tuvo que marcharse.

Bajé la cabeza. Otra serie de nombres que añadir a la larga lista de personas que habían rechazado a Daniel, una lista en la cual también aparecía mi nombre desde el momento en que no fui capaz de mirarlo a los ojos.

—Sin embargo, antes de que lo echaran de la colonia, Gabriel le explicó que a lo mejor existía un modo de liberar su alma de las garras del lobo; que quizás hubiese una cura. Gabriel no conocía los detalles, pero le dijo que si buscaba bien podría encontrar algunas notas sobre el ritual necesario. Le dijo que necesitaría la ayuda de un hombre de Dios y que debía regresar al lugar donde hubiese alguien que lo quisiera, en resumen, le dijo que volviese a casa.

—Y por eso se puso en contacto contigo, porque tú eres un hombre de Dios, ¿no?

—Sí. Desde entonces, he estado estudiando minuciosamente todos los textos sobre el tema en cuestión, en busca de la cura. —Señaló los libros desparramados sobre el escritorio—. Al final comprendí que la respuesta tenía que ser de naturaleza religiosa: algo que sólo un hombre de Dios pudiese obtener. Recordé que hace años conocí a un sacerdote ortodoxo que me habló de una reliquia que guardaban en su catedral, un libro que contenía las traducciones de unas cartas escritas por un monje que viajó a la Mesopotamia durante las Cruzadas. Aunque en aquel momento no le di mucha importancia, recordé que el sacerdote bromeó afirmando que tenía documentos que demostraban que Dios había creado al hombre lobo.

Papá abrió el cajón de su escritorio y extrajo un cofre de madera cuya tapa estaba decorada con unas incrustaciones en oro de soles y lunas alternos.

—El jueves por la noche fui en coche hasta la catedral —continuó—. No fue fácil convencer al sacerdote, pero al final accedió a prestar el libro a la parroquia. Así que no podía descansar hasta hallar la respuesta.

—¿Y la has encontrado? —El corazón me iba a mil—. ¿Puedes curar a Daniel?

—No. —Papá bajó la mirada al cofre—. Ya no puedo ayudarlo más.

—¿No, no la encontraste? ¿O no, tú no puedes curarlo?

Papá se quitó las gafas y las dejó con cuidado sobre la mesa. Se reclinó en la silla y se masajeó el caballete de la nariz.

—Dime una cosa, Grace. ¿Quieres a Daniel?

—¿Cómo podría quererlo? —repliqué, observando un padrastro que tenía en el pulgar—. Después de lo que le hizo a Jude, no podría. No estaría bien...

—Pero ¿lo quieres? —insistió. La voz de papá me indicaba que no tuviese en cuenta todas esas cosas—. ¿Sí o no?

Los ojos se me llenaron de lágrimas. ¿Cómo podía ser que todavía me quedasen lágrimas para llorar?

—Sí —admití.

Papá suspiró y cogió el cofre.

—Pues entonces ya no está en mis manos. —Colocó la caja delante de mí, algo repiqueteó dentro de la misma cuando la movió—. Será mejor que descubras la respuesta por ti misma. Cuando lo hagas, aquí estaré... Pero la decisión es tuya.

Por la tarde

Estaba sentada con las piernas cruzadas encima de la cama y con el cofre apoyado entre mis rodillas. No podía creer que todas las respuestas, las últimas piezas del rompecabezas, pudieran estar en el interior de una caja tan estrecha. ¿De verdad podía esperar que así fuera? Quizá lo único que encontrara dentro fuera otra decepción. A lo mejor no existía ninguna cura, y eso explicaría lo afligido y cansado que parecía mi padre. Puede que pensara que era mejor que lo descubriese por mí misma... y me resignara, como él.

Pero mi padre había dicho que la elección era mía. Y las decisiones no se pueden tomar sin conocimiento, sin respuestas. «Y entonces, ¿por qué no puedo abrir el cofre?», me dije. Lo cierto es que me daban miedo las respuestas que pudiese encontrar allí. Sabía que la ignorancia no era sinónimo de felicidad, pero me parecía mejor en comparación con todo el dolor que acompañaba a las respuestas que había obtenido hasta el momento.

Me quedé mirando la caja hasta que mis rodillas se quejaron de la posición. Con dedos temblorosos abrí el ennegrecido seguro de oro y levanté la tapa. En su interior había un libro que parecía más antiguo y más frágil que cualquiera de los que tenía papá en el despacho. La cubierta era de color azul zafiro descolorido, con las mismas incrustaciones en oro de lunas y soles que había en la tapa del cofre. Pasé los dedos por encima de la cubierta con indecisión; me daba miedo que el libro se rompiera en pedazos si lo cogía.

Diversos papeles sobresalían de la parte superior del libro. ¿Habría marcado papá algunos pasajes para facilitarme la lectura? Pasé las delicadas y finas hojas hasta llegar a la primera entrada marcada. La página parecía una carta escrita a mano, o una fotocopia, con una descolorida tinta marrón. Papá me había dicho que se trataba de una traducción, no del original. Mientras intentaba descifrar las desvaídas palabras, deseé haberme matriculado también en la clase de Caligrafía de la profesora Miller, además de la de Pintura.

Querida Katharine:

Las buenas nuevas sobre tu feliz casamiento con Simon Saint Moon no podían haber llegado en mejor momento. La desesperación ha asediado nuestro campamento y muchos de los escuderos y soldados de infantería se encogen de miedo ante los gritos de los lobos que de noche rodean el campamento. Están convencidos de que Dios permitirá que nos devoren a causa de todos nuestros pecados.

Mi escudero, Alexius, asegura que estos lobos no son animales corrientes, sino los Perros de la Muerte de la leyenda local. Me dice que son hombres que una vez fueron bendecidos por Dios para convertirse en sus soldados, pero el diablo los alejó de su misión, y ahora están condenados a deambular por la tierra como bestias salvajes.

Oh, hermanita, te encantaría Alexius. No me arrepiento de haberlo aceptado como mi escudero después de los incendios. La mayoría de los jóvenes locales no han corrido la misma suerte. Rezo para que abandonemos esta campaña y sigamos avanzando hasta Tierra Santa. No me alejé de nuestra aldea para participar en la matanza de otros cristianos. Quizás el diablo también esté intentando que olvidemos nuestra auténtica misión.

El padre Miguel asegura que nuestra misión es verdadera y que Dios nos protegerá en la lucha contra los traidores griegos...

Oí que alguien golpeaba suavemente la puerta de mi habitación. Cubrí el cofre y el libro con la manta.

—Adelante —dije, esperando ver a Charity con la cena.

—Hola. —Jude se apoyó contra el marco de la puerta. Sostenía una carpeta verde oscuro en las manos—. Esto es para ti. —Se acercó a mi cama y me la entregó.

—¿Qué es? —Empujé el libro un poco más abajo con el pie por debajo de la manta.

—Todos tus deberes. —Jude sonrió a medias—. Las notas de este año son muy importantes para el ingreso en la universidad. No quería que te quedases atrás y le he pedido a April que fotocopiase sus apuntes de Inglés. Por cierto, la profesora Howel dice que todavía está esperando el examen firmado.

«Mierda, me había olvidado por completo», pensé.

—Le he explicado que estas últimas semanas no te has encontrado muy bien, y la he convencido para que te deje repetir el examen. Dice que cuando te encuentres mejor podrás hacerlo un día después de clases.

—Ostras, gracias. Eso es... —«Típico de Jude.» No sé por qué me sorprendía tanto, pues era el tipo de cosas que mi hermano siempre hacía. Es lo que le hacía ser... él. Sin embargo, había imaginado que no querría volver a dirigirme más la palabra, después de lo que había hecho—. Muchísimas gracias.

Jude asintió.

—Cuando estés lista, te esperaré en el colegio mientras repites el examen y así no tendrás que volver sola a casa. —Caminó hasta la puerta, se detuvo y se volvió para mirarme—. Ya es hora de que salgas de la cama, Gracie.

«Lo sabe.» Sé la verdad de lo que le sucedió... y él lo sabe.

—Siento no haberte escuchado —dije en voz baja.

Jude asintió con un leve movimiento de cabeza y cerró la puerta detrás de él.

Cuando escuché que Jude bajaba, saqué el cofre y el libro de debajo de la manta, cerré la tapa, dejando a Katharine y a su hermano, y los guardé en el cajón de mi escritorio. No podía continuar con la lectura en busca de respuestas; debía olvidarme de todo ese asunto. Jude estaba saliendo adelante, y yo también lo haría.

19

Elecciones

El martes por la mañana

Jude y yo íbamos en coche hacia la escuela bajo el frío invernal cuando me di cuenta de que, aunque hubiera un entendimiento entre nosotros, seguiríamos sin hablar del tema.

Algunas cosas nunca cambian, y quizá fuese mejor así.

Jude me acompañó hasta la taquilla y luego se despidió para encontrarse con April antes de la primera clase. Intenté actuar con normalidad, como si ése fuera otro día más y yo una chica cualquiera, pero me resultaba difícil fingir que era normal.

La gente normal chismorreaba, principalmente acerca de las cosas extrañas que habían sucedido a lo largo del fin de semana. Yo había supuesto que el cotilleo habría amainado durante mis tres días de ausencia en el colegio, pero por lo que parecía seguía en pleno apogeo. Había corrido la voz acerca de Jenny Wilson, que había encontrado su gata descuartizada en el callejón sin salida que había frente a su casa. Otros hablaban sobre cómo Daniel rescató a James en el bosque, y cuchicheaban sobre las acusaciones de Jude. Y tuve la inconfundible sensación de que la gente también hablaba de mí, más de lo normal quiero decir.

La gente normal distribuía los volantes que cubrían las paredes del colegio con la fotografía de la clase de Jessica Day del Central High. Miraban su cabello largo y rubio y sus ojos de corderito y meneaban la cabeza diciendo: «Qué pena.» Pero la gente normal no sabía en qué situación de peligro podría estar, no conocían los horrores que existían en este mundo y no tenían ni idea de que en la clase de Arte Avanzado había un hombre lobo.

¿Cómo reaccionarían los demás si conociesen la verdad? ¿Acusarían a Daniel de ser el nuevo Monstruo de la Calle Markham? ¿Le culparían de todas las cosas malas que habían sucedido durante los últimos días?

De camino al aula de Arte, me detuve. ¿De verdad me creía todas esas cosas? Me repetí una y otra vez que no podía ser cierto. Daniel tenía ese colgante, así que aunque se transformase en lobo podría evitar que el monstruo atacase a alguien, ¿no? Tenía que haber otra explicación.

O quizás aquel colgante no funcionaba tan bien como él y mi padre pensaban. O quizá sí que funcionaba y Daniel estaba consciente del todo cuando hacía esas cosas...

La campana sonó, pero me quedé fuera de la clase. Sabía que Daniel estaba ahí, pues había oído que varias personas hablaban de él, así que probablemente había venido al colegio. Ojalá no lo hubiera hecho. Aspiré hondo tres veces. Daniel no haría daño a nadie si estuviera en su sano juicio. Seguro que había otra explicación y no era mi trabajo descubrirla. A partir de ahora, otra persona tendría que hacer de la detective Velma.

Abrí la puerta y fui directa hacia la mesa de Barlow. Puse mis tres dibujos frente a él y, sin esperar ningún comentario, me dirigí al fondo del aula para coger mi caja de utensilios. Lynn y Jenny dejaron de hablar en cuanto me acerqué a ellas. Lynn me miró de reojo y le dijo algo a Jenny tapándose la boca con la mano. Las ignoré y saqué mis acuarelas de la caja. Podía sentir la presencia de Daniel a escasos metros de mí; podía oler su perfume a almendra a pesar de todos los solventes del óleo y partículas de cera que flotaban en el aire, pero no me atrevía a mirarlo. Cogí lo que necesitaba y me senté junto a April en nuestra mesa.

—Te he llamado como unas diez veces —me reprochó April. No me miró y siguió trazando unas líneas finas y angulosas en su cuaderno de dibujo—. Por lo menos, podrías haberme enviado un e-mail, ¿no?

—Sí, tienes razón. —Abrí mi estuche de ceras y volqué sobre la mesa los trocitos de tiza. Había olvidado que casi todas estaban rotas—. Lo siento.

—Así que ¿ya has terminado con toda esta historia? —April señaló ligeramente con la cabeza a Daniel.

—Sí. —Cogí un trozo de cera roja, pero era demasiado pequeño para dibujar—. Creo que sí.

—Bien. —April dejó el carboncillo sobre la mesa—. Jude dice que es una mala influencia para ti.

—¿Y qué más dice Jude si se puede saber? —pregunté.

Suspiró.

—Pues le molesta que tu padre siga intentando que vuelva a ser amigo de Daniel. Tu padre dice que Jude debería olvidar y perdonarlo, y alegrarse de que Daniel haya regresado. —April sacudió la cabeza—. No lo entiendo, quiero decir, Jude es su verdadero hijo. ¿Por qué puede querer que Daniel esté aquí?

—Pues no lo sé —mascullé. Mi mente revoloteó de vuelta al libro de cartas que tenía en la habitación—. ¿Y ha dicho algo más Jude? —inquirí, intentando saber cuánto conocía April en realidad de todo este asunto.

April se encogió de hombros.

—Me ha invitado a la exposición de Monet que hay en la universidad mañana por la noche.

—Qué mono... —Revisé otra de las ceras rotas; me servía tan poco como la anterior.

—Sí, pero mi madre no me deja ir porque es en la ciudad. Es como si ahora de repente se empezase a preocupar por mí, supongo que por lo que le pasó a Jessica Day... —April arrugó la nariz—. Así que creo que al final haremos una sesión de pelis en casa y ya está. Tú también puedes venir, si te apetece.

—No, pero muchas gracias de todas formas. —No me apetecía volver a ver a Jude y a April haciéndose mimos.

April cogió su estuche de ceras de la caja de utensilios y lo depositó delante de mí.

—Puedes utilizar las mías, si quieres. —April me dedicó una pequeña sonrisa—. Me alegro mucho de que ya estés mejor, de verdad.

—Gracias —respondí. Entonces miré hacia atrás, a Daniel. Su mirada estaba lejos de nosotras, pero por la expresión de su rostro parecía como si hubiera escuchado toda nuestra conversación desde la otra punta del aula.

Y eso no me hizo sentir mejor en absoluto.

El mismo día, un poco más tarde

Daniel me había pedido que pasase algunos de los descansos que teníamos para comer y algún rato después de clases con él y Barlow. No estaba segura de si esa oferta todavía seguía en pie, así que cuando sonó la campana rechacé la invitación de April para ir a comer con ella y con Jude al café, y me refugié en la biblioteca. Me quedé ahí hasta que llegó la hora de regresar al aula después de la comida, y cuando la segunda hora de Arte concluyó, salí tan rápido como pude hacia mi siguiente clase.

—Espérame, Grace —gritó Pete Bradshaw cuando me acercaba a la taquilla.

—Hola, Pete. —Aminoré la marcha.

—¿Te encuentras bien? —preguntó—. He gritado tu nombre tres veces antes de que te dieses cuenta.

—Perdona. Supongo que estaba un tanto distraída. —Dejé la mochila en el suelo e introduje la combinación de mi taquilla—. ¿Necesitabas algo?

—Bueno, de hecho, quería darte algo. —Sacó un paquete de una bolsa de plástico—. Donuts —dijo, entregándome la caja—. Deben de estar un poco secos, porque te los traje ayer, pero como no viniste...

—Gracias... Pero... ¿por qué me los das?

—Bueno, es que todavía me debes una docena desde antes de Acción de Gracias, así que pensé que si te compraba un paquete, te sentirías aún más en deuda conmigo. —Aquí hay que añadir una sonrisa «triplemente amenazadora».

—¿En deuda para qué? —pregunté con actitud coqueta.

Pete se inclinó hacia mí, y me habló en voz baja:

—¿De verdad hay algo entre tú y ese tal Kalbi, o sólo sois amigos?

«¿Que si hay algo?» Ya no me cabía ninguna duda de que la gente estaba hablando de mí.

—No te preocupes por eso —contesté—. No creo que seamos ni amigos.

—Bien. —Se incorporó de nuevo—. Pues espero que estos donuts te hagan sentir lo suficientemente culpable para que aceptes ir al baile de Navidad conmigo.

—¿Al baile de Navidad? —Hacía días que ni me acordaba del baile. ¿Acaso la gente que conocía los secretos de las tinieblas asistía a bailes?—. Pues, sí, me encantaría ir contigo —dije—, pero con una condición.

—¿Cuál?

—Ayúdame a comerme estos donuts, o no me cabrá ningún vestido.

Pete rio. Abrí la caja y cogió tres donuts.

—¿Puedo acompañarte a clase? —preguntó, mientras yo guardaba la caja en mi taquilla.

Sonreí; era la típica pregunta del novio perfecto de los años cincuenta.

—Claro —respondí. Sujeté mis libros contra el pecho e imaginé que llevaba una falda acampanada y unos mocasines. Mientras caminábamos por el pasillo, Pete me pasó el brazo alrededor de la cintura y saludó con un movimiento de cabeza a varias personas que nos miraban con curiosidad.

Pete parecía tan seguro de sí mismo, tan normal, tan bueno... «Es justo lo que necesito», pensé mientras lo miraba, pero percibí que había alguien más observándome.

Miércoles de la semana siguiente, justo antes de comer

Estaba sentada al lado de April en el aula de Arte trabajando en el primer boceto de una instantánea antigua para mi carpeta de dibujos. Sería un dibujo de Jude pescando detrás de la cabaña del abuelo Kramer. Me encantaba el modo en que la luz se colaba por un lado de la fotografía y brillaba sobre la cabeza inclinada de Jude como si fuera una aureola. De momento, estaba pintando con lápices, esbozando las líneas básicas y definiendo los espacios positivos y negativos. Había más sombra en la foto de la que pensaba y la punta de mi lápiz se había gastado tanto que ya estaba casi inservible, pero no quería ir a buscar el sacapuntas que tenía al fondo de la clase porque Daniel estaba sentado a medio metro de él.

Un par de minutos antes de que sonase la campana, el profesor Barlow se dirigió a la mesa de Daniel.

—¿Has visto a Lynn? Está echando humo. —April me dio un codazo.

Lynn Bishop miraba fijamente a Daniel, quien tenía al profesor Barlow de pie junto a su mesa observándolo mientras pintaba. Parecía que Lynn intentara atravesar la espalda de Daniel con la mirada.

—Da la impresión de que Barlow tiene un nuevo favorito, ¿eh? Pobre Lynn —comentó April con ironía—. De todas maneras, tú eres mucho más buena que ella. Tendrías que haber oído a Barlow hablando sin parar del dibujo de tu casa que entregaste la semana pasada. —Señaló el boceto en el que estaba trabajando y suspiró—. Éste también me encanta. Jude está tan guapo en esa foto...

—Mmm —respondí. Reuní un par de lápices gastados y aproveché para ir al fondo del aula mientras Daniel seguía ocupado.

Introduje un lápiz en el sacapuntas.

—¡Para! —ordenó Barlow.

Me sobresalté y miré hacia atrás, pero Barlow se lo decía a Daniel, quien dejó la pincelada a medias y alzó la vista para mirar al profesor.

—Déjalo tal como está —espetó Barlow.

Me incliné un poco hacia un lado para echar un vistazo al dibujo de Daniel. Se había dibujado a sí mismo de niño, un trabajo que Barlow ya nos había encargado al resto de la clase a principio de curso. De momento, sólo había pintado un fondo simple a base de tonos rojos y había empezado con los tonos color carne para su rostro. Había bosquejado los labios en rosa pálido, y como Daniel siempre abordaba las tareas del modo más difícil posible, lo primero que había acabado eran los ojos, que eran oscuros, insondables y perdidos, tal como yo siempre los había recordado.

—Pero todavía no está acabado —replicó Daniel—. Sólo he completado los ojos.

—Lo sé —dijo Barlow—. Y eso es lo que lo hace tan perfecto: tus ojos. Tu alma está ahí, pero el resto de ti permanece indefinido; ésa es la belleza de la infancia. Los ojos muestran todo lo que has visto hasta ese momento, pero el resto de ti sigue abierto a diversas posibilidades, todavía no se sabe en qué te convertirás.

Daniel sujetaba el pincel firmemente entre sus largos dedos. Me miró. Ambos sabíamos en qué se había convertido.

Aparté la vista.

—Confía en mí —insistió Barlow—. Ésta será una gran pieza para tu carpeta.

—Como usted diga —farfulló Daniel.

—¿Has acabado o no? —Lynn Bishop se plantó frente a mí con un puñado de lápices de color.

—Sí, perdona —respondí, y me aparté de su camino sin haber sacado punta al lápiz.

—Me han dicho que Pete te ha invitado a ir con él al baile de Navidad. —Lynn metió un lápiz de color rosa en el sacapuntas.

—Las noticias vuelan, ¿no crees?

Oí que la silla de Daniel se deslizaba hacia atrás, por encima del ruido feroz del sacapuntas.

—Sí, cierto —replicó en su tono de «yo me entero de todo»—. Me sorprende que, después de todo, te haya invitado.

—¿Y qué quieres decir con eso? Hace años que Pete es amigo de mi hermano.

—Ajá. —Lynn sacó el lápiz y examinó la larga y afilada punta de color rosa—. Pues supongo que eso lo explica todo: un acto de caridad por tu hermano. Pete debe de estar intentando traerte de vuelta al mundo de los vivos.

Ya estaba bastante irritada y lo último que necesitaba eran

esas estupideces de la reina del cotilleo del Holy Trinity, pero la campana sonó y opté por no decirle qué tendría que hacer con su lápiz.

—No te metas donde no te llaman —dije, y me fui.

—¿Crees que encontraré algún apunte sobre *Hojas de hierba* en internet? —me preguntó April mientras recogía sus cosas.

—Lo dudo. —Metí mis lápices en el cubo.

April refunfuñó.

—Es que Jude me va a hacer preguntas sobre este libro después de clases, y yo le insinué que ya lo había leído. —Arrugó la nariz y metió el libro en la mochila.

—Pues estás acabada —bromeé—. Y ya te estás despidiendo del baile de Navidad, porque Jude odia a los mentirosos.

—Oh, no. ¿Crees que se enfadará tanto? —Hizo una pausa—. Espera, ¿has dicho baile de Navidad? —Me señaló con el dedo—. ¿Te ha dicho algo? Me va a pedir que vaya con él, ¿no? Oye, ¿quieres que vayamos de compras después de clases para ver algún vestido?

Le sonreí; todavía sin saber si debería hablar con April acerca de Jude. Ella estaba coladita por él, pero yo seguía preguntándome si el repentino interés de mi hermano por April no era una especie de vía de escape, no de una relación anterior, sino de sus propias emociones. O quizá fuese April quien se estaba aprovechando de mi hermano. Estaba claro que en cuanto lo vio vulnerable, consiguió deshacerse sin problemas de su timidez, pero la expresión del rostro de April mostraba total entusiasmo.

—¿No crees que sería mejor que te pusieras a estudiar para el examen final de Inglés antes de ir de compras? —pregunté—. ¿No me dijiste que tu madre te mataría si no lo aprobabas?

—Uf. De verdad te lo digo, ¿por qué tenía que empezar a preocuparse por mí justo ahora?

—Oye, Grace —dijo una voz áspera desde detrás de mí.

Las cejas de April se transformaron en dos arcos.

Me volví hacia el propietario de esa voz, sabiendo de antemano a quién pertenecía. Miré el jersey azul marino con las mangas arremangadas hasta los codos, los pantalones caquis, el folio que sujetaba en las manos, su cabello, que parecía ganar ligereza con cada día que pasaba... Miré a todas partes, excepto a su cara, a todas partes excepto a sus ojos. Al final, posé la mirada en sus antebrazos, que estaban manchados de pintura.

—¿Qué quieres? —pregunté, con una voz más fría de lo que esperaba.

—Necesito hablar contigo —respondió Daniel.

—Es que... No puedo. —Dejé mi dibujo sobre la caja de utensilios y la metí debajo de la mesa—. Venga, April. Vámonos.

—Grace, por favor. —Daniel me tendió la mano.

Me estremecí, sus manos me recordaron lo que le había hecho a mi hermano. ¿Hubiese intentado hacer lo mismo conmigo si hubiera sabido que había sido yo quien delató a su padre?

—Déjame en paz —dije, y me cogí al brazo de April para ganar seguridad.

—Es importante —insistió Daniel.

Vacilé y solté el brazo de mi amiga.

—¿Qué haces? ¿Estás loca? —susurró April—. No puedes quedarte con él, la gente ya está hablando.

—¿Hablando de qué? —repliqué, mirándola fijamente.

April bajó la vista a sus zapatos.

—Eh, chicas, ¿venís? —preguntó Pete desde la puerta del aula. Jude estaba a su lado, sonriendo a April—. Tenemos que llegar pronto si queremos un reservado.

—Sí, ya voy —dijo April. Me miró con insistencia y, seguidamente, forzó una sonrisa de oreja a oreja—. Hola, chicos —dijo, mientras Jude le pasaba el brazo por la cintura.

—¿Vienes, Grace? —Pete me tendió la mano, igual que Daniel.

Miré hacia la puerta, ahí estaban los tres. April ladeó la cabeza y me hizo un gesto para que fuese con ellos. Jude me miró y, después, a Daniel; su sonrisa se convirtió en una línea delgada y tensa.

—Vámonos, Gracie —dijo Jude.

—Quédate, por favor —rogó Daniel desde detrás de mí. No podía mirarle. Lo único que me había pedido Jude era que me mantuviese alejada de Daniel. Ya había roto esa promesa una vez, pero ahora tenía que cumplirla: no podía hablarle ni estar con él.

Tenía claro que tampoco podía volver a elegir a Daniel antes que a mi hermano.

—Déjame en paz —espeté—. Y lárgate de aquí, éste no es lugar para ti.

Acepté la mano que me tendía Pete, quien deslizó sus dedos entre los míos y me atrajo hacia él, pero ese gesto no me hizo sentir del modo en que me sentía cuando estaba cerca de Daniel.

En la cafetería

Había pegado seis bocados a mi hamburguesa vegetariana, Pete iba por el punto número tres de su discurso «El hockey puede cambiar el mundo de cinco maneras» y April estaba chillando de emoción porque Jude le acababa de dar una magdalena de arándanos con una invitación para el baile de Navidad, cuando algo me golpeó de lleno: le había dicho a Daniel que desapareciese de mi vida. Solté la hamburguesa y corrí al lavabo; apenas logré llegar a uno de los inodoros antes de que el ajo y el alga marina me subiesen por la garganta.

Cuando salí del baño, Lynn Bishop estaba frente a la pica, estudiando su reflejo en el espejo, con los labios fruncidos y los ojos bien abiertos.

—No me ha sentado muy bien la hamburguesa vegetariana —murmuré, y metí las manos bajo el grifo.

—Sí, claro, lo que tú digas. —Tiró la toalla de papel a la papelera y se largó.

20

Miedos

Esa misma noche

Después de cenar, me encerré en mi habitación. Había pasado casi toda la semana anterior empollando para mi nuevo examen de Química, y todavía me estaba dejando la piel para ponerme al día con las otras asignaturas. Los finales estaban a la vuelta de la esquina, y sabía que no lo llevaba muy bien. Había intentado estudiar con April y Jude después de clases, pero April había estado tan pesada con la invitación de Jude para el baile, que me había dado cuenta de que aprovecharía más el tiempo si estudiaba sola. No obstante, después de unas horas de Historia y Cálculo y un poco de Ralph Waldo Emerson, se me escapaba la vista, ya cansada, de mis libros de texto al cajón de mi escritorio.

Saqué la llave que guardaba en la caja de música y abrí el cajón. Extraje el libro del cofre, me acurruqué con el edredón y las almohadas y, con cuidado, lo abrí por la segunda página que estaba marcada.

Un poco de lectura antes de acostarse no le hacía daño a nadie, ¿no?

Querida Katharine:
Cada vez estoy más convencido de que las historias de Alexius sobre los Perros de la Muerte no son un simple mito. Me gustaría documentarme lo máximo posible sobre este fenómeno.

El padre Miguel dice que estoy obsesionado, pero me temo que es él quien lo está. Ha persuadido a muchos de los miembros de la campaña para que castiguen a los griegos por su asesinato y traición, e incluso muchos de los templarios y hospitalarios han quedado convencidos por sus provocadoras palabras. Recibo las historias de Alexius como una agradable distracción en toda esta trama de intrigas y conspiraciones.

Alexius me llevó ante un profeta ciego que me explicó más cosas sobre el tema. Mientras que algunos Urbat, así es como les llamó, nacen con la esencia del lobo, otros se convierten cuando les muerde un Urbat ya existente, de modo muy similar a la propagación de una plaga atroz.

En algunos casos, un Urbat surgido del contagio, y no de nacimiento, puede resultar más susceptible a las influencias del lobo, y la maldición puede evolucionar con mayor rapidez si la parte infectada no está preparada para controlar sus emociones...

Daniel no había mencionado que su condición de lobo era contagiosa. No podía creer que yo, de hecho, hubiera podido ser como él. Así que cuando comprendí que era tan simple como un mordisco de sus dientes, casi tan simple como un beso, la cabeza me empezó a dar vueltas.

Me miré las manos y no pude evitar imaginármelas cubiertas de pelo. Las uñas me crecían para convertirse en unas puntiagudas garras capaces de arrancar la carne del hueso. Noté como si en la boca tuviera unos dientes largos y afilados como una hoja de afeitar, unos colmillos desgarradores. ¿Cómo quedaría mi cara con un hocico largo y un bozal? ¿Y si se me ponían los ojos negros, con un brillo en el interior que sólo reflejase la luz que había a mi alrededor?

¿Y si yo también me convertía en monstruo?

Me estremecí y me llevé las manos a la cara. Todavía tenía la piel suave y sin pelo. Todavía era humana.

Volví al libro, esperando encontrar consuelo, hallar respuestas; pero la carta se extendía unas cuantas páginas más, y sobre todo documentaba cómo habían aparecido los Perros de la Muerte y el modo en que su bendición se convirtió en maldición. Confirmaba lo que Daniel y mi padre me habían contado, pero no explicaba nada nuevo. Así que seguí leyendo por encima hasta que llegué a un fragmento que mencionaba las piedras lunares.

Resulta extraño, querida Katharine, pero el hombre ciego afirma que a los Urbat les cuesta más controlar al lobo durante las noches de luna llena; como si la propia luna tuviese poder sobre ellos. Por esta razón, creo que tiene que existir un modo de dominar a estas bestias. Quizá si un Urbat guardase un pequeño trozo de luna cerca del cuerpo, funcionaría como contrapeso ante sus efectos, ayudándoles a mantener el lobo a raya sin perder su fuerza mítica. Similar al modo en que los griegos de antaño trataban las enfermedades, con la intención de combatir el fuego con fuego.

He oído algunos relatos sobre unas bonitas rocas que caen ardiendo de los cielos. ¿Y si algunas de estas rocas pertenecen a la propia luna? Si pudiese crear un colgante con una de esas piedras lunares, si al menos pudiera encontrar una, quizá podría ayudar a los Perros de la Muerte a recuperar su bendición.

Sin embargo, un collar así no sería una cura en sí mismo, solamente les podría ofrecer control. Me temo que estos Urbat han perdido sus almas a las garras del lobo, y a no ser que se liberen antes de morir, quedarán condenados a las profundidades del infierno como demonios del príncipe de las tinieblas.

Ya no sentía la vista cansada. No me había planteado lo que le podría pasar a Daniel si moría. ¿De verdad estaría condenado a vivir como un demonio en el infierno para siempre? No me extrañaba que estuviese tan desesperado por dar con una cura. Una cosa era vivir con un monstruo dentro, pero estar condenado para toda la eternidad era algo totalmente distinto.

Seguí leyendo un par de páginas más, buscando algún fragmento que me proporcionase más información.

Las únicas cosas suficientemente potentes para asestar un golpe mortal a un Urbat son los dientes o garras de otro demonio, o una punción en el corazón con un objeto de plata. Se cree que la plata es venenosa para estas bestias...

No quería seguir pensando en la muerte, así que pasé a otra carta.

Querida Katharine:
Quiero hacer una expedición al bosque. El profeta ciego me ha dicho que puede conseguirme algunos guías para acercarme a una manada de Urbat y así observarlos sin ser visto. El viaje costaría veinte marcos, que es todo lo que poseo.
El padre Miguel afirma que el viento está soplando a nuestro favor. Cree que mañana la armada será capaz de aproximarse un poco más a las murallas de la ciudad. Quizá lo único bueno de que nuestras fuerzas tomen el poder de la ciudad es que podría buscar en la gran biblioteca más textos sobre este asunto de los Urbat. Ahí deben de guardarse verdaderas joyas de conocimiento.
Aunque no halle las respuestas en la biblioteca, tengo que seguir investigando sobre los Lebreles del Cielo, así que iniciaré los preparativos para el viaje. Mi querido Alexius se muestra reacio a acompañarme, pero lo convenceré, necesito un traductor. Creo que teme a los Urbat más que nadie. Cuando le hablas del tema, todo lo que puede balbucear es: «El lobo intenta matar lo que más quiere...»

Se me cayó el libro de las manos y aterrizó sobre el parqué. Me agaché y con mucho cuidado lo recogí; unas pequeñas partículas de papel amarillento se desprendieron de las cubiertas. Abrí el libro y comprobé que la página que acababa de leer y un par más se habían soltado por culpa de mi falta de atención. Pero la culpabilidad que sentía por haber estropeado el libro no era nada en comparación con el otro pensamiento que me revolvía por dentro.

«El lobo intenta matar a lo que más quiere.»

¿Me quería Daniel? Me dijo que yo era especial y que le «hacía» cosas. Admitió que me había echado de menos, o algo así. Pero no me había dicho que me quería.

Sin embargo, me había besado como nadie antes lo había hecho y yo también le había confesado lo que sentía por él.

Además, no podía olvidar sus temblores ni el brillo de sus ojos cuando se lo dije. Perdió su colgante por un momento, y pareció increíblemente asustado. ¿Yo había estado en peligro? ¿El lobo había querido matarme? Si Daniel no tuviera el collar, ¿ya estaría muerta? ¿O me habría convertido en una bestia como él?

Dejé el libro a un lado; no podía enfrentarme a más preguntas sin respuestas durante un tiempo.

21

Desesperación

Elusión

El tratar de evitar a Daniel se convirtió en una tarea tan difícil como escapar de mi propia sombra.

El viernes por la tarde entró en la tienda Brighton's Art Supplies mientras yo escogía unas ceras nuevas que sustituyesen a las que se me habían roto la semana antes de Acción de Gracias. Esperé a que Daniel acabara en la caja registradora y se marchase antes de acercarme para pagar lo mío. Cuando saqué el monedero, la chica de detrás del mostrador me informó de que mi «amigo, que estaba más bueno que el pan» ya había pagado mis ceras pastel.

—¿Y si ahora ya no las quiero?

Se encogió de hombros e hizo una burbuja con el chicle. Dejé la caja sobre el mostrador.

—¿Estás segura? —gritó, como si estuviera loca.

—Quédatelas tú, si quieres —repliqué.

El sábado, Daniel estaba en la parroquia reparando un banco roto cuando fui a llevarle a mi padre los boletines de la copistería. Los dejé sobre su escritorio y salí por la puerta del despacho que daba al callejón que separaba la parroquia del colegio.

El domingo por la mañana, vi que me observaba desde el anfiteatro durante el sermón de papá. Y el lunes ya tenía claro que salir a hacer cualquier recado me pondría en peligro.

Esa tarde papá me envió al Day's Market con una lista de la compra. Le tocaba a él preparar la cena, pues mamá trabajaba hasta tarde en la clínica, algo que hacía desde el día de Acción de Gracias para no tener que dejar a James en la guardería.

Di la vuelta a la esquina hasta el pasillo de alimentos enlatados y, literalmente, me topé con Daniel, que estaba agachado cogiendo una lata de guisantes. Se puso de pie y se volvió. Llevaba un delantal del Day's Market y sostenía un cúter con la punta manchada de sangre. Hizo una mueca de dolor, y percibí que en la otra mano tenía un gran corte inflamado.

—Perdona —farfullé, e intenté seguir caminando, pero se puso frente a mí y me bloqueó el paso.

—Grace. —El corte que tenía en la piel se curó mientras ponía la mano sobre mi cesta de la compra, deteniéndome para que no me fuese—. Tenemos que hablar, a solas.

Miré el cúter manchado de sangre que sostenía contra el delantal.

«El lobo intenta matar lo que más quiere.»

—No puedo. —Dejé la cesta, di media vuelta y salí corriendo del supermercado.

Papá no me preguntó por qué había vuelto a casa sin los ingredientes para el pollo rebozado y, en su lugar, preparó macarrones con queso. De todos modos, Don, James y yo éramos los únicos que cenaríamos con él. No me sorprendió en absoluto que papá le preguntase a Don qué tal lo estaba haciendo Daniel en el supermercado.

—Muy bien —contestó Don—. El señor Day está tan estresado con lo de Jess que necesita toda la ayuda posible. Qué suerte que Daniel buscase trabajo.

«O qué oportuno», pensé; pero era la voz de Jude que resonaba con sarcasmo en mi cabeza.

Aparté el plato que tenía delante. Daniel le tenía cariño a Maryanne, pues ella le hacía sentir a salvo y querido. Y ahora que había muerto, él tenía un lugar cómodo donde vivir. Daniel no había visto nunca a James, pero quería a esta familia, y el hecho de haber «salvado» a mi hermanito lo había convertido en un héroe a nuestros ojos, aunque sólo fuese por un momento. Daniel y Jess habían estado en el mismo curso durante varios años, y ella vivía en Oak Park cuando él se mudó ahí con su madre. Más tarde ella se trasladó a la ciudad y vivió ahí hasta que desapareció. Tenía clarísimo por las confesiones de Daniel que yo no era la primera chica en su vida. La gente consideraba a Jess como una «chica problemática». ¿Y no era ése el tipo de personas que Daniel buscaba como compañía? ¿Podría ser que alguna vez hubiese estado enamorado de Jessica Day?

Todo lo que sabía era que había desaparecido y que Daniel tenía un buen trabajo que le permitía cumplir los requisitos para asistir a la clase de Barlow, lo cual significaba que podría quedarse en Rose Crest indefinidamente.

«Oportuno. Todo muy oportuno», pensé.

Pero ¿con qué fin? ¿Se trataba de ataques fortuitos a gente que le importaba? ¿O tenían algún propósito? ¿Apuntaban en alguna dirección?

¿Acaso lo acercaban a... mí?

Algo en el fondo de mi corazón me decía que mis dudas acerca de Daniel no podían ser ciertas. Papá había leído todas esas cartas y sabía que el lobo interior de Daniel atacaría a las personas que él apreciaba y, aun así, le dejaba quedarse allí. Le ayudó a conseguir ese piso y le encontró trabajo. Él no habría hecho todo aquello si pensase que Daniel estaba lastimando a alguien, o si era capaz de hacerme daño.

Pero la cuestión era que yo había creído lo mismo sobre las acusaciones de Jude. Había pensado que si Daniel de verdad hubiera intentado matar a mi hermano, papá nunca le habría permitido acercarse a nuestra familia. Pero me había equivocado. Mi padre le había ayudado, aun sabiendo con certeza lo que había hecho y lo que era.

¿Y si Jude tenía razón y Daniel había hechizado de algún modo a papá?

También podía ser que papá supiese algo que yo desconocía.

Fuera de casa

No sabía por qué, pero aquella noche sentí que no podía leer el libro de cartas en mi habitación, como si las palabras fuesen a resonar por la casa de manera que todos podrían oírlas. Así que fui en coche hasta la biblioteca. Estaban a punto de cerrar, pero me instalé en uno de los rasposos sofás de color naranja e intenté calmar los nervios que retumbaban dentro de mí. Imaginé que si papá de verdad sabía algo que yo no sabía, entonces lo más probable es que la respuesta estuviese escondida entre las cartas.

Querida hermana:
La han destruido. ¡Han destruido la gran biblioteca!
Los caballeros y sus lacayos han saqueado la ciudad y han robado los grandes tesoros. Han incendiado la biblioteca, y todo lo que deseaba aprender ha quedado destruido. Llaman paganos a los griegos, pero son nuestros Caballeros de Cristo los que violan la ciudad.
El olor a humo y sangre impregna mi tienda. No podré soportarlo mucho más. Mi deseo de emprender una expedición al bosque ha cobrado fuerza. Me temo que mis notas sobre el verdadero origen de los Urbat puedan ser todo lo que existe sobre el tema después de la destrucción de la biblioteca. Debo restituir los secretos de los documentos para expiar los pecados de esta campaña.
Quizá pienses que todo esto es una insensatez, pero mi decisión es firme.
Que el amor sea contigo y Simon,
Tu hermano de sangre y fe

Katharine:
¡Nos han traicionado!
Y me temo que han matado a Alexius.
Nuestros guías nos adentraron en el bosque y cuando empezaba a anochecer robaron nuestros caballos y mis veinte marcos, y nos abandonaron. Alexius se asustó mucho cuando nos vimos rodeados de aullidos, y no sé qué fue de él. Tampoco sé

cómo regresé a mi tienda. La capa que llevaba está rasgada
y manchada de sangre.
    Me temo que me hayan mordido. Algo se retuerce dentro de
mí. Debo luchar contra ello y hallar las respuestas antes de que
el lobo me devore el alma. Antes de que vaya a por ti, mi ser
más querido...

A pesar de que Daniel fuese un monstruo y a pesar de que
me hubiese podido infectar, todavía lo quería.

Deseaba que fuese inocente.

Anhelaba que fuese mío.

Pero cuando le confesé a papá mi amor por Daniel, me entregó el libro y me dijo que encontrase las respuestas por mí
misma. ¿Es esto lo que quería que supiese? ¿Que Daniel iba a
matarme igual que ese hombre a su hermana? ¿O acaso pretendía que comprendiese que amar a Daniel no tenía sentido y que
cualquier deseo de estar juntos era totalmente imposible?

Porque si ése era el plan... había funcionado.

Miércoles por la tarde

Los exámenes finales me pillaron de lleno y no conseguí ponerme al día con los estudios a tiempo. Me esforcé por sacarme de la cabeza a Daniel, a los Perros de la Muerte, a las piedras lunares y a Jessica Day, pero en mis clases de Religión e
Historia sólo podía pensar en las Cruzadas. Durante el examen
de Química, me preguntaba si el hermano de Katharine habría
encontrado una piedra lunar para hacer un colgante. Y me resultaba imposible solucionar los problemas de Cálculo si no dejaba de plantearme si Jessica estaría viva o muerta. Y tampoco
era capaz de pintar nada sabiendo que Daniel me observaba desde el fondo del aula de Arte. Así que no sólo mi vida amorosa
era un desastre, sino que además mis posibilidades de acceso a
la universidad, a Trenton, me parecieron inexistentes cuando
entregué mi desastroso examen de redacción de Inglés sobre la
poesía transcendental.

Al menos era el último día de colegio antes de las vacaciones de Navidad y tendría tres semanas para recuperarme antes de enfrentarme a mis padres con mis calificaciones. El baile era al día siguiente, pero esa tarde todo el mundo iría de cabeza al partido de hockey para desahogarse de la presión de los exámenes. Me hubiese gustado estar en la pista de hielo, comiendo almendras garrapiñadas con April y animando a Pete, pero no estaba de humor para divertirme.

Cuando Pete me invitó a la fiesta que organizaban después del partido en casa de Brett Johnson, le dije que estaba demasiado cansada. Se quedó tan decepcionado que añadí:

—Tengo que descansar para el baile, ya sabes.

Sonrió y me dijo que le debía una. Aunque le había dicho que pasaría la noche en la cama, tampoco pude quedarme en casa. Y supongo que así fue como acabé ayudando a mi padre en la clase de estudio de la Biblia que organizaba en la parroquia los miércoles por la noche. Creo que imaginé que sería el lugar donde tenía menos posibilidades de toparme con Daniel.

Debería habérmelo pensado mejor.

Ayudé a papá a repartir guías de estudio y Biblias, y luego me dediqué a poner orden en la cocina de la parroquia. Coloqué los *brownies* de dulce de leche de mamá en una bandeja de plata e introduje un bastoncito de caramelo en cada taza de chocolate caliente. Los *brownies* eran para más tarde, pero distribuí el chocolate entre los invitados mientras escuchaban la melódica voz de mi padre que estaba leyendo fragmentos de la Biblia. Sonaba como una canción de cuna, y cuando le pasé a Don Mooney la última taza caliente me dio la sensación de que le pesaban los ojos.

—Gracias, señorita Grace. —Parpadeó y bebió un sorbo.

Me senté en el sitio vacío que había a su lado. Me sorprendió que papá no estuviese leyendo la historia del nacimiento de Cristo, como solía hacer cuando se aproximaba la Navidad. En lugar de pesebres, rebaños y ángeles, estaba leyendo diversas parábolas de Cristo. Noté que a mí también se me cerraban los ojos, hasta que oí que las puertas de la parroquia se abrían y alguien se acercaba por el pasillo. Me arrepentí de no haber preparado un par más de tazas de chocolate.

—Pasemos ahora a la historia del hijo pródigo —dijo mi padre.

Pasé las páginas de mi Biblia hasta Lucas 15 y en ese instante se abrió la puerta y Daniel entró en la sala. Intentó calentarse las manos con el aliento mientras buscaba un sitio donde sentarse. Se percató de que le estaba observando, así que volví a bajar la mirada a la Biblia que tenía abierta encima de las rodillas.

La voz de papá continuó sin hacer ninguna pausa. Leyó la parábola del padre que tenía dos hijos: uno era bueno, serio y trabajador; el otro, en cambio, robó el dinero de su padre y lo malgastó en prostitutas y fiestas. La vida disoluta de este hijo acabó por hundirlo tanto que decidió regresar para pedirle ayuda a su padre. Papá siguió leyendo lo mucho que el padre se alegró del regreso de su hijo. Le dio ropa y comida y llamó a sus amigos para celebrarlo. No obstante, el hijo bueno, que había permanecido fiel a las enseñanzas de su padre, estaba enfadado y tenía celos de su hermano, así que se negó a aceptarlo en casa.

Cuando papá concluyó el último versículo, preguntó:

—¿Por qué le cuesta tanto al hijo bueno perdonar a su hermano?

Su cambio de tono sorprendió a la audiencia. Algunos miraron alrededor, probablemente preguntándose si era una pregunta retórica.

—Señora Ludwig —dijo papá dirigiéndose a la señora mayor que estaba en primera fila—, cuando su hijo le robó y le destrozó el coche el invierno pasado, ¿por qué le resultó tan difícil perdonarlo?

La señora Ludwig se sonrojó un poco.

—Porque no se lo merecía, ni siquiera se disculpó. Pero la Biblia... —añadió, dando un golpecito a su desgastado ejemplar con monograma— dice que debemos perdonar.

—Eso es —afirmó papá—. No perdonamos a las personas porque se lo merezcan, sino porque lo necesitan, y nosotros también. Seguro que se sintió mucho mejor después de perdonar a su hijo, ¿verdad?

La señora Ludwig apretó los labios y asintió.

Sentí calor en el cuello. Sabía, sin mirar, que Daniel tenía la mirada fija en mí.

—Pero ¿por qué cuesta tanto perdonar? —cuestionó la señora Connors.

Don pestañeó y resopló, estaba roncando.

—Es una cuestión de orgullo —explicó papá—. Esta persona le ha ofendido de algún modo, y ahora le toca a usted tragarse su orgullo y ceder para poder perdonar. De hecho, las Escrituras dicen que si alguien se aferra a su orgullo y elige no perdonar a alguien, entonces esa persona será quien esté cometiendo un pecado mayor. El hijo bueno de esta historia se encuentra, en realidad, en un peligro más grave que su hermano pródigo.

—¿Así que el pródigo debe ser perdonado siempre, sin importar lo que haga? —quiso saber Daniel.

Me levanté de un salto de la silla, eso era demasiado.

Papá me miró de modo inquisitivo.

—*Brownies* —dije.

Mientras salía de la sala, oí un «mmmm» colectivo de los asistentes. Cuando regresé con la merienda, creo que interrumpí la clase de papá, pero no me importaba; me quería ir a casa. Recogí las servilletas y todas las tazas vacías mientras la gente pululaba por el aula charlando de cosas alegres como los regalos y villancicos. Cuando acabé de ordenar, me acerqué a papá y le pedí si podía irme antes.

—Es que no me encuentro muy bien —me excusé—. Me gustaría meterme en la cama.

—Los exámenes finales te han dejado agotada, ¿no? —dijo papá—. Te mereces un buen descanso. —Se inclinó hacia mí y me dibujó la cruz en la frente—. Me he comprometido a acompañar a algunas señoras hasta Oak Park, así que no te puedes llevar el coche, pero no quiero que camines sola hasta casa. —Papá miró al fondo de la sala—. Daniel —llamó.

—No, papá. No seas ridículo. —Sentí una oleada de ira contra mi padre. La cruz que me había marcado en la frente parecía quemarme la piel. ¿Por qué me lo ponía tan difícil?—. No está tan lejos.

—No te vas a ir caminando sola en plena noche. —Papá se volvió hacia Daniel, que había venido hasta nosotros—. ¿Serías tan amable de acompañar a mi hija a casa?

—Claro, pastor.

No valía la pena protestar, así que dejé que Daniel me acompañase hasta la entrada de la parroquia. En cuanto la puerta del aula se cerró, me aparté de su lado.

—Ya está, puedo hacer el resto yo solita.

—Tenemos que hablar —dijo Daniel.

—Ya no puedo hablar contigo. ¿Es que no te enteras?

—¿Por qué? —preguntó—. Dame una buena razón y te dejaré en paz.

—¿Una buena razón? —¿Era ésa la misma persona que me había contado que era un hombre lobo? ¿Y la misma que admitió haberle hecho todas esas cosas horribles a mi hermano?—. ¿Te parece Jude una buena razón? —Alcé los brazos y salí pisando fuerte hacia el perchero que había cerca de la salida.

—Jude no está aquí —replicó, y me siguió.

—Basta, Daniel. Ya está bien. —Bajé la vista a los botones de mi abrigo. ¿Por qué no conseguía meterlos en el ojal adecuado?—. No puedo hablar contigo, ni estar contigo, ni ayudarte, porque me das miedo. ¿Te parece ésa una buena razón?

—¿Grace? —Intentó cogerme una de las manos, que me habían empezado a temblar.

Me las metí en los bolsillos.

—Déjame marchar, por favor —insistí.

—No hasta que te diga... Tienes que saberlo. —Se agarró el colgante con las dos manos y, como si fuese a solucionar todos los problemas del mundo, añadió—: Te quiero, Grace.

Di un paso atrás. Sus palabras me sentaron como una puñalada en el corazón. Eran todo lo que deseaba escuchar y todo lo que esperaba que nunca dijese. Y no solucionaban nada. Retrocedí un poco más, hasta que mi espalda chocó contra las grandes puertas de roble de la parroquia.

—No digas eso. No puedes.

—Te doy miedo, ¿verdad? —dijo Daniel, dejando caer las manos.

—¿Y no es eso lo que querías?

Bajó la cabeza.

—Gracie, déjame arreglar lo que he hecho. Es lo único que quiero. Sólo me importas tú.

Quería perdonar a Daniel, con todas mis fuerzas, pero incluso después de haber escuchado lo que había dicho papá, no sabía cómo. No era tan fácil como apretar un botón y olvidar todo lo que le había hecho a mi hermano. No podía olvidar que su confesión de amor significaba que algo dentro de él quería matarme. Pero tampoco podía dejar de quererlo y punto; no podía evitar el deseo de besarlo y estar con él.

¿Cómo iba a salir adelante si lo veía cada día? Sabía que en algún momento acabaría cediendo y, entonces, lo perdería todo.

Empujé el pestillo de la puerta.

—Si de verdad te importase, te irías de aquí.

—Es que le he dicho a tu padre que te acompañaría a casa.

—Quiero decir para siempre, Daniel. Te irías de aquí para siempre.

—No te dejaré ir sola a casa —replicó.

—Pues llamaré a April o a Pete Bradshaw —dije, aunque sabía que ambos estaban en el partido de hockey.

—Si quieres, te acompaño yo. —La voz de Don Mooney resonó en el vestíbulo. Sostenía un gran trozo de *brownie* de dulce de leche en la mano y tenía la barbilla manchada de chocolate—. No me cuesta nada.

—Eso sería perfecto, Don. —Abrí la puerta—. Adiós, Daniel.

22

Alfa y omega

De camino a casa

Me aferré al peludo brazo de Don y empezamos a caminar. Mi aliento formaba una nube blanca y gruesa alrededor de mi cara y noté la presión de la migraña detrás de los ojos, pero no era eso por lo que me costaba ver. Nunca hubiera pensado que me alegraría de tenerlo como escolta, pero daba gracias a Dios de que Don hubiera estado ahí para acompañarme a casa.

Sabía que le apetecía charlar, por su modo de resoplar y suspirar, como si intentara armarse de valor para decirme algo. Ya estábamos casi en el porche de casa cuando, al fin, se decidió:

—¿Vendrás con nosotros mañana a hacer los repartos?

—No. —Me limpié la cara, intentando ocultar las lágrimas que durante tantos años había logrado contener—. Mañana celebramos el baile de Navidad, y tengo una cita.

—Ah, qué pena... —Dio una patadita al escalón del porche—. Esperaba que estuvieras ahí.

—¿Por?

—Quería que lo vieras —explicó—. He comprado treinta y dos jamones de Navidad para donar a la parroquia.

—¿Treinta y dos? —¿Por qué eso hacía que las lágrimas se formasen aún más rápido?— Pues te han debido de costar una fortuna.

—Toda mi paga de Navidad y un poco más —admitió—.

Este año, en lugar de comprar regalos quería ayudar a los más necesitados.

—Eso es estupendo. —Sonreí porque sabía que, técnicamente hablando, el mismo Don encajaba en la categoría de «necesitados».

—Y tengo una cosa para ti. —Don hurgó en el bolsillo—. El pastor dice que tengo que esperar hasta el día de Navidad, pero es que quiero dártelo ahora. Espero que te haga sentir mejor. —Abrió su enorme puño y me ofreció una pequeña figura de madera.

—Muchas gracias. —Me sequé las últimas lágrimas que me quedaban en los ojos y examiné el regalo. Estaba tallado de manera tosca, como si lo hubiese hecho un niño, pero se veía que era un ángel con una túnica larga y suelta y alas emplumadas—. Es muy bonito. —Realmente lo era.

—Es un ángel, como tú.

Intenté borrar mi ceño fruncido, pues después de lo que le había dicho a Daniel, no me sentía en absoluto como un ángel.

—¿Lo has hecho con tu puñal? —pregunté—. Todavía no lo has devuelto, ¿no?

Don miró alrededor.

—Pero no se lo contarás a nadie, ¿verdad? ¿Me lo prometes?

—Te lo prometo.

—Eres un ángel. —Me abrazó muy fuerte, casi no me dejaba respirar—. Haría lo que fuese por ti —añadió y, al fin, me soltó.

—Eres un buen hombre, Don. —Le di unas palmaditas en el brazo, sin mucha efusividad para que no me diese otro abrazo de oso—. Gracias por acompañarme a casa. No tenías por qué hacerlo.

—No quería que te fueses a casa con ese chico. —Hizo una mueca—. Es malo y hace cosas que no están bien. Además, cuando no hay nadie cerca me llama «retrasado». —El rostro de Don enrojeció bajo la luz de la farola del porche—. No te merece. —Bajó la voz y se inclinó hacia mí, como si me fuese a contar un gran secreto—. A veces creo que a lo mejor él es el monstruo.

Las acusaciones de Don me sorprendieron, excepto la parte del monstruo. Me resultaba más fácil rechazar a Daniel sabiendo que se burlaba de Don.

—Me sabe muy mal que te trate así. No te preocupes, ya no volveré a salir con Daniel. —Me guardé la figurita del ángel en el bolsillo del abrigo.

—No me refería a Daniel. Él ayuda mucho al señor Day y a tu padre. —Don sacudió la cabeza y empezó a bajar los escalones del porche. Al llegar al camino de entrada, se detuvo y añadió—: Me refería al otro.

Esa noche, un poco más tarde

Estaba hurgando en la despensa en busca de un ibuprofeno o algo que me pudiese aliviar el dolor de cabeza, cuando oí un aullido que venía del salón. Fui corriendo para comprobar qué era y me encontré a Charity viendo su documental de los lobos. Era la misma parte que había visto el otro día, con los dos lobos saboreando su presa, y en ese momento todavía me pareció más morboso.

—¿Por qué lo vuelves a ver?

—Es que el viernes tengo que entregar el trabajo —respondió Charity. Todavía le quedaban dos días más de clase antes de las vacaciones de Navidad—. Y quería ponerme un poco lobuna antes de acabarlo.

Lobuna. Mi hermana vivía en su mundo...

Me quedé mirando la difícil situación del pequeño lobo omega, desesperado por conseguir algo de comida, pero no lo dejaban acercarse. Me dio un vuelco el corazón cuando el alfa le saltó al cuello, derribándolo sobre la nieve y gruñendo ante su cara suplicante. Entonces el pequeño omega se dio la vuelta y le mostró la panza y la yugular al alfa, se rindió ante él. ¿Cómo sería capaz de sobrevivir si lo trataban de esa manera durante toda su vida?

Pensé en Daniel, en su padre y en el modo en que le chillaba y gruñía por cualquier tontería. Recordé que cuando Daniel venía a cenar a casa, se quedaba mirando fijamente su plato mientras todos nosotros comíamos, hasta que mi padre, bromeando, le decía que no fuese tímido. Recordé sus morados y el ruido que se oía cuando su padre le pegaba hasta dejarlo inconsciente por desobedecer sus órdenes de pintar en la casa.

¿Cómo había sobrevivido Daniel al monstruo de su padre?

Pero entonces comprendí que no lo había conseguido; se había sometido al monstruo. El dolor era demasiado fuerte, y él también se había dado la vuelta y se había rendido ante él. El milagro era que hubiese aguantado tanto tiempo.

Y ahora tenía que enfrentarse a la vida siendo un monstruo como su padre, y aunque muriese no había escapatoria, estaba condenado a ser un demonio para toda la eternidad.

Me había cuestionado si ése era el destino que Daniel se merecía, pero ahora todo parecía diferente, era como admirar un cuadro de Seurat desde una perspectiva completamente distinta. Daniel había hecho algo que sin lugar a dudas estaba mal, pero ¿tenía que vivir con ese error toda la vida? ¿Nadie podía redimirlo? ¿Alguien en el mundo podía hacerlo? Eso era lo que enseñaba papá con cada sermón, y era también el significado de mi nombre: Grace, la gracia de Dios.

¿Era posible que algunas almas no pudiesen ser salvadas? Era lo que les pasaba a los demonios, ¿no? Ángeles caídos, condenados al infierno para siempre. ¿Había sucumbido Daniel a la sed de sangre, que era un acto irredimible, y se había convertido también en uno de esos ángeles caídos? Pero quizás él no fuese un demonio, puede que el demonio sólo estuviese dentro de él. ¿Estaba el lobo aprisionando el alma de Daniel entre sus garras, en una especie de limbo, para alejarlo de la salvación?

Daniel mismo había dicho: el lobo tenía prisionera a su alma.

¿Y eso no significaba que había un precio que se podía pagar? ¿Se podía hacer algo para liberar su alma y hacer que Daniel fuese como el resto de nosotros y pudiese así vivir en la gracia de Dios en lugar de en la oscuridad?

Papá me había dicho que él ya no podía ayudar a Daniel, que ya no estaba en sus manos; pero no había dicho que eso no fuera posible y que no existiese ninguna cura. Por el contrario, me entregó el libro, lo dejó en mis manos y me dijo que yo tendría que elegir.

Corrí escaleras arriba hasta mi habitación y abrí el cajón de mi escritorio: el libro no estaba. El corazón me latía a martillazos. Aparté todo lo que tenía encima del escritorio, esperando que el libro estuviese entre mis trabajos del colegio. Saqué las mantas y almohadas de la cama. ¡Tenía que estar en alguna parte! Entonces me sentí tremendamente estúpida y agarré mi mochila. El libro estaba ahí desde que fui a la biblioteca. Lo cogí, y unas pequeñas partículas de papel se desprendieron de la tapa.

Pasé las páginas con cuidado hasta la última carta que había leído. Faltaba la mitad, que se había desintegrado en el entorno hostil de mi mochila. Mi padre y ese sacerdote me iban a matar. Pasé hasta la penúltima carta marcada, una que todavía no había leído. Al hermano de Katharine se le había ocurrido la idea de las piedras lunares, pero ¿habría encontrado una a tiempo que le impidiese ir tras su hermana? ¿Habría tenido tiempo de hallar la cura?

Oh, Katharine:
Estoy perdido.
El lobo tiene sus garras puestas en mí.

Apreté los dedos contra el libro. Quería tirarlo, pero me obligué a seguir con la lectura.

Huelo la furia y la sangre que provienen de la ciudad y me siento atraído por ello. Lo que me causaba repulsa en el pasado, ahora me abre el apetito.

El lobo se alimenta de mi amor por ti y me dice que vuelva a casa. Adjunto a esta carta una daga de plata. Si me acercase a ti en forma de lobo, por favor pídele a Saint Moon que intente matarme. Yo no tengo el coraje suficiente para quitarme la vida, pero Simon no deberá vacilar. Tendrá que clavar la daga directamente en el corazón del lobo, pues es el único mo-

do de mantenerte a salvo. Saint Moon debe proteger a nuestra gente de esta maldición.

¡Oh, Katharine! Sé que no debería pedírtelo, pero por desgracia tengo que hacerlo. Si te vieras con fuerzas, sería mejor que fueses tú quien clavase el cuchillo en el corazón de lobo, pues el profeta ciego me ha explicado que la única manera de liberar mi alma de las garras del demonio es si tú me matas. Mi lobo interior quiere destruir a la persona que más quiero para preservarse a sí mismo. Así pues, la única cura para liberar mi alma es morir en manos de la persona que más me quiere, en un acto de amor verdadero...

Ahí estaba, garabateado en tinta marrón sobre una página amarillenta, el motivo por el que todo había cambiado cuando le dije a Daniel que lo quería. Eso era lo que Daniel decía que no podría pedirme nunca y la razón por la cual dijo todas esas cosas horribles sobre lo que hizo. La razón por la que había intentado asustarme para que me alejase de él.

Aquella noche, bajo el nogal, él ya sabía la verdad. Mi padre debió de contársela esa tarde, y por eso Daniel estaba tan afligido. Temía que no hubiese cura posible para él porque pensaba que nadie lo quería, pero creo que su verdadero miedo era que yo sí lo amara.

Yo era la persona que necesitaba.

Y él nunca sería capaz de pedirme que lo matara.

23

La verdad

Treinta minutos después

Me quedé sentada con el libro abierto sobre las rodillas hasta que una araña, pequeña y marrón, se arrastró a través de las delgadas y amarillentas hojas. Se detuvo un instante y, a continuación, se subió a mi mano. No me inmuté ni la aparté. Sentía sus delgadas patas sobre mi piel mientras dejaba que avanzase por el brazo.

La araña se posó en mi hombro, a escasos centímetros de mi cara. La cogí y ahuequé la mano. Un mínimo apretón, y la aplastaría.

Me imaginé al bicho aplastado en mi palma: marrón, pegajoso y caliente.

Sentí un escalofrío y abrí la mano un poco. La araña intentó huir, así que cerré otra vez la mano para bloquear su vía de escape.

Matar estaba mal. ¿No era ésa una de las verdades básicas? «No matarás», y todo ese rollo de los mandamientos. Pero sólo se refería a las personas, ¿no?

Pensé en el señor MacArthur y en la camada de su spaniel. Pensé en *Daisy*, que sólo tenía tres patas y que era tan pequeña, se la veía tan indefensa... El señor MacArthur quería sacrificarla, por su propio bien; y eso me había parecido una mala solución, pero quizás él tenía razón. Posiblemente habría sido mejor para ella morir de esa manera, mejor que ser descuartizada por el vecino de al lado: por el Monstruo de la Calle Markham.

No obstante, de haber sido así, no habría sido mi *Daisy*.

La araña se retorció dentro de mi mano. ¿Estaba bien matar a una plaga? ¿Matar a algo peligroso? ¿Una bestia? ¿Un monstruo? Eso era totalmente distinto, ¿no? Daniel tenía un demonio dentro, y la única manera de matar al monstruo era matando a Daniel. Era la única manera de salvar su alma.

¿Pero iría yo al infierno en su lugar?

¿Me perdería?

Sacudí la cabeza. Si así fuera, el hermano de Katharine no le habría pedido a su hermana que hiciese algo así. No hubiese sido capaz de intercambiar su alma por la suya propia.

Al menos, eso creía.

Fui hasta la ventana y la abrí con una mano. Saqué la red metálica, que estaba suelta, salí por el hueco y me puse de cuclillas sobre el alero del tejado bajo el frío viento nocturno.

La araña no dejaba de moverse en mi mano, agitaba y sacudía las patas contra mi piel. De repente, noté un pinchazo en el centro de la palma y me entraron ganas de aplastarla; pero lo volví a pensar, abrí la mano y dejé caer la araña. Observé que se escabullía a toda prisa entre las tablillas hasta ponerse fuera de mi alcance.

Me salió un pequeño bulto de color rojo en el centro de la mano, pero ese escozor no era nada en comparación con lo que sentía por dentro. Quería a Daniel y probablemente era la única persona que lo había querido tanto en toda su vida. Y eso me convertía en el único ser capaz de salvarlo, pero lo que necesitaba que hiciera era imposible. Ya había vivido sin él, y cuando le dije que se fuera, creía que estaba preparada para hacerlo otra vez.

Pero ¿cómo iba a dejarlo morir? ¿Cómo podía ser yo quien lo matase?

Alcé la vista hacia la luna que colgaba por encima del nogal; estaba casi llena. A través de mis ojos borrosos, se veía demasiado brillante y de un color extraño: una luna de color rojo sangre. Le pedí un deseo, igual que hacía de niña. Le pedí que la responsabilidad recayese en manos de otra persona. Le pedí que hubiese otra solución. Y le pedí también un mundo sin oscuridad.

Pero sabía que esos deseos no se harían realidad, así que pedí otra cosa: le pedí tiempo.

24

Siempre

Martes

A pesar de que la verdad era atroz, había algo reconfortante en ella. Como si el conocer las respuestas finalmente calmase mi mente para que lograra dormir a pierna suelta por primera vez en semanas. Me desperté con el sonido de un crujido. Supuse que había sido el viento y me di la vuelta en la cama, todavía sin manta, y vi que el libro estaba abierto a mi lado. Me extrañó que mi reloj indicase que eran las dos de la mañana y que hubiese tanta luz en el exterior. Salí de la cama y abrí las persianas. El sol destellaba a través del nogal, y comprendí que había dormido hasta la tarde.

Había algo en la repisa de mi ventana: una caja de cartón blanco, el tipo de caja donde meterías un regalo. Mi nombre estaba escrito en la tapa. La cogí y su peso me sorprendió. Me aparté de la ventana y la abrí. Encontré un gran bulto envuelto en papel con una nota cuya letra reconocí de la infancia.

Gracie:

Tienes razón. Si te quiero, tengo que marcharme. Ya os he causado demasiado daño y si me quedase lo único que conseguiría sería poneros en mayor peligro. Y te quiero, así que me voy.

Pero quería que vieses que he estado intentando hacer las cosas bien. No he venido aquí para arruinarte la vida. ¿Pue-

249

des darle esto a tu padre? Si hubiese intentado dárselo en persona, no lo habría aceptado. Quería darle la suma total y cumplir así con mi obligación, pero hubiese sido un error quedarme hasta conseguirlo todo. Me he quedado un poco para comprar provisiones, pero le enviaré el resto en cuanto lo tenga.

Por favor, dile a Jude que me he ido y que nunca volveré, por su bien y por el tuyo.

Te querré siempre,

Daniel

Dejé caer la nota y desenvolví el bulto. Era un montón de billetes: miles de dólares para reponer el dinero que había robado de la parroquia. Ésa era la misteriosa «obligación» de Daniel.

¿Cuánto tiempo había tardado en reunir todo ese dinero? Y más importante aún, ¿cuánto tiempo llevaba eso en mi habitación? ¿Se habría ido ya?

Corrí escaleras abajo hasta el despacho de papá, esperando que él supiera adónde podría haber ido Daniel, pero la habitación estaba vacía. Y entonces recordé que, a pesar de que yo no tenía clase, era un día laborable. Me dirigí a toda prisa a la cocina, donde encontré a mamá sentada a la mesa haciendo cuentas.

—¿Dónde está papá? —pregunté, casi gritando—. ¿Está en la parroquia?

Mamá arqueó las cejas.

—Se ha ido con Don al centro de acogida.

—¿Qué? Pero si pensaba que eso lo harían por la noche.

—Se ve que llamaron a Don para que esta noche hiciera un turno extra en el supermercado, y como quería entregar sus jamones, papá le ha acompañado ahora.

—¿Cuándo se han ido?

—Pues hace unos diez minutos.

¡Ostras! Tardaría al menos veinte minutos en alcanzarlo.

—¿Tanto nos costaría comprar un par de teléfonos móviles? —grité, alzando las manos al aire.

—¡Grace! —A mamá se le cayó la chequera.

—Hablo en serio. La vida sería mucho más fácil, mamá. —Cogí las llaves del monovolumen del gancho y fui hasta la puerta del garaje.

—Tengo que ir a buscar a Charity al colegio —gritó.

Pero no me detuve.

Conduje en dirección a Oak Park. Qué pena que no tuviese el superpoder del olfato para poder seguir el rastro de Daniel. Estaba a medio camino de la casa de Maryanne Duke, cuando algo me dijo que ya no estaría en su apartamento. Di un giro ilegal de ciento ochenta grados y me dirigí a la calle Main. Daniel había dicho que necesitaba provisiones; quizás estuviese en el supermercado.

Dejé el monovolumen detrás de una moto en la zona de aparcamiento. ¿Era la misma moto en la que habíamos ido a la ciudad esa noche? Si así fuera, eso significaba que Daniel planeaba irse lejos, tan lejos como para no poder llegar por su propio pie. Tan lejos como para que yo no lo pudiera encontrar.

Entré corriendo en la tienda, pasé junto a varios chicos de mi colegio que estaban escogiendo las flores para el baile en el mostrador, y fui directo hasta el señor Day, que estaba en la caja.

—¿Ha visto a Daniel? —pregunté, interrumpiendo a Lynn Bishop, que estaba comprando un broche con una rosa roja y laca para el pelo.

—Acaba de dimitir, querida. Creo que se iba de la ciudad —respondió el señor Day, mirándome desde la caja registradora.

Solté un taco, y no exactamente en voz baja.

El señor Day carraspeó.

—Puede que todavía esté en la trastienda. Le he pedido que...

Pero yo ya había salido disparada hacia la puerta que tenía el letrero de «SÓLO EMPLEADOS». No había nadie en la trastienda, pero encontré una salida que daba al parking. Salí como un rayo, justo a tiempo de ver a un conductor con casco que se iba en moto.

—¡Daniel! —chillé, pero mi voz no era nada en comparación con el rugido del motor de la moto que se alejaba—. No te vayas.

Se me cayó el mundo encima, todo me daba vueltas. Me costaba respirar, me flaqueaban las piernas y deseé tener algo a lo que agarrarme para no caerme.

Pero entonces alguien me levantó antes de que me cayese sobre el pavimento. Unos brazos fuertes me rodearon y noté una respiración caliente contra mi cabello.

—No te vayas —repetí.

—Estoy aquí, Grace —dijo—. Estoy aquí.

Unos minutos después

Daniel me sostuvo hasta que recobré la respiración. Lo único que nos ocultaba de la vista de todo el mundo que pasaba por Main era un contenedor apestoso, pero no me importaba. Rodeé su cuello con los brazos y lo besé.

Me devolvió el beso. Tenía los labios firmes pero tiernos, duros y suaves a la vez. Me flaquearon todavía más las piernas.

Se apartó un poco y frunció el ceño.

—¿Ya sabes lo que eso significa?

—Sí, significa que yo soy quien te puede curar.

Se soltó.

—No, Grace. Nunca te pediría que hicieras eso, no podría pedirte de ninguna manera que me matases... —Sacudió la cabeza—. Además, es demasiado peligroso.

—No me importa. Lo haré.

—Grace, no estamos hablando de un pequeño pinchazo con un cuchillo y un poco de sangre. Tendrías que matarme, ¿lo entiendes?

—¿Te crees que no lo he pensado a fondo?

—¿De verdad lo has hecho, Grace? ¿Te das cuenta de que no sólo me tendrías que matar a mí? La carta decía que es necesario clavar el puñal en el corazón del lobo. Por lo tanto, yo debería estar por completo en forma de lobo y eso sería muy peligroso para ti. Prefiero ir al infierno antes que pedirte eso.

Di un paso atrás, dejando un espacio entre nosotros. Quizá no lo había pensado tan a fondo. Ni siquiera había contemplado ningún peligro físico por mi parte: enfrentarme a un lobo que sabía que lo quería matar.

Me acerqué de nuevo a Daniel.

—No tendrás que pedírmelo. —Lo tomé de la mano—. Haría cualquier cosa con tal de salvarte.

—¿Cualquier cosa?

—Sí.

—Pero yo no te dejaré. No puedo...

—Y entonces, ¿por qué te quedaste? ¿Por qué no te marchaste cuando descubriste cuál era la cura?

—Pues porque...

—Porque esto es lo que de verdad quieres, y esperabas que me diese cuenta de que lo necesitas.

Todo ese tiempo había estado intentando ayudar a Daniel, pero es imposible salvar a alguien que no quiere ser salvado. Ahora lo entendía, al igual que entendía muchas otras cosas.

Le apreté la mano.

—Si eso es lo que quieres, déjame que lo haga.

Daniel alzó la vista al cielo y se rascó la oreja.

—Realmente eres única, Grace. Quiero decir, no todos los días mi novia se ofrece a matarme.

—¿Tu novia?

Esa sonrisa irónica apareció en su rostro.

—¿Y ésa es la parte que te cuestionas? Pues oye, quizá debería irme antes de que pierdas la cabeza.

—No puedes irte a ninguna parte.

—Claro, porque tenemos que encontrar un lugar bonito y tranquilo donde pueda transformarme en lobo para que intentes atravesarme el corazón con un cuchillo.

—No lo digas así.

Daniel bajó la vista a nuestras manos entrelazadas.

—¿Y no te preocupa matarme? —Su voz se volvió más amarga—. ¿Podrás seguir con tu vida de siempre como si nada?

¿Seguirás saliendo con chicos como Pete, irás a Trenton sin mí, te convertirás en una artista famosa y nunca volverás a pensar en mí? ¿No te preocupa todo eso?

—No —respondí.

Apartó la mano.

—Bueno, sí... Claro que me preocupa. Ya me ocuparé de eso cuando llegue el momento. Pero todo lo demás no tiene por qué ser así. Puedes hacer todas esas cosas conmigo, bueno, menos eso de salir con Pete, claro. No tengo que matarte ahora mismo. Podemos...

—No lo entiendes —me interrumpió sin mirarme—. Tiene que ser hoy: o muero o me largo de aquí. Antes de la noche, antes de que pueda hacer más daño...

Le acaricié la mejilla con la mano. Se apartó.

—No lo hiciste tú —dije—. Lo de Maryanne, James y Jessica Day, me refiero. No fuiste tú, ¿verdad?

—No, no fui yo —repuso, acariciándose el colgante.

—Y tienes la piedra lunar, así que puedes vivir una... vida casi normal. Incluso puedes utilizar tus dones para ayudar a la gente, si quieres. No tenemos que hacerlo hoy. En algún momento, sí... pero no ahora mismo. —Aplazarlo, sin tener que enfrentarme a la realidad de veras, me ayudaba a no perder la cordura—. Y por eso no me puedes abandonar, tenemos que estar juntos para que yo esté allí cuando se tenga que hacer. Pero dame un poco más de tiempo, y liberaré tu alma antes de que mueras.

—Grace, ojalá fuese tan simple. Tiempo es precisamente lo que no tenemos. No podemos aplazarlo de forma indefinida, pues hay más de una persona que me quiere ver muerto. Y si me mata alguien que no seas tú...

—¿Quién? ¿Quién quiere matarte? —Sentí ganas de retorcerle el cuello a esa persona con mis propias manos, me importaban un comino las consecuencias morales.

—Mi padre, por nombrar a uno. —Daniel tenía los ojos abiertos como platos, parecía un niño asustado.

—¿Está aquí? ¿Ha vuelto? ¿Ha sido él quien...?

—No —repuso Daniel—. Lo último que supe de él es que

estaba en algún lugar de Sudamérica. Si estuviese cerca, yo lo sabría.

—Y entonces, ¿por qué estás tan preocupado? Ya podremos ocuparnos de todo esto cuando sea necesario, sólo te pido un poco más de tiempo para que podamos vivir el momento.

Daniel suspiró, a modo de resignación. Me abrazó y me apoyó la cabeza sobre su pecho. Oí los latidos de los dos corazones que palpitaban bajo su piel. El pulso más lento parecía más cercano a mi oído y el rápido latía con fuerza detrás del primero.

—¿Tu corazón humano está delante del corazón del lobo? —pregunté.

Daniel hizo un ruido como si se sorprendiera de que hubiera notado que tenía más de un corazón.

—Sí, pero sólo cuando estoy en forma humana. Cuando estoy en la de lobo, su corazón toma la posición dominante. De todas maneras, está siempre conmigo, es parte de mí.

Y por eso tenía que apuñalarlo mientras estaba en forma de lobo, para garantizar que el corazón del monstruo recibiese el golpe de lleno.

—¿Qué quería significar la carta cuando decía «en un acto de amor verdadero»? —quise saber. Si algún día iba a matarlo, quería asegurarme de que entendía bien cómo tenía que hacerlo—. La carta explicaba que la cura sólo funcionaría si la persona que más te amaba te mataba «en un acto de amor verdadero».

—Creo que quiere decir que la intención tiene que ser pura —susurró Daniel sobre mi cabello—. No puede hacerse por miedo, odio o por coacción. Tiene que ser un acto de amor sincero y puro.

—Nada de miedos. —Me imaginé sola frente a un lobo monstruoso. ¿Sería capaz de hacerlo? No tenía otra opción—. Sólo amor —dije, y enterré esos otros pensamientos.

—Sí —afirmó Daniel—. Morir en manos de un amor verdadero.

Me apretó fuerte contra él y cuando me soltó, la zona de aparcamiento se había vaciado y llenado de nuevo con otros coches. Me pasó las manos por el cabello y me besó la frente.

—Puedes hacerlo mucho mejor —susurré, y me puse de puntillas para que me diese un beso de verdad.

Daniel apartó la cara.

—¿Y qué pasa con tu hermano?

—A él no quiero besarlo —dije, y le di un besito en la barbilla.

—Es que está aquí. —Daniel respiró hondamente—. Puedo olerlo.

—Vale, incluyamos eso en nuestra lista de «Las diez cosas que no diremos mientras nos liamos». Los superpoderes molan y más aún, pero no son muy románticos, ¿sabes? Por otra parte, seguro que Jude sólo ha venido a comprar el ramillete de April para el baile... Oh, mierda.

Daniel se puso tenso.

—¿Qué pasa?

—Pues que se supone que esta noche voy al baile con Pete. Íbamos a compartir coche con April y Jude.

—No. —Daniel se soltó—. Esta noche no puedes salir, tienes que cancelarlo.

—Sabes que no puedo hacer eso. Seguro que Pete ya se ha gastado un montón de dinero, es un buen chico, no puedo dejarlo tirado...

—Pete no es tan bueno como crees —refunfuñó Daniel.

—¿Estás celoso? Pero si Pete no es más que un amigo —dije, riendo.

Daniel me agarró de las caderas.

—Pues claro que estoy celoso, Gracie. Me acabas de decir que me quieres y vas a salir con otro chico. Pero de verdad que esto es más importante que mis celos. Si no me voy, tendrás que quedarte en casa. Ya tengo bastantes cosas de las que ocuparme, no puedes estar de paseo por ahí. Esta noche no.

—¿Y qué pasa esta noche?

—Luna llena —repuso, bajando la mirada.

—¿Luna llena? —Miré la media luna grabada en su colgante—. Tienes miedo de...

—Incluso con esta piedra lunar, resulta difícil controlar al lobo a la luz de la luna llena porque es cuando más percibe mis sentimientos. —Se mordió el labio—. Siempre me esfuerzo al máximo para no transformarme en lobo, pero a pesar de que ahora puedo controlar mis acciones, me da miedo concederle al lobo tanta libertad de movimiento. Desde que he vuelto, sólo me he transformado dos veces. La última fue cuando buscaba a James. La luna estaba menguando, así que me sentí seguro permitiendo que el lobo tuviese un poco de libertad. Pero la primera vez... fue la última noche de luna llena. Esa vez tuve miedo, pues antes de que me diese cuenta, ya me había transformado y estaba a kilómetros de distancia de mi piso de Markham. —Daniel me miró—. ¿Te acuerdas de la última noche de luna llena?

—No. —¿Adónde había ido a parar el mes anterior?

—Fue el primer día que te volví a ver. —Daniel dejó caer las manos de mis caderas, pero no se apartó—. Tu padre me había pedido que me mantuviese alejado de ti y de Jude hasta que solucionásemos mi situación, pero no pude evitarlo. Creo que él también sabía que no podría y que simplemente estaba cumpliendo su obligación paterna. —Daniel se miró la palma de las manos—. Siempre me has gustado, Grace. Pero no sé si lo sabías.

—¿En serio? —El corazón me latía con fuerza.

—El día que te fuiste a casa con ese cachorro enano de tres patas comprendí que no había nadie parecido a ti. Gabriel me dijo que buscase a alguien que me quisiera y deseé que si había alguien en el mundo que fuese capaz de amarme esa persona fueras tú.

»Así que cuando vi tu nombre en la clase de Arte, sentí tanta curiosidad... Te recordaba como una niña intrépida, increíblemente bondadosa y muy, pero que muy mandona, y no pude evitar provocarte un poco. Pero cuando te miré y vi que te habías convertido en una chica increíblemente guapa y fuerte, sentí como si algo se despertase dentro de mí.

En aquel momento retrocedió un paso, como si necesitase poner distancia entre nosotros.

—Era la primera vez que sentía algo así —continuó—, ni siquiera sabía que fuera capaz de sentirme de esa manera... pero el lobo también lo sintió. Y cuando salió la luna llena me dijo que saliese a buscarte, que no podía mantenerme alejado. Incluso intenté encerrarme con llave en mi habitación, pero no funcionó. Y como te he contado, ya estaba casi en tu casa cuando entré en razón. Tenía más control, pero de todas maneras no podía irme, tenía que volver a verte.

Me quedé boquiabierta.

—Te vi, eras ese perro, o lobo, que estaba sentado bajo el nogal observándome.

No sé por qué me sorprendió que lo hubiera visto en forma de lobo. Supongo que me había imaginado una especie de mezcla grotesca de hombre y bestia, pero el perro que había visto era hermoso y grande, y ahora me daba cuenta, mucho más grande que cualquier otro perro que hubiera visto antes. Y era elegante y majestuoso, como la escultura del lobo junto a Gabriel que había en el Jardín de los Ángeles.

—Entonces, tienes miedo de que ahora que sabes que yo soy la persona, el lobo venga a por mí, ¿no? —Sonreí, intentando aligerar el ánimo—. Bueno, pues al menos sé que tendré una noche libre para mí al mes.

—Tres —replicó Daniel—. Tendrás tres noches de las que preocuparte.

—¿Y eso?

—Técnicamente, la luna está llena durante tres noches. También vine a buscarte la tercera noche de la última luna llena. Esta noche será la primera de este mes.

—¿Entonces tendré tres noches para mí? Pues todavía mejor, supongo. Las relaciones nuevas pueden exigirte mucho tiempo a veces. —Me encogí de hombros e intenté reír.

Daniel no se rio.

—Ojalá sólo me tuviese que preocupar de dejarte sola. Si me quedo aquí y si vamos a estar juntos, esta noche tengo otras cosas de las que ocuparme. Y por eso tienes que quedarte en casa. Por favor, Gracie, no vayas al baile, ni a la cena, ni a ninguna parte con Pete y tus amigos. Esta noche no puedo distraerme y necesito que estés a salvo.

—Es que no puedo cancelarlo sin más.

—Por favor, Grace, hazlo por mí. Hablo muy en serio. —Me envolvió en sus brazos y me apretó contra él con apremio—. Prométeme que te quedarás a salvo. —Y entonces me besó como lo había hecho bajo el nogal, como si su vida dependiera de eso.

—Vale. —Cedí, y me hundí en sus brazos.

25

El otro

Antes del baile

¿Qué pasa con las promesas? «Deberían estar prohibidas.» En serio, iré al infierno por ésta, pensé mientras April me colocaba la última horquilla en el recogido.

—Estás increíble —me dijo.

Había intentado cumplir la promesa que le había hecho a Daniel. De verdad. Lo primero que hice al llegar a casa fue llamar a April. Pensé que el golpe no sería tan duro para Pete si lograba convencerla para que lo llamase por mí y le dijese que tenía la varicela o algo igual de contagioso. Pero no, había sido un error.

—¡No puedes hacerme esto! —chilló April a través del teléfono. Oí el barullo del centro comercial. Acababa de hacerse la manicura en Nails 18 y hacía malabarismos con el teléfono para no estropearse las uñas—. No te lo perdonaré nunca —dijo, muy en serio—. ¿Tienes la más remota idea de lo que esto significa para mí? Si no vienes, me arruinarás la vida.

La madre de April, que siempre había sido una madre bastante ausente, la estaba controlando más y más a medida que los días iban pasando y la policía seguía sin encontrar a Jessica Day. Sólo dejaba que Jude fuese a su casa para «estudiar», y le había dado permiso para ir al baile con la condición de que compartiese coche con Pete y conmigo. April tenía que ir directo a la cena, después al baile y, luego, de vuelta a casa, sin ningún tipo de parada inesperada por el camino.

—Pero es que no me encuentro bien. No puedo ir.

—No es verdad. Si me acabas de decir que ésa era la excusa que le darías a Pete.

Mierda.

—Por favor, por favor, por favor. Hazlo por mí. Me moriré si no voy al baile con Jude —suplicó.

—Bueno, si es una cuestión de vida o muerte... —dije entre risas.

—Gracias, Grace. ¡No te arrepentirás!

Eso esperaba.

Sólo iríamos a cenar y después al baile, sin paradas inesperadas por el camino. Daniel no sabría que yo no pasaba la noche encerrada en mi habitación y no lo distraería ni correría peligro.

Pero, en serio, ¿por qué nunca aprendía la lección?

April me colocó un mechón rizado a un lado de la mejilla de manera estratégica.

—Pete va a flipar cuando te vea.

«Espero que no», pensé, pero sonreí y le di las gracias de todas formas.

La verdad es que a April un poco más y le da un patatús cuando llegó a casa y vio el desastre que me había hecho en el pelo, con una combinación de laca y espuma. No entendía por qué me temblaban tanto las manos, pues no estaba nerviosa en absoluto por mi cita con Pete.

—Pareces una reina de belleza de los años ochenta —comentó, y me hizo sentar de nuevo frente al tocador.

—¿Y eso ya no se lleva este año?

A través del espejo vi que April ponía los ojos en blanco mientras intentaba arreglar el desastre. Y tengo que admitir que cuando acabó estaba condenadamente guapa. Qué bien que los chicos se estuviesen retrasando o, de lo contrario, mi peinado los habría asustado.

Me puse de pie y examiné mi imagen en el espejo de cuerpo entero. Durante los exámenes finales, April me había arrastrado a una boutique de Apple Valley. Yo no estaba de humor para ir de compras, así que dejé que April escogiera el vestido por mí, y lo había comprado sin tan siquiera probármelo. Pero debía admitirlo: una vez más, mi amiga había hecho un gran trabajo. Me encantaba el modo en que el vestido de satén blanco se me pegaba a la piel, y todavía me gustaba más cómo me quedaba en combinación con mis ojos color violeta y el cabello oscuro tan bien arreglado. Con aquel canesú, ceñido y entallado, daba la impresión de que tuviera pecho; pero mis partes favoritas eran el toque de color de la faja violeta, que hacía que mi cintura pareciese increíblemente pequeña, y la fina capa de esmalte de uñas del mismo tono en los dedos de los pies, que April había escogido por mí en el centro comercial.

Di una vuelta, femenina y coqueta, frente al espejo. Qué pena que Daniel no fuese a verme vestida así.

Lo único de lo que no estaba segura era de los finos tirantes, pues mamá era bastante estricta con el tema de las mangas cuando de mi ropa se trataba, pero había estado tan ocupada con sus turnos de noche en la clínica que ni siquiera me había pedido que le enseñase el vestido cuando me lo compré.

Me acaricié los hombros desnudos y me estremecí.

—No te preocupes —dijo April—. Te he comprado un chal, pero lo he dejado abajo para que no te lo tengas que poner hasta que Pete te vea.

—Pues no sé si es muy buena idea...

Sonó el timbre de la puerta.

—¡Que empiece la función! —April entornó los labios que se había pintado de rosa, a juego con el tono de su vestido, me tomó de la mano y me condujo hasta las escaleras, donde podríamos hacer nuestra «aparición estelar».

Jude, que había accedido a prepararse en casa de Pete para que April se pudiera arreglar en casa, parecía de mal humor, pero tremendamente elegante e interesante en su traje negro. Sostenía un ramillete de cinco rosas rosadas para April. Y Pete, que llevaba una americana azul marino y pantalones de vestir de color canela, se llevó los dedos a los labios y soltó un largo silbido de aprobación cuando nos vio.

Sentí calor y picor en mis hombros desnudos y vislumbré cierta seriedad en el rostro de mi madre.

—Dime que tienes un chal —dijo, al mismo tiempo que Pete me saludaba con un beso en la mejilla.

—Está en el salón, con mi bolso —intervino April.

Cuando mamá fue a buscarlo, Pete se inclinó y me colocó un ramillete de rosas de color violeta pálido en la muñeca.

—Estás divina —me susurró al oído, y entonces me besó de nuevo en la mejilla, tan abajo que ya era casi mi cuello. Olía a una dosis extra de desodorante con especias, con un extraño toque dulce que no pude identificar.

Me alejé un paso de él y dejé que mi madre me cubriese bien los hombros con el chal de color violeta.

—Tienes suerte de que tu padre no haya llegado todavía, jovencita —me dijo mamá al oído—. O no saldrías así de ninguna de las maneras.

Una parte de mí deseó que papá ya hubiera vuelto. Me sentía mal por asistir a esa cita, y no sólo por mi promesa rota. No me incomodaba lo más mínimo que Daniel me besara así, pero con Pete era diferente. Mientras mamá nos hacía algunas fotos, percibí algo en su mirada que me hizo estremecer. Era la misma mirada que ponía cuando jugábamos al hockey con los chicos en el callejón, como si Pete estuviese decidido a ganar a cualquier precio.

Desfilamos hasta el coche. Pete me apretó contra su costado y se despidió de mi madre con un gesto de la mano. Me alegró que todos fuésemos juntos en el Corolla.

—Ostras, ¿es ésa la hora? —pregunté, cuando reparé en el reloj del salpicadero—. ¿Llegaremos a tiempo para el baile después de cenar? —Eran casi las siete, y los chicos habían elegido un restaurante en el área de negocios de la ciudad. Cuando llegásemos, nuestro grupo ya casi habría terminado de comer. Y la perspectiva de estar fuera de casa hasta tan tarde hacía que mi promesa rota fuera todavía más grave.

—Sí, chicos —añadió April—, habéis llegado supertarde.

—Y tengo un hambre que me muero —gruñí, intentando disimular la verdadera razón por la que estaba contrariada por la hora.

—A mí no me miréis —dijo Pete—. Es como si a Jude se le

hubiera olvidado el camino a casa desde la floristería o algo así, porque ha tardado tres horas en llegar con vuestros ramilletes.

April miró a Jude, quien no alegó nada en su defensa. Dejé de quejarme, lo único que deseaba era que no se pasara toda la noche encerrado en su caparazón.

Pete me pasó el brazo por la espalda y, a pesar de que hacía una noche especialmente cálida, se me puso la piel de gallina. No soplaba viento, y no hacía suficiente frío como para necesitar un abrigo, lo que el hombre del tiempo había descrito como la «calma antes de la tormenta», pues todos sabíamos que la ventisca que se producía cada Navidad blanca estaba a la vuelta de la esquina. A pesar de ese calor fuera de temporada, Jude tenía la calefacción a tope, así que me dejé el chal sobre los hombros y me lo apreté contra el pecho.

Quizá fuese la seriedad de Jude, o el repentino silencio de April, o las esporádicas miradas de soslayo de Pete, o la luz de la luna llena que brillaba a través de las ventanas, pero el aire del interior del coche me pareció demasiado denso, demasiado consistente. Me temblaban los brazos de nervios y el corazón me latía muy rápido, como si esperase ansiosa que sucediera algo.

Cuando salimos del coche, agradecí el aire fresco. Me apetecía quedarme un rato en la zona de aparcamiento, pero los otros se apresuraron a unirse al resto del grupo. Respiré hondo, dejando que el aire me penetrase hasta que vi que algo se movía en las sombras más allá del entoldado del restaurante. No esperé a ver qué era y entré a toda prisa.

Durante la cena mi ansiedad creció. Antes de que me uniese al grupo, Pete me había pedido un filete poco hecho, aunque Jude le podría haber avisado de que me gustaba muy hecho, casi pasado.

—Es que me ha parecido que era una de esas noches de carne roja —explicó Pete con un guiño y una sonrisa de «triple amenaza». Volvió esa sonrisa hacia la camarera, a quien seguidamente intentó convencer para que le trajera una copa de vino.

Pero cuando ésta le dedicó una sonrisa que decía «buen intento, chaval» y sugirió traerle otra Coca-Cola, la llamó algo poco cortés en voz baja.

Lo miré con sorpresa, no estaba segura de si lo había oído bien.

—No te preocupes, tío —intervino Brett Johnson, que estaba sentado al lado de Lynn Bishop—, lo tengo todo controlado. —Brett le pasó algo envuelto en una servilleta de tela a Pete.

Y cuando Pete desenvolvió el frasco dorado, le sonrió con complicidad.

Mientras vertía lo que parecía la mitad del contenido de la botella en su Coca-Cola, me pregunté si de verdad conocía bien a Pete. Había sido mi pareja de laboratorio y mi compañero de estudios desde agosto, y hacía un par de años que Jude era amigo suyo, hecho que solía otorgar una aprobación automática en mi cabeza. No obstante, Daniel había intentado convencerme más de una vez de que Pete no era tan buen chico como parecía, y Don no había querido que cierto chico me acompañase andando a casa. Alguien a quien llamó «el otro». Y yo había mencionado el nombre de Pete antes de que Don se ofreciera a acompañarme hasta casa, ¿no?

Pete me ofreció el frasco de olor amargo.

Lo rechacé, y Pete se encogió de hombros.

Seguidamente, Lynn Bishop resopló con sarcasmo y dijo:
—Era de suponer.

Estaba a punto de preguntarle cuál era su problema cuando vi que Pete le pasaba el frasco a Jude, quien en lugar de rechazarlo como yo esperaba, vertió un poco de su contenido en su botella de Sprite. Tuve que hacer uso de toda mi capacidad de autocontrol para no gritarle delante de sus amigos, pues no quería arruinarle la noche a April. Suerte que ella se había ido al lavabo con otras chicas y no se enteraría de lo que Jude acababa de hacer.

Cuando llegaron nuestros entrantes el resto del grupo ya se había acabado el postre, excepto Brett y Lynn, que habían llegado igual de tarde que nosotros. Los que habían acabado se despidieron, prometieron esperarnos a todos antes de tomar las fotos de grupo y se marcharon. A medida que la cena avanzaba, Pete hablaba cada vez más alto, y cuando se puso a describir el partido de hockey de la noche anterior con todo detalle, balanceó los brazos de tal manera que me golpeó el hombro un par de veces. Aunque Jude se había puesto el mismo alcohol en su bebida, no se relajó como Pete. Al contrario, con cada sorbo se ponía más tenso y firme, como una estatua.

Después de pagar la cuenta, Jude se levantó y se dirigió al fondo del restaurante. Me levanté para seguirlo, pero Pete me agarró del brazo y deslizó su mano hasta mi codo.

—No tardes mucho, cielo. —Y me mostró los dientes con una sonrisa ávida y grande.

«A veces creo que él es el monstruo», me susurró la voz de Don dentro de la cabeza.

Descarté esa idea, no tenía ningún sentido. Pete estaba demostrando que era un gilipollas, pero no un monstruo. De todas formas, Daniel había tenido miedo de algo, algo que podía pasar esa noche durante la luna llena, y no quería que saliese con Pete...

A pesar de mis nervios, casi me pongo a reír. ¿Qué posibilidades había de que dos hombres lobo estuvieran prendados de mí? Como si yo fuera algún tipo de imán para los monstruos. ¿Acaso llevaba un cartel en la espalda que decía «¡MUÉRDEME, ESTOY DISPONIBLE!»? Me quité también esa idea de la cabeza y le dije a Pete que estaría de vuelta en un minuto.

Los ojos no le brillaban cuando me miraba, ni parecía poseído por ningún lobo. Lo único que ardía dentro de él era pura testosterona.

El pasillo que conducía a los lavabos estaba muy poco iluminado, y oí unas voces enojadas al fondo. De hecho, una de las voces que sonaba irritada se parecía mucho a la de mi hermano, pero la otra era más suave, acobardada y, sin lugar a dudas, de mujer. Aceleré la marcha para ver qué sucedía y me encontré a Jude acorralando a Lynn Bishop en una esquina. Le estaba chillando y agitaba un dedo delante de su cara.

—Si tienes algún problema con Grace —espetó Jude—, pues vienes a hablar conmigo antes de esparcir tu veneno por el colegio, ¿me entiendes?

Lynn asintió con un movimiento de cabeza; por una vez en su vida se había quedado sin habla.

Apreté los puños.

—Si tiene algún problema conmigo, creo que yo debería ser la primera en enterarme.

Jude se volvió y suavizó su postura.

—Ya está, Grace, no pasa nada. Ya me ocupo yo, vuelve a la mesa.

—¿Y qué te da derecho a ocuparte de mis cosas por mí? Puedo cuidar de mí misma —repliqué, con las manos en la cintura.

—Pues parece ser que no te está saliendo muy bien.

—¿Qué quieres decir con eso? —pregunté. Vi que Lynn se escabullía, seguro que le quería contar nuestra conversación vía *sms* a todo el mundo desde una distancia segura—. Pues, ¿sabes qué? Que me da igual. —Me colgué el bolso al hombro y me di la vuelta para salir de ahí.

—¿No quieres saber lo que dice de ti? —me gritó Jude a la espalda—. ¿Es que no quieres saber lo que todo el colegio cuchichea sobre ti?

Me volví.

—Pues no, y menos de tu boca y en este momento, pues estoy bastante segura de que tiene algo que ver con Daniel. Y no importa lo que diga, no me creerás porque hace tiempo que decidiste qué pensar de él, ¿verdad? —Apreté los labios—. Sigues insistiendo en que todo irá bien si me alejo de él, pero nada irá mejor hasta que tú mismo te enfrentes a todo el odio que sientes.

—¿Te estás poniendo de su parte? Pues entonces puede que los rumores sean verdad.

—¿Y qué si lo son? Amo a Daniel. He intentado evitarlo por tu bien, pero no puedo dejar de querer a alguien sólo porque tú no puedas perdonarlo. —Bajé la voz. Me temblaban los labios—. Crees que tú eres el bueno, ¿no? Pues papá dice que el buen hijo es el que corre mayor peligro.

Jude se tambaleó como si le hubiera pegado un puñetazo en el estómago. Me acobardé y corrí al lavabo de señoras antes de que pudiera replicar.

En el coche

Me quedé en el lavabo hasta que April vino a buscarme. Parecía más preocupada que enfadada, y me alegré de que no dijese que le había arruinado la noche, pues ya me sentía suficientemente culpable. Nos apiñamos en el Corolla. Insistí para que me dejaran conducir, y Jude cedió sin rechistar. Nos dirigimos de nuevo hacia Rose Crest para ir al baile, aunque era el último sitio al que me apetecía ir. Lo único que quería era acurrucarme en la cama y esperar a que el día se tragara la luna llena y pudiera estar con Daniel otra vez.

De camino nadie abrió la boca, excepto Pete, que se quejaba sin cesar de que le habían cobrado más de la cuenta por los refrescos, lo que no era exactamente el tipo de preocupaciones de alguien que luchaba con su demonio interior. Intenté no pensar en monstruos ni en lobos, y me concentré en cómo sobrevivir a la tortuosa noche que tenía por delante. Al menos íbamos a llegar al baile poco antes de que acabase y nos podríamos ir pronto a casa.

Pero cuando tomé la calle Main de camino al colegio, vi una fila de coches de policía frente al Day's Market. Las luces azules y rojas proyectaban unas sombras siniestras sobre el toldo verde de la tienda.

—Esos polis son de la ciudad —observó April, y sacó la cabeza por la ventana como un cachorro—. ¿Qué habrá pasado?

Detuve el coche delante de Brighton's, que estaba al otro lado de la calle, en diagonal con Day's. Era lo máximo que nos podíamos acercar, pues un agente uniformado estaba colocando una cinta que prohibía el paso en la entrada del aparcamiento del supermercado, y unos cuantos mirones revoloteaban alrededor. Todavía no había corrido la voz, de lo contrario, medio pueblo estaría allí reunido.

—Ahí está Don —indiqué, señalándolo.

Retorcía su delantal del Day's Market entre sus gigantescas manos, mientras hablaba con un hombre trajeado de cabello oscuro. El hombre le dio una palmadita en la espalda a Don y entró en la tienda.

—¿Y dónde está el señor Day? —preguntó April.

«¿Dónde está Daniel?», me pregunté. Él me había dicho que acabaría tarde porque el señor Day le había prometido una bonificación del cincuenta por ciento si no dejaba el trabajo hasta pasadas las Navidades, aunque también me había dicho que esperaba haber terminado antes de que cayese la noche. Seguro que ya se había ido, pero adónde; no tenía ni idea.

¿Acaso era esto lo que le preocupaba? ¿Era lo que quería evitar? ¿El hecho de que yo hubiese salido de casa había desencadenado todo esto?

Quité las llaves del contacto.

Pete me agarró de la mano.

—Vayamos al baile y punto, o nos perderemos lo que queda.

—Sí —dijo April—, puede que lo mejor sea que nos vayamos—. Advertí un lloriqueo agudo, como de perro, en su voz—. Le prometí a mamá que no me detendría en ningún sitio.

Pero yo abrí la puerta y salí.

—¡Don! —grité.

Alzó la vista. Su rostro estaba distorsionado por las sombras. Cruzó la calle y a medida que se aproximaba, vi que tenía los ojos hinchados y enrojecidos.

—¿Señorita Grace? —Se acercó hasta el coche—. No deberías estar aquí, no es seguro.

—¿Qué ha pasado? —Bajé la voz para que los otros no oyeran.

—Ha estado aquí —respondió, mirando hacia la tienda.

—¿Quién ha estado aquí? —preguntó Jude, que de repente estaba a mi lado.

April salió del coche y se quedó detrás de él.

—El monstruo —gimió Don—. El Monstruo de la Calle Markham. Ha... Ha... —Don estrujó su arrugado delantal.

—¿Qué ha pasado, Don? —Le puse la mano en el brazo—. Puedes contármelo. Todo irá bien.

—La ha matado.

—¿A quién? —interrogó Jude.

—A Jessica —sollozó Don—. Estaba sacando la basura... y encontré su cuerpo. Estaba detrás del contenedor.

Ahogué un grito. «¿Dónde está Daniel?» ¿Sabía él que habían encontrado un cadáver justo allí donde pocas horas antes nos habíamos estado besando?

—¿Seguro que era Jessica? —quiso saber Jude.

Don asintió.

—Tenía la cara llena de arañazos, no hubiese sabido que era ella si no llega a ser por el pelo. Cuando los polis vinieron para comunicarle al señor Day que había desaparecido, dijeron que tenía el pelo teñido de verde.

—¿El pelo verde? —«¡Aquella chica!», pensé. La que me embistió en la fiesta. La que tenía todos esos piercings, y los ojos enormes y el pelo teñido de verde. Claro que la conocía de algo—. Oh, Dios... La vi... La vi la noche en que desapareció.

—¿Dónde? —inquirió April.

—En el piso de Da... —Me callé cuando vi que Jude me miraba fijamente—. En alguna parte, en la ciudad.

—¿En el piso de Daniel? —Jude me agarró del brazo—. Estaba en el piso de Daniel en la calle Markham, en esa asquerosa fiesta, ¿no?

—¿Qué? ¿Pero cómo sabías que...?

—Entonces, ¿es cierto? —Jude me retorció la muñeca—. Ella estaba ahí, ¿verdad?

—Sí —admití—. Pero Daniel no ha tenido nada que ver con todo esto. Me dijo que...

—Te dijo algo y tú le creíste sin más, ¿verdad? —Jude hundió los dedos en mi brazo como si fueran dientes—. Sí, está claro, te crees todo lo que te cuenta, ¿no?

—Ya basta —intenté decirle en el mismo tono que utilizaría mi padre, pero Jude apretó los dedos todavía más.

—No lo entiendo —intervino Pete desde el otro lado del coche—. ¿Crees que Kalbi la ha matado?

—No fue Daniel —dijo Don. Bajó la voz como si quisiera explicarme algo sólo a mí, pero su susurro fue más bien un grito—. Fue el monstruo, señorita Grace. —Miró por encima de mi cabeza en dirección a Pete—. Y también fue el monstruo quien se llevó a James. Tu padre y yo hemos parado en la comisaría de la ciudad para pedir los resultados de los análisis de sangre, pero dijeron que no habían conseguido ningún resultado, que ni siquiera podían determinar si la sangre pertenecía a un humano o a un animal. Seguro que fue el monstruo.

—¿Ves? —A Jude le temblaba la mano y me soltó el brazo—. ¿Lo ves? Es él.

—No —repliqué—. No puede ser. Tiene que ser otra persona.

Jude se abalanzó sobre mí y me agarró los hombros.

—Dime dónde está.

—Jude, para —dije en voz baja, muy consciente de los polis que se hallaban al otro lado de la calle.

—Tranquilizaos los dos. —April tiró del brazo de Jude, pero éste no cedió.

—¿Dónde está Daniel? —Jude aferró mis hombros a través del chal y me sacudió.

—No lo sé —contesté—. De verdad que no lo sé.

Jude me soltó y se dirigió al lado del conductor del coche.

«¿Cómo se había hecho con las llaves del Corolla?», me pregunté.

—Jude, para. Esto es de locos. Y has estado bebiendo. —Miré a Don en busca de ayuda, pero éste se encogió de miedo y retrocedió.

—Por favor —suplicó April.

—Oye —intervino Pete, situándose frente a Jude—. Si crees que ha sido Kalbi, ve a decírselo a la policía.

—No —replicó Jude—. Ellos no pueden pararle los pies.

—¿Y entonces? ¿Qué vas a hacer tú?

—Lo voy a encontrar.

—Pues voy contigo. —Pete abrió una de las puertas traseras.

—¡No! —Intenté agarrar las llaves, pero Jude me lo impidió.

—¡Eh! —gritó alguien desde la fila de policías—. ¿Qué está pasando ahí?

Jude saltó al asiento del conductor y mientras encendía el motor me colé en el asiento de atrás, junto a Pete.

—¡Alto ahí! —gritó una voz.

Pero Jude no se detuvo y salió disparado por la calle Main, dejando atrás a April y a Don.

No fuimos muy lejos. Jude pisó a fondo un par de manzanas y luego derrapó para tomar la calle Crescent. Pasamos a toda velocidad frente al instituto, y cuando pensé que ya lo habíamos pasado de largo, giró bruscamente y entramos a todo gas en el abarrotado aparcamiento. Dimos la vuelta al parking, mirando entre todos los coches.

—Da media vuelta, Jude —sugerí con suavidad—. Vayamos a casa y hablemos con papá. Él puede ayudarnos.

Jude paró el coche en el callejón que separaba la parroquia del colegio. Abrió la puerta y salió.

—¿Qué haces? —preguntó Pete.

—Está aquí —respondió Jude—. Lo sé. —Se quedó inmóvil un momento, como si estuviera escuchando. Todo lo que yo podía oír era el eco de la música que procedía del gimnasio.

—Jude, por favor, entra en razón. —Empecé a salir del coche.

—¡Detenla! —ordenó Jude.

Pete me sujetó del brazo.

—Que se quede aquí. Haz lo que sea necesario. —Jude se alejó un par de pasos.

El zumbido de una sirena de policía pasó frente al colegio y continuó calle abajo por Crescent.

—¿Qué vas a hacer? —pregunté.

—Voy a acabar con esto. —Jude se volvió hacia mí. Y ahí fue cuando lo vi: sus ojos, que solían ser el puro reflejo de los míos, parecían un par de tornados gemelos. Negros, plateados, afilados y retorcidos; destellando con la luz de la luna llena.

Los ojos humanos no brillan en la oscuridad. Sólo los de animal.

—No —grité, intentando liberarme de las manos de Pete.

—Voy a encontrar a Daniel y acabaré con esto de una vez por todas —espetó Jude. Y desapareció.

26

Héroe

En el callejón

—¡Suéltame! —Traté de separarme de Pete. Tenía que encontrar a Daniel antes que Jude.

¡Eso era lo que temía que pasase!

—Por favor, Pete. Déjame ir.

—¿Para que puedas avisar a Kalbi? —Pete no me miró a los ojos—. ¿Por qué no puedes quedarte lejos de él?

—Tengo que detener a Jude. Tengo que evitarlo. Haría lo mismo si fuese a por ti.

Pete me miró, pero no aflojó las manos.

—Relájate, Grace. Estás hablando de Jude, sólo va a ver qué está pasando.

—Ya no es Jude —repliqué—. ¿Es que no lo ves?

Pete sacudió la cabeza, confuso.

—No tienes ni idea de qué va todo esto, ¿verdad? —pregunté—. Corres peligro. Tú y todos nosotros. Suéltame.

Pete aflojó un poco. Me aparté de él y alcancé la manilla de la puerta. Me intentó sujetar de nuevo, pero sólo consiguió hacerse con un trozo de mi chal de satén. Éste cayó tras de mí como un estandarte de color violeta cuando salí del coche y empecé a correr callejón abajo. Pete salió como un rayo detrás de mí.

Tropecé con los tacones y casi me caigo en un bache. Pete me agarró del hombro y me hizo girar en redondo.

—¡Estoy intentando salvarte la vida! —Me empujó contra el muro exterior de la parroquia—. Jude me pidió que te mantuviese alejada de Kalbi, pero me lo estás poniendo muy difícil. ¿Por qué no te quedas quietecita?

—Déjame, por favor. —Intenté quitármelo de encima, pero pesaba y no podía con él.

—Yo iba a ser tu héroe —dijo—. Tenía que salvarte, aquel día en la calle Markham.

—¿Cómo? —Pero entonces lo comprendí—. Tú eras quien estaba fuera de mi coche, ¿no? —Y por eso insistió en que fuese yo quien me quedase—. ¿Me intentaste asustar para poder hacerte el héroe conmigo?

—Jude dijo que teníamos que mantenerte alejada de Daniel y que todo lo que necesitabas era un buen susto. El coche se estropeó y aproveché la oportunidad. —Pete me apretó el hombro—. Y hubiese sido tu héroe si no llega a ser por...

Ese chirrido... Había sido un aullido: había sido Daniel.

—¿Si algo no te hubiese hecho salir pitando de miedo?

—Corrí —dijo Pete—. Y entonces Kalbi apareció antes de que regresase. —Me clavó los dedos en el hombro—. Se suponía que me tenías que querer a mí, no a él. —Pete apoyó su cuerpo contra el mío y me aplastó la espalda descubierta contra el rugoso ladrillo. Su aliento caliente olía a una mezcla vomitiva de pastillas de menta y alcohol.

—Estás borracho, Pete. En el fondo, no quieres hacerme esto.

—Me lo debes —espetó—. He deseado esto durante mucho tiempo, pero me pediste que tuviera paciencia, y la tuve, hasta que te marchaste y lo hiciste con él.

—¿Qué dices?

—No lo niegues. Todo el mundo lo sabe. Lynn te vio saliendo de su casa y vio que te acompañaba afuera medio desnudo. —Pete apretó los dientes—. Así que si has sucumbido a esa mierda de tío, no entiendo por qué no lo haces conmigo. ¿Es que no soy lo suficientemente oscuro o perverso para ti? —Su cuerpo me oprimió contra el muro—. Puedo serlo, si eso es lo que quieres.

Pete apretó los labios contra mi boca y uno de los tirantes de mi vestido se rompió. Le golpeé la espalda con los puños, pero seguidamente él me agarró los brazos y me los inmovilizó contra la pared. Le clavé el tacón de mi zapato en la pierna.

Pete apartó la cabeza de golpe.

—Sabía que te iba lo brusco.

Aspiré hondo y grité pidiendo ayuda. Pete rio y me tapó la boca con la suya. Me sentía completamente atrapada bajo su peso.

De repente, el cuerpo de Pete se tambaleó a un lado y me soltó. Se retorció y se llevó las manos al costado. Sus labios formaron una O perfecta cuando alzó la mano. Tenía los dedos cubiertos de sangre. Retrocedió.

—Monstrrrrr... —balbuceó, y cayó al suelo.

—Oh, Dios mío... —Busqué en la oscuridad y lo vi: algo enorme, corpulento y parecido a un oso, que estaba agachado en la sombra bajo la entrada lateral del colegio. La luz de la luna se reflejaba en el cuchillo ensangrentado que sostenía en su mano de gigante.

Chillé. Fue un ruido tan estridente y extraño que al principio no me di cuenta de que salía de mí, pero no podía parar.

La enorme sombra arremetió contra mí. Intenté escapar, pero tropecé con algo que yacía en la calle.

El hombre oso me alcanzó, agarrándome por la cintura al mismo tiempo que me alejaba del cuerpo derrumbado de Pete. La bestia apretaba mi espalda contra su pecho, y noté su irregular respiración en la oreja. Le di patadas en las piernas y grité todavía más fuerte, aunque sabía que nadie en el colegio me oiría a causa de la música a todo volumen. Noté una mano enorme en la cara, que me cubría la boca y la nariz, silenciándome.

—No grites. —Su voz vibraba, como si estuviera llorando. Tenía miedo—. Por favor, no grites, señorita Grace. —No era un monstruo en absoluto.

—¿Don? —intenté pronunciar, pero su mano ejercía tanta presión sobre mi boca que no logré emitir ningún sonido.

—No quería hacerlo, pero te estaba haciendo daño y pensé que era el monstruo. Tenía que pararle los pies. Se supone que tengo que ser un héroe, tal como mi abuelo me enseñó. —El puñal de Don me rozó el brazo mientras me sujetaba. Estaba pegajoso y empapado de la sangre de Pete—. Pero él no es el monstruo, ¿verdad? —La voz de Don se hizo más aguda—. Él es... sólo un muchacho, ¿no? —Su mano se tensó en mi rostro—. No quería hacerlo.

No podía respirar. Intenté decirle que me soltara, pero no me salía la voz, así que le arañé la mano.

—No chilles, señorita Grace. No se lo puedes contar a nadie. El pastor se pondrá furioso y me enviará lejos, como estuvo a punto de hacer después del incendio. Yo no quería hacerlo, sólo intentaba ayudar.

Las gotas de sangre caían del cuchillo y se deslizaban por mi brazo.

—No puedes contárselo a nadie —berreó Don. Una lágrima caliente me cayó sobre el hombro.

«¡Suéltame! ¡Me estás haciendo daño, no puedo respirar!»

—No quería hacerlo. No quería hacerlo —repitió Don una y otra vez. Mientras lloraba, apretaba cada vez más la mano contra mi rostro, como si ya no recordase que yo estaba ahí.

Parpadeé, resistiéndome a los dedos de oscuridad, largos y tenues, que se deslizaban detrás de mis ojos. Me sentí débil, sin fuerzas, y no pude resistirme a la oscuridad por más tiempo.

Tres años antes

Miré a través de la ventana del salón hacia la tranquila y silenciosa oscuridad. Observando. Esperando.

Mamá andaba de un lado a otro detrás de mí.

—No entiendo dónde puede estar —dijo, más para sí misma que para los demás. Los Nagamatsu me han dicho que dejó los Scouts hace dos horas.

Papá se despidió de la persona que tenía al teléfono y salió del despacho.

—¿Quién era? —preguntó mamá, prácticamente abalanzándose sobre él—. ¿Qué te han dicho?

—Era Don —contestó papá—. Parece ser que hay un problema en la parroquia.

Mamá recobró el aliento.

—¿Jude?

—No, algo relacionado con la remodelación.

—¿A estas horas?

Las llaves tintinearon cuando papá las cogió del gancho.

—No tardaré.

—Pero ¿y qué pasa con Jude?

Papá suspiró.

—Es un buen chico. Si no está en casa cuando vuelva, entonces me empezaré a preocupar.

Mamá respondió con un sonido que indicaba que no estaba muy de acuerdo con ese plan.

Yo no aparté la vista de la oscuridad de la noche. Las nubes de tormenta se abrieron y me pareció ver algo que se movía cerca del nogal. Me incliné hacia la ventana.

—Es Jude —dije—. Lo veo.

—Gracias a Dios —dijo mamá, pero su voz tenía ese tono como si estuviera preparando el discurso.

—Podríais comprarle un móvil... —Saqué mi tema favorito, pero entonces me di cuenta de que Jude no venía andando hacia casa desde el jardín, se arrastraba.

¿Y por qué tenía la cara manchada de sirope de chocolate?

Jude se sujetó a la barandilla del porche, se le doblaron las piernas y se quedó tirado en los escalones.

—¡Jude! —Corrí hasta la puerta, pero papá ya estaba ahí.

—No, Gracie —gritó mamá.

Sólo pude ver sus cuerpos, que cubrían la entrada.

—¿Qué ha pasado? —pregunté, intentando abrirme paso entre ellos dos.

—Da... —oí que balbuceaba Jude. Tosía como si se estuviera asfixiando—. Dan...

Papá me empujó hacia atrás.

—Vete de aquí, Gracie.

—Pero...

—¡Que te vayas a tu habitación!

Y de repente, me empujaron escaleras arriba y no pude ver nada más que el cuerpo de mamá y las manos con las que me apartaba.

—A tu habitación, ya mismo. Y quédate ahí.

Corrí a mi dormitorio y subí las persianas. No podía ver el porche ni nada de lo que estaba pasando con Jude, pero otra cosa llamó mi atención. Era algo blanco y ensombrecido a la vez bajo el brillo de la luna llena. Estaba agachado bajo el nogal, observando lo que yo no podía ver en el porche. Entrecerré los ojos intentando percibir qué era, pero se perdió entre las sombras y desapareció.

—Lo siento —susurró la oscuridad, interrumpiendo los recuerdos ya olvidados en mi memoria. Era una de esas voces fantasma de hacía tanto tiempo. Venía de muy lejos e intenté alcanzarla, pero algo me sujetaba con fuerza, no sabía el qué—. Lo siento, Don —dijo el fantasma.

Un ruido sordo siguió a la voz, un tintineo metálico y un grito ahogado. Ya nada me sujetaba, sentí una ráfaga de viento y, seguidamente, una dureza bajo mi espalda y un calor presionándome los labios.

Un aire dulce me llenó la boca y los pulmones. La brumosa oscuridad se retiró de mi cerebro, y cuando abrí los párpados noté que me pesaban.

Daniel me devolvía la mirada; sus ojos negros cargados de ira.

—No te has quedado en casa —gruñó.

Tosí e intenté levantarme de lo que creía que era una mesa, pero la cabeza me pesaba como si fuese un camión, así que me puse de costado para mirarlo. Parecía más asustado que enfadado.

—Y tú no me dijiste que mordiste a mi hermano —repliqué.

Pocos minutos después

—¿Y Don? ¿Está bien? —pregunté mientras me frotaba mi dolorida mandíbula. Estaba tumbada sobre una de las mesas de la clase de Arte y el ruido atronador que llegaba del gimnasio se mezclaba con el zumbido de mi cabeza.

Daniel, que no me había mirado desde que le había reprochado lo de mi hermano, andaba de un lado a otro frente a la ventana que había detrás de la mesa de Barlow.

—Sólo lo he dejado sin sentido, pronto estará bien.

—¿Y te parece poco? —dije—. ¿Y qué me dices de Pete? ¿Crees que estaba muerto?

—¿Pete? —Daniel se volvió para mirarme—. Pete no estaba ahí.

—Ah, pues supongo que es una buena noticia. —Quizá Pete hubiese huido y me había dejado atrás para que me las arreglase yo solita, pero de todas maneras me alegraba de que no estuviera muerto. Deslicé los dedos por encima del tirante roto de mi vestido, y comprobé que unos morados se formaban bajo mi piel—. Pete me atacó... Él me hizo esto.

Las manos de Daniel se cerraron.

—Me pareció olerlo en todo tu cuerpo—. Sus ojos se oscurecieron—. Suerte que no estaba ahí, pues le habría...

—Don se te adelantó. Lo apuñaló en el costado con su cuchillo de plata. Creyó que Pete era el monstruo y cuando comprendió lo que había hecho se quedó como ido.

Daniel asintió, como si al fin entendiese la escena que había presenciado.

—Lo cierto es que percibí más angustia en él que malicia.

Me senté, y al incorporarme unos pequeños destellos de luz revolotearon frente a mis ojos.

—¿Por qué no me contaste que mi hermano es el monstruo? —quise saber.

Daniel se volvió de nuevo hacia la ventana.

—Porque no estaba seguro. No recuerdo haberlo mordido y no pensé que fuera capaz de hacer algo así hasta el día en que James desapareció. La sangre que había en el porche era de Jude, pero no olía normal, su fragancia era confusa.

—¿Porque es un hombre lobo?

Daniel miró la luna llena que pendía sobre la parroquia y, simultáneamente, se acarició el colgante de la piedra lunar.

—No es un hombre lobo, todavía no.

—Pero atacó a esas personas. Porque fue él, ¿verdad? ¿No lo convierte eso en un auténtico hombre lobo? ¿Un acto predatorio?

—No si ya estaban muertos cuando los encontró. Maryanne murió congelada y Jessica debió de morir de otra cosa, sobredosis quizá. Lo más seguro es que de alguna manera mutilase sus cuerpos para que pareciera el ataque de un lobo. Y la violencia contra los animales domésticos no cuenta. Aquel gato que apareció muerto era parte del espectáculo. Y no intentó matar a James, sólo quería asustar a la gente.

—¿Pero cómo podría haber hecho todas esas cosas? ¿Cómo fue capaz de llevarse al pequeño James? ¿Es que no imaginó que podría resultar herido o algo peor? Si no llega a ser por ti, podría haber muerto.

—Fue cosa del lobo, Grace. El lobo todavía no se ha apoderado del todo de él, pero ejerce el suficiente control para influir en sus acciones. Se alimenta de sus emociones; cuanto más fuerte es la emoción, más control gana. Cada uno de esos ataques los llevó a cabo después de que nosotros estuviésemos juntos...

—Jude sabía que me habías arreglado el coche en la calle Markham —le expliqué—, y también que fui a esa fiesta en tu casa, y que Jess también estaba ahí. ¿Crees que me siguió, que siguió mi olor? —Me froté los ojos, seguían sin querer enfocar bien del todo.

»Jess estaba muy colocada —continué—. Puede que la encontrara y que el lobo lo obligase a hacerle algo a su cuerpo y después lo dejó en algún lugar, pero nadie lo vio. —Se me revolvía el estómago al imaginarme a mi hermano con el cadáver mutilado de Jessica—. Y hoy estuvo en el supermercado. Seguro que nos vio juntos, y con todos esos rumores que Lynn estaba haciendo circular... Pete dijo que Jude había tardado tres horas en regresar con nuestros ramilletes. —Se me cerró la garganta—. ¿Crees que fue a la ciudad para recuperar el cuerpo y dejarlo en tu lugar de trabajo?

Daniel asintió con la cabeza.

—Y lo más disparatado de todo esto, Grace, es que probablemente no recuerda haber hecho ninguna de esas cosas. Lo más seguro es que sólo sea consciente de que pierde minutos, incluso horas de su vida, pero no sabe lo que ha hecho. Realmente cree que yo soy el monstruo.

—Y piensa que debe pararte los pies.

Daniel se puso tenso. Miró a lo lejos, a través de la ventana. Después de un momento, yo también lo oí: sirenas de policías en dirección al colegio.

—Jude quiere matarte —dije.

Daniel se alejó de la ventana.

—Pues entonces la policía es la última de nuestras preocupaciones.

—Tenemos que encontrarlo. —Puse las piernas a un lado de la mesa—. Te está buscando y tenemos que encontrarlo primero. —Me sentía más fuerte, así que intenté ponerme de pie, pero Daniel me hizo sentar.

—No vas a ninguna parte. Tú te quedas aquí y yo iré a buscar a Jude —dijo.

—Ni hablar. —Me levanté de nuevo—. Así que deja de decirme lo que tengo que hacer.

—Grace, esto no es un juego. Será mejor que te quedes aquí.

—Pero ¿y si me encuentra antes que tú a él? —pregunté, probando una nueva táctica—. ¿Y si se va a casa? Charity está cuidando de James y no tienen ni idea de lo que le está pasando a Jude. ¿Y si también intenta atacarlos?

Daniel se pasó la mano por la cara.

—¿Y entonces qué crees tú que debemos hacer?

—Llévame contigo. Tenemos que encontrar a Jude y alejarlo de toda esa gente. Si nos ve juntos, podremos llevarlo lejos de aquí. —¿Cómo? Yo no lo sabía—. Quizá yo pueda calmarlo. Si tuviéramos otra piedra lunar... —Le miré el colgante—. ¿Podrías...?

—No, Grace. Esta noche, no. Con la luna llena no estoy seguro de si podría controlar al lobo, y menos estando tú cerca. —Estrujó el colgante entre los dedos—. Podría causar mucho daño.

El atronador ruido de las sirenas entró en la zona de aparcamiento. El *sheriff* y su ayudante no venían solos, la policía de la ciudad que estaba en la escena del crimen también debía de ir con ellos.

—Necesitamos un plan —dijo Daniel.

Oímos los portazos de los coches a través de la ventana.

—No hay tiempo que perder. —Le tomé de la mano y salimos a toda prisa del aula.

El ruido de nuestros pasos se perdía en la música a medida que nos aproximábamos al gimnasio. El baile parecía el sitio más lógico donde empezar a buscar a Jude. No sabía quién había llamado a la policía. ¿Pete? ¿Don? Ni tampoco a quién buscaban exactamente. Sólo sabía que una vez que entrasen en el baile, perderíamos nuestra oportunidad de alejar a Jude de los demás.

Daniel abrió las puertas del gimnasio. La sala estaba decorada con banderines rojos y verdes colocados en zigzag y había globos flotando en el aire. Una luz estroboscópica rebotaba sobre los que bailaban, que se movían y bamboleaban al ritmo de la música, totalmente ajenos a lo que estaba sucediendo. Encontrar a alguien en medio de todo ese barullo me pareció una tarea imposible.

Entramos con sigilo en el gimnasio, y abracé a Daniel contra mí, pasándole los brazos por el cuello para que pareciese que estábamos bailando de manera íntima.

Daniel me miró y enarcó una ceja.

—Es que tengo el vestido hecho un desastre —expliqué.

Daniel, que llevaba unos tejanos y una camisa blanca, destacaba bastante en esa sala repleta de trajes y pantalones de pinza; pero no podríamos buscar a mi hermano de incógnito si la gente descubría mis morados o las manchas de sangre de Pete en mi vestido blanco.

Daniel me rodeó la cintura con los brazos y por un brevísimo instante me sentí a salvo, como si fuera una promesa de que todo saldría bien.

Daniel apoyó la barbilla sobre mi hombro. Oí que inhalaba profundamente, y aguantaba la respiración detrás de la garganta, analizando los sabores. Había tanto sudor y perfume en el ambiente que no pensé que fuese posible distinguir el olor de una persona determinada. Daniel me alzó en el aire y, dando vueltas, llegamos hasta el centro de la pista. Se movía con elegancia y agilidad, escurriéndose entre los demás bailarines sin molestar a nadie. Durante un segundo me olvidé de respirar y olvidé también la razón por la cual estábamos ahí.

—Por aquí —me susurró Daniel al oído.

Seguí su mirada y divisé una cabeza con el cabello oscuro y despeinado que atravesaba la pared de bailarines, siguiéndonos a Daniel y a mí mientras cruzábamos la pista hacia las puertas del vestuario.

—Sólo tenemos que hacer que nos siga —indicó Daniel—, y sacarlo de aquí antes de que...

La música se paró y las luces se encendieron, y nosotros, al igual que el resto de gente, nos detuvimos en seco.

—Presten atención, por favor —pidió el rector Conway desde un micrófono situado junto al disc-jockey—. Quédense donde están y mantengan la calma. Se ha cometido un crimen cerca del colegio y la policía va a cerrar las puertas hasta que tengan la situación bajo control. Nadie puede salir...

Se oyeron gritos de preocupación entre la multitud; los agentes uniformados se dirigían hacia las salidas. Alguien chilló y tropezó, como si le hubieran golpeado. Seguidamente, se escuchó el sonido metálico de una de las puertas de salida, que se abrió y cerró. Tres agentes salieron disparados hacia la puerta, gritando. La cabeza de cabello oscuro que nos había estado siguiendo ya no estaba en la sala.

Daniel lanzó una maldición.

—Ésa era una salida al exterior.

Miró hacia la puerta del vestuario de chicos. El guarda que estaba ahí se había distraído por la conmoción. Daniel me cogió entre sus brazos, voló hasta la puerta y derribó al agente antes de que ni siquiera se percatase de nuestra presencia. Daniel abrió la puerta y se coló en el vestuario.

—¡Alto ahí! —gritó alguien detrás de nosotros—. ¡No os mováis!

Daniel saltó encima de un banco, se agarró a la puerta abierta de una taquilla y la utilizó para impulsarnos por encima de la fila de taquillas, se deslizó y aterrizó sobre un banco que había al otro lado. Caminó sobre él a toda prisa y saltó hasta una salida que nos condujo a un pasillo largo. Corrió, sujetándome contra su pecho. Oímos gritos detrás nuestro, y también frente a nosotros, acercándose por otra esquina. Oímos el zumbido de las interferencias de la radio de policía. Daniel se deslizó hasta una escalera y corrió hacia arriba. Subimos y subimos hasta llegar a una puerta que parecía muy pesada con el cartel de ACCESO AL TEJADO. Le dio una patada, la cerradura crujió, y salimos a toda prisa.

Daniel respiró hondo. Hacía más frío que antes, y las nubes cubrían la luz de la luna. Se avecinaba una tormenta.

Se oyeron voces que resonaban desde la escalera. Daniel me levantó en sus brazos.

—¿Qué vamos a hacer?

—¡Agárrate! —Me cogió con fuerza y salió corriendo hasta el borde del tejado, dirigiéndose a gran velocidad hacia el vacío. Antes de que yo pudiera gritar, saltó desde el borde, pasó por encima del callejón donde Don había apuñalado a Pete y aterrizó con un ruido sordo sobre el techo de la parroquia. Daniel me envolvió con sus brazos para protegerme del impacto mientras rodábamos por el tejado inclinado. Luego se puso de pie, levantándome con él por encima de la cúspide del tejado y, rápidamente, nos agachamos detrás del campanario.

Intenté hablar.

Daniel alzó la mano y escuchó con atención.

—Creen que hemos dado media vuelta —susurró.

—¿Los oyes?

Daniel me miró como diciendo «Pues, claro». Escuchó de nuevo.

—También han perdido a Jude. Alguien le vio salir disparado hacia el Day's. Van a enviar un coche patrulla hacia allá.

—Puede que se dirija a casa. —El corazón me latía con tanta fuerza que pensé que me iba a explotar—. Tenemos que encontrar un teléfono. Tengo que avisarles. Papá ya ha tranquilizado a Jude antes... quizá... Ni siquiera sé si papá ya está en casa, no lo he visto en todo el día.

—No está en casa. —Daniel se agachó de nuevo, empujándome con él. Un segundo después, un agente cruzó el callejón que teníamos abajo—. Ahora ya debe de estar sobrevolando Pennsylvania —me dijo en voz baja.

Lo miré.

—Tu padre está en un avión. —Cuando el agente desapareció de nuestra vista, Daniel se levantó—. Tenías razón: necesitamos otra piedra lunar; y tu padre está intentando conseguirla.

—¿Y de dónde la sacará?

—De Gabriel. Tu padre intentó ponerse en contacto con él después de Acción de Gracias, pero la colonia no acoge con mucho agrado las intrusiones del mundo exterior. Y no tienen teléfonos móviles ni nada parecido.

—Bienvenidos al club —masculló.

—Tu padre envió varias cartas, pero no recibió contestación alguna, y cuando le comunicaron los resultados de esos análisis de sangre, se subió al primer avión que pudo.

—¿Así que mi padre sabe lo de Jude? —Eso ya tenía sentido—. ¿Por qué no me lo dijo? ¿Y por qué no se lo explicó a Jude?

—Quería esperar a que tuviésemos otra piedra lunar. Pensó que si Jude se enteraba de lo que estaba pasando, la transformación sería aún más rápida. Tu padre vino a verme antes de que acabase mi turno en el supermercado y me pidió que vigilase la situación durante su ausencia—. Daniel agachó la cabeza—. Eso fue un error, yo debería haber cogido ese avión.

Lo tomé de la mano. Estaba conmigo, exactamente donde yo necesitaba que estuviera.

—Es posible que Jude se dirija a casa. Charity y James corren peligro, y si papá no está ahí, no sé qué puede...

—Podemos correr hasta tu casa —propuso.

—No. ¿Y si me equivoco? Podríamos llevarlo directo a ellos. —Dejé caer los brazos—. No sé qué es lo correcto ni adónde tenemos que ir...

—El olor de Jude está en el aire, pero es más confuso y no puedo determinar dónde se encuentra. No sé si acaba de estar aquí o si está cerca. —Me apretó la mano—. Hay un teléfono en el despacho de tu padre. Podemos llamar a Charity y decirle que se vaya a casa de algún vecino o algo así. Quizá también podríamos llamar al aeropuerto y dejar un mensaje para tu padre, que lo recibirá en cuanto aterrice.

Las nubes se entreabrieron un poco y un rayo de luna brilló sobre nosotros. Daniel examinó los arañazos que yo tenía en los nudillos. Estaba llena de rascadas por arrastrarme por encima de las tablillas de madera del tejado. Me besó la mano herida y los ojos le brillaron con muchísima intensidad.

Se estremeció y se apoyó contra la base del campanario. Se apretó el colgante contra su cuello.

—Dame un minuto —dijo con voz suave, y cerró los ojos—. Enseguida estaré bien.

—Eso es lo que tú te crees —gruñó una voz detrás de mí.

27

Caer en desgracia

Segundos después

—Sabía que estabas aquí. —Jude se tambaleó en lo más alto del tejado y se acercó a nosotros como si fuese una barra de equilibrios—. No sé cómo, pero lo sabía—. Sus ojos se veían muy oscuros y brillantes a la vez en la tenue luz de luna—. Menuda casualidad que sea aquí donde vayamos a acabar con todo esto, ¿no crees? Es como si Dios me hubiera traído hasta aquí.

—No ha sido Dios —replicó Daniel—. Piénsalo bien, Jude. Piensa en lo que hueles y saboreas, y en lo que notas que se retuerce en tu interior.

Jude rio.

—Dios también me condujo hasta esto. —Sacó algo que tenía detrás: era el cuchillo de Don, todavía manchado de sangre—. Estaba en el callejón, esperándome. —Le dio la vuelta en la mano y observó el destello de la luna en la punta de la hoja—. ¿Y sabes de qué está hecho? Es de plata, con esto te puedo matar.

—Jude, por favor. —Me puse delante de Daniel e intenté mantener el equilibrio con la base del campanario—. Para, por favor.

Jude me miró, dio un traspié y casi se cayó. En ese momento reparó en mis morados y en mi vestido roto y cubierto de sangre. La rígida expresión de su rostro se contrajo de preocupación.

—Gracie, ¿qué te ha pasado? —Su voz sonó suave e infantil. Avanzó un paso hacia mí y me tendió la mano—. Gracie, ¿qué sucede? —Parecía muy asustado y confundido.

—Jude... —Fui a su encuentro.

Daniel me cogió del hombro.

—No lo hagas.

Acaricié a Jude con las puntas de los dedos.

—Estoy aquí —le dije, y le tomé de la mano.

De repente, los ojos de Jude desprendieron una luz plateada. Me apartó de su camino y se abalanzó sobre Daniel.

Caí contra las tablillas del tejado, me estabilicé y alcé la vista justo cuando Jude agarraba a Daniel de la camisa.

—¿Qué le has hecho a mi hermana? —rugió Jude en la cara de Daniel, quien bajó la cabeza.

—Nada —intervine—. Daniel no me ha hecho nada.

—No mientas por él. —Jude respiraba agitadamente, pero mantenía el cuchillo a un lado como si le diera miedo levantarlo.

—Ha sido Pete... Lo hizo porque le dijiste que hiciera todo lo que fuese necesario.

—¿Qué? —Jude se volvió un poco—. No... eso es mentira. Él te está confundiendo. Te ataca y encima consigue que lo encubras. La Biblia nos advierte de la gente como él: hombres perversos que se aprovechan de nuestra caridad y que convierten la gracia de Dios en lujuria. Eso es lo que ha hecho contigo y soy el único que se da cuenta. Es un monstruo.

—Te equivocas —lo corregí—. Tú no eres un santo, Jude. Tú eres el monstruo.

Jude sacudió la cabeza.

—¿Cómo puedes defenderlo? ¿Cómo puedes amarlo? Ya sabes lo que hizo. —Se acercó más a Daniel—. Me abandonaste —le reprochó—. Eras mi mejor amigo y me dejaste ahí para que muriera.

Daniel bajó más la cabeza, resignado.

—No, él no lo hizo —dije—. Yo lo vi.

Daniel alzó la vista. La luna brillaba en sus ojos e iluminaba su pálida piel. Me la imaginé iluminando su cabello, antes rubio platino, como había hecho cuando estaba agachado bajo el nogal en mi recuerdo de tres años atrás.

—Aquella noche te vi —le confesé a Daniel—. Tú trajiste a Jude a casa.

Daniel entreabrió los labios, cerró los ojos y dejó escapar un pequeño suspiro.

—¿Lo llevé a casa? —preguntó.

—Sí.

Daniel miró al cielo nocturno.

—Gracias a Dios —susurró, como si fuese una oración de agradecimiento.

Jude retrocedió y disminuyó la fuerza con la que sujetaba el cuchillo.

—Jude —dije—. Ya está. Daniel te ayudó a volver a casa...

—¡No! —Jude volvió a asir con fuerza el puñal—. ¡Ya basta de mentiras! Es un monstruo, no mi salvador. Atacó a Maryanne, mató a esa chica, intentó raptar a James y se ha aprovechado de ti. Tengo que pararle los pies antes de que destruya a toda la familia. —Alzó el cuchillo.

—Tú atacaste a esas personas —replicó Daniel—. Fuiste tú. Y si no paras ahora mismo, te convertirás en un lobo, como yo.

—¡Cállate ya! —Jude le golpeó la cara con el puño del cuchillo, y en la mejilla de Daniel apareció una marca larga parecida a una quemadura.

—No lucharé contra ti —gruñó Daniel.

—Pues entonces morirás como un cobarde.

Jude tiró de él a través de la camisa, pero todo lo que consiguió fue quedarse con la correa de cuero del colgante y con la piedra lunar.

Daniel retrocedió y se abrazó al campanario. Un ruido sordo y grave resonó dentro de su cuerpo y le hizo temblar. Miró la luna y luego a Jude.

Mi hermano sostenía la piedra y, por un momento, pareció aturdido.

—Póntelo —le dijo Daniel a Jude—. Póntelo ahora... antes de... —gruñó y se pasó la lengua por los labios.

—Daniel. —Me arrastré hacia él—. Daniel, tú lo necesitas...

Daniel sacudió la cabeza.

—Necesito hacerlo —dijo, apretando los dientes. Miró a Jude—. Lo siento. Siento mucho haberte hecho esto. —El rostro se le retorció de dolor y el ruido sordo de su interior se hizo más grave—. Quédatelo, Jude. Lo necesitas más que yo.

Jude estaba asustado. Agarró la correa de cuero apretando más el puño y se acercó el colgante.

—¿Esto es importante para ti? —preguntó mi hermano.

—Sí —jadeó Daniel.

—Bien. —Jude balanceó su mano hacia atrás y lanzó el colgante tan lejos como pudo, el cual fue a parar a algún lugar más allá del tejado de la parroquia.

—¡No! —chillé.

Daniel aulló.

Jude lo agarró del cuello, alzó el cuchillo y se lo clavó a Daniel en el pecho. Pero en ese momento gritó y, como si le abrasara la mano, dejó caer el puñal, que resbaló por el tejado y se detuvo delante de mí. Jude se tambaleó y se quedó a cuatro patas. Su cuerpo se agitaba y retumbaba. Aullaba de dolor.

Daniel agarró el cuchillo y me cogió en brazos. Corrió hasta el borde del tejado y saltó. Aterrizamos sobre la escalera de incendios, medio metro más abajo. Luego abrió la puerta golpeándola con el hombro y me empujó al interior del anfiteatro del santuario. Él entró después y cerró la puerta por detrás. Se desplomó contra la misma, se sentó en el suelo y dejó caer el puñal. Tenía la mano roja y llena de ampollas como si hubiera sostenido un hierro candente en el puño.

—¿Estás bien? —le pregunté.

Hizo una mueca y cerró los ojos para concentrarse. Bajó la vista para examinar su herida; estaba un poco menos roja pero también con ampollas.

—Este cuchillo debe de ser muy antiguo —comentó, indicando el puñal que estaba a su lado—. Es la plata más pura que he visto en mi vida.

—En el despacho de papá hay un botiquín de primeros auxilios. —No era una gran oferta, pero no sabía qué más hacer.

—Vete —ordenó—. Enciérrate en el despacho y llama a la policía.

—No te dejaré aquí.

—Por favor, Grace. —Poco a poco se puso de pie, todavía jadeando—. Esto no se ha acabado todavía. —Sus ojos reflejaban todos sus temores.

Di media vuelta para marcharme.

—Siempre te querré —dijo.

—Yo tam...

Con el rabillo del ojo vi que Daniel salía disparado hacia delante. La puerta sobre la que se apoyaba se abrió, apartándolo de un golpe. Un lobo enorme de color gris plata llenaba la entrada. Gruñó y se abalanzó sobre mí para morderme.

—¡No! —gritó Daniel, intentando agarrarlo de las patas traseras.

Pero no lo consiguió, y el lobo hundió sus dientes en mi brazo y me perforó la piel. Me caí, me golpeé la cabeza contra un banco y me mordí la lengua. El lobo se puso sobre mí, gruñendo y sacando los dientes como el alfa del documental. Mi sangre le chorreaba de los dientes. Levantó la cabeza, a punto de arremeter contra mi cuello.

Mas justo en ese instante chilló, y vi que otro lobo había saltado encima de él. Era negro y elegante, con una mancha de piel blanca en el esternón. «Daniel», pensé. El lobo negro no dejaba escapar al otro y lo mordisqueaba, como si en el fondo intentara no hacerle daño.

El lobo gris se quitó al negro de encima. Su mirada era totalmente salvaje cuando se abalanzó sobre el otro para morderlo y clavarle las garras. Le rajó las patas y los costados, y el lobo negro rodó a un lado, aullando y gimiendo. Tenía la mancha blanca salpicada de sangre. El lobo gris se lamió los dientes, y un trozo de pelaje negro se le cayó del morro.

Podía saborear mi propia sangre, que se deslizaba por mi garganta seca. La herida del brazo me escocía y ardía, y tuve que esforzarme para reprimir los gritos de dolor. El lobo gris avanzó lentamente en mi dirección, me mostraba los dientes y tenía los ojos hambrientos.

El cuchillo estaba fuera de mi alcance, junto a lo que parecían pedazos de la ropa de Daniel, sobre el suelo, cerca de la puerta. Intenté arrastrarme para coger el puñal, pero el lobo gris se lanzó sobre mis pies y me arrancó el zapato. Lo meneó en sus enormes mandíbulas hasta que el zapato se rompió y cayó al suelo. La bestia gruñó y se me echó encima.

El lobo negro logró incorporarse. Rugió, con el belfo tenso por detrás de sus largos colmillos y afilados dientes, y se arrastró hacia mí. Estiré el brazo para coger el cuchillo y alcancé la empuñadura con los dedos. Los dos lobos daban vueltas a mi alrededor; tenían los ojos clavados el uno en el otro, como si fueran pareja en una especie de baile horrible, y yo quedé atrapada en medio. Sus babas me resbalaban por la piel cuando rugían y gruñían, y el calor que desprendían sus alientos no me dejaba pensar. Sus garras me rozaban las piernas. Bailaban, moviéndose hacia delante y hacia atrás. Entonces, el lobo gris fingió ir hacia la izquierda y cuando el negro reaccionó, el gris lo embistió por encima mío, lo atrapó por el cuello y lo tumbó. Ambos rodaron por el suelo.

Chocaron contra la barandilla del anfiteatro, desde la cual se veía toda la capilla, y la vieja madera crujió con el impacto. El lobo negro estaba tumbado de espaldas bajo las patas del gris. Gimoteó; un sonido lleno de dolor. Estaba desesperado, asustado.

Sabía que iba a perder.

La empuñadura del cuchillo me resbalaba en la sudorosa mano. Le había prometido a Daniel que estaría ahí cuando me necesitase; que lo salvaría antes de que muriese y que liberaría su alma, pero había imaginado que ese momento tardaría años en llegar. No hoy.

No ahora.

El dolor de la herida que tenía en el brazo me quemaba, como si el fuego se expandiese por todo mi cuerpo, sepultándome. No era un tajo cualquiera: era el mordisco de un hombre lobo, el mordisco de mi hermano. Yo también estaba infectada y era portadora de la maldición del lobo.

La misma maldición que dictaba que si alguna vez intentaba matar a alguien, es decir, si mataba a Daniel en ese momento, el lobo también se apoderaría de mí.

Me perdería.

«La elección es tuya», había dicho mi padre. Pero no tenía ni idea de lo difícil que sería mi elección. Podía salvar el alma de Daniel o preservar la mía. Podía ser su ángel y convertirme en un demonio.

El pecho del lobo negro se hundió; estaba muy débil. El lobo gris reculó, como si se estuviera preparando para el golpe definitivo.

Yo no podía romper esa promesa.

«Soy gracia divina», pensé.

Salí volando hasta el lobo negro, alcé el cuchillo y se lo clavé en la mancha blanca que tenía en el pecho.

«Yo seré el monstruo por ti», me dije.

El lobo gris vino disparado detrás de mí. Embistió con su cabeza contra el cuerpo del lobo negro, y los dos cayeron a través de la barandilla del anfiteatro. Un ruido estruendoso y truculento resonó en la iglesia vacía.

—¡No! —Bajé corriendo por las viejas escaleras y, al llegar al final, tropecé. Me golpeé las rodillas contra las baldosas de piedra del suelo de la capilla. Fui gateando con las manos y las rodillas hasta el cuerpo postrado del lobo negro: Daniel. Apoyé su peluda cabeza sobre mis rodillas y le acaricié las orejas. Estaban heladas. Todavía tenía el cuchillo clavado en su pecho. La sangre cubría el suelo a nuestro alrededor.

«¿Dónde está Jude?», me pregunté.

Seguí con la mirada el rastro de sangre que había sobre el suelo de piedra. Jude, humano y desnudo, estaba de pie, temblando detrás del altar entre las sombras de la iglesia.

—Jude, no te quedes ahí parado —le grité—. Ve a buscar ayuda.

Pero no se movió; permaneció quieto como una estatua de sal en la oscuridad.

No podía abandonar a Daniel. Le había dicho que estaría a su lado cuando muriese. Así que me tendí en el suelo y me quedé tumbada junto a su cuerpo peludo.

¿Por qué no había recuperado su forma humana? ¿Yo había fallado o vacilado demasiado? ¿Había sido demasiado tarde para salvar su alma antes de que...? ¿Había entregado mi alma para nada?

Noté un viento helado y, de repente, estábamos rodeados de copos de nieve. Uno de los copos aterrizó sobre la nariz del lobo y se derritió. «¿Cuándo empezó a nevar?», pensé mientras recostaba mi cabeza sobre el pecho cubierto de sangre de Daniel. Escuché un solitario latido que se suavizaba más y más hasta que desapareció, y esperé a que llegase mi lobo y me tomase por lo que había hecho.

28

Redención

En la iglesia

Oí un gañido que venía de algún lugar cercano. Alcé la vista y vi a April temblando en su vestido rosa junto a las puertas abiertas de la capilla. La nieve caía detrás suyo.

—¿Qué ha pas...?

—No preguntes. —Me incorporé—. Y llama a una ambulancia, por favor.

Miré al lobo de Daniel; estaba demasiado quieto, sin vida. El puñal de plata le sobresalía del pecho. Quizá no lo había clavado con suficiente fuerza, o no le había atravesado el corazón. O puede que tuviera que sacárselo. El libro decía que la plata era veneno.

Con indecisión coloqué la mano alrededor de la empuñadura. No me quemó la piel.

—¿Pero qué diablos haces? —preguntó April, todavía en la puerta.

—Corre, pide ayuda, por favor.

Agarré bien el cuchillo y tiré de él con todas mis fuerzas. La hoja salió, produciendo un ruido asqueroso. La sangre brotaba a chorro de la herida y se esparcía sobre su pecho, manchando su mancha de pelo blanco. Pero entonces, en lugar de seguir fluyendo, la sangre se paró. Se enroscó, y se introdujo de nuevo en la herida. El corte se cerró en costras y, seguidamente, se curó dejando la carne blanca.

Piel blanca que coincidía con el resto de su cuerpo: su cuerpo humano. Daniel estaba conmigo, no la bestia peluda. Estaba tumbado de costado en posición fetal, como si acabara de renacer. Su cuerpo desnudo tenía varios arañazos y manchas de sangre en distintos puntos, incluido el cuello. Pero era humano, mortal. Le había salvado el alma antes de que muriese, y eso era todo lo que me importaba... hasta que tosió.

—Grace —pronunció.

Le pasé la mano por el brazo y enlacé mis dedos con los suyos.

—Estoy aquí —respondí—. Estoy aquí.

—¿Cómo...? —intervino April, que no entendía nada—. Creo que ahora sí que voy a buscar ayuda.

La luz de la luna se coló por la puerta cuando April se movió, proyectando su palidez fantasmal sobre Daniel. Su cabello parecía casi blanco.

—Daniel, lo siento mucho. —Le cogí la cara con las manos—. Pero no se te ocurra morirte ahora.

Una sonrisa irónica se dibujó en su rostro. Abrió los ojos; eran oscuros como tartas de barro y me resultaron más familiares que nunca.

—Tú siempre tan mandona —dijo. Tosió y volvió a cerrar los párpados.

—Siempre te querré —susurré. Lo besé en los labios helados y cogí su mano hasta que oí las sirenas y alguien me alejó de él.

La vida tal como la conozco

Estuvo nevando durante siete días seguidos. Después del primer día, la policía nos puso en libertad, a Jude y a mí, bajo la custodia de mis padres. No encontraron a ningún testigo que nos pudiera identificar como los que escaparon del colegio. Y como ninguno de nosotros parecía «recordar» exactamente lo que había sucedido, lo único que pudieron determinar que tuviera un poco de sentido fue que nos había atacado una manada de perros salvajes —la misma manada escurridiza a la cual culpaban de lo que les había pasado a Maryanne y a Jessica—, y que habíamos entrado en la parroquia para refugiarnos.

Las heridas de Daniel concordaban con un ataque de lobo, auque nadie supo explicar por qué estaba desnudo cuando lo encontraron. Jude y yo, en cambio, estábamos intactos a la mañana siguiente. Me habían desaparecido los morados, y la marca del mordisco en el brazo se me había curado, dejando una cicatriz rosa con forma de media luna.

Físicamente, Jude estaba tan ileso como yo, pero el doctor diagnosticó que sufría una especie de estrés postraumático o algo así, y le prescribió un sedante bastante fuerte después de que Jude protagonizara un episodio de violencia cuando papá llegó a la comisaría desde el aeropuerto a la mañana siguiente. Comprendí entonces que lo único que había mantenido a Daniel alejado de mi familia cuando se transformó en lobo por primera vez fueron las drogas que estaba tomando.

Mi fingida amnesia sólo cedió ante los detalles de lo que había pasado en el callejón. Estratégicamente, recordé que Pete me había atacado y que Don me había salvado. Pete fue quien acudió a la policía cuando se largó a toda prisa del callejón, dejándome atrás, y la policía decidió detenerlo, a él y a sus trece puntos, para seguir con el interrogatorio. Lo había perdonado por lo que me había hecho, pero eso no significaba que sus acciones no debieran tener consecuencias.

El segundo y el tercer día los pasé en el hospital, andando de un lado a otro por el pasillo de la UCI, delante de la habitación de Daniel, hasta que las enfermeras me indicaron que debía irme.

—Ve a casa —me dijeron—. Descansa un poco, chica. Si hay algún cambio, te llamaremos.

En el cuarto día las llamadas de mi padre al fin dieron buenos resultados, y supimos lo que le había sucedido a Don Mooney. Lo habían encontrado en un banco de un parque cerca de una estación de autobús en Manhattan. La policía dijo que su corazón había dejado de latir. No llevaba dinero ni identificación, y por su aspecto, lo tomaron por un vagabundo. Así que enterraron a Don en una zanja en un lugar llamado Potter's Field, dos días antes de Navidad.

El quinto día, volví al hospital. Me pasé toda la Nochebuena junto a la ventana de cristal, rezando. Papá vino a buscarme más tarde.

—La tormenta está empeorando —dijo—. Tu madre no quiere que te quedes atrapada aquí.

El sexto día fue Navidad. Nadie estaba de humor para celebrarlo, excepto el pequeño James, quien jugaba feliz con el papel de burbujas y las cintas rizadas. Mis padres me regalaron un móvil, y papá le entregó a Jude un anillo de oro con una gran piedra negra incrustada.

—Llegó ayer por la noche —explicó papá—. Lo siento, intenté conseguirlo antes... —Hizo una bola con el papel de envolver. —Pensé que tenía que esperar hasta que lo consiguiera... Lo siento.

—¿Qué es? —preguntó Charity.

—Un anillo de graduación —respondí.

Jude tenía los ojos vidriosos, sedados. No dijo nada; de hecho, casi no había hablado en toda la semana.

Esa misma noche, un poco más tarde, el teléfono sonó. Escuché durante un minuto hasta que la voz de la enfermera al otro lado de la línea dijo:

—Se ha ido. No hemos podido hacer nada para evitarlo...

Solté el teléfono, que se quedó colgando en el aire y corrí a mi habitación.

El séptimo día me desperté temprano por la mañana en el escritorio con un pincel enganchado en el brazo. Había encontrado otra nota en la caja que Daniel dejó en mi habitación: las instrucciones para utilizar el aceite de linaza y el barniz con mis pinturas al óleo. Así que me había quedado dormida en el escritorio mientras acababa mi dibujo de Jude pescando en el estanque de Kramer.

La claridad que entraba por la ventana fue lo que me despertó. Eché un vistazo a través de las persianas. La luna de la mañana se reflejaba sobre los quince centímetros de nieve que habían caído durante la noche. Fuera, todo parecía muy distinto de unos días antes. El césped seco y marrón, los canalones llenos de hojas, las casas de los vecinos y el fantasmal nogal estaban cubiertos de una gruesa capa de nieve blanca, pura e intacta. Todavía no había pasado ningún coche ni ningún quitanieve por la calle para tirar barro en las curvas o dejar sus marcas negras sobre tal perfección. Era como si alguien hubiese venido con una brocha y hubiese pintado el mundo de blanco, convirtiéndolo en un gigantesco lienzo vacío.

Y entonces lo vi: un gran lobo que parecía casi negro a la sombra del nogal. Tenía la vista clavada en la ventana de mi habitación.

—¿Daniel? —exclamé, aunque sabía que no podía ser. Abrí las persianas, pero el lobo ya no estaba.

Debí de quedarme dormida de nuevo, pues me desperté un par de horas más tarde con los gritos de mamá. Cuando papá y yo conseguimos que se calmase, nos explicó que Jude se había marchado durante la noche y sólo había dejado el frasco de sedantes y una nota sobre la mesa de la cocina.

«No puedo quedarme aquí. Ya no sé ni quién soy. Tengo que irme.»

Pero yo sabía que hacía tiempo que mi hermano se había ido, incluso antes de que decidiera marcharse.

Mamá se quedó prácticamente catatónica. Cuando salí de casa, mecía al pequeño James en el salón sin expresión alguna. Sabía adónde tenía que dirigirme y me alegré de que no me detuviera. Conduje unos cuantos kilómetros por las calles recién despejadas y aparqué el coche a poca distancia de mi destino. Caminé con dificultad hasta la puerta abierta y un hombre con el cabello pelirrojo y algunas canas me saludó con un movimiento de cabeza cuando pasé junto a él.

—Me alegra tener algún visitante en un día como éste.

Intenté sonreír y le devolví su deseo de feliz año nuevo. Habían cavado un estrecho sendero en el camino, pero preferí caminar por la nieve. Dejé que mis pies se hundieran en el frío helado, dejando mis huellas sobre la perfecta blancura. Cubrí el cofre de madera con mi abrigo para protegerlo de la nieve y de las ráfagas de viento. Me senté sobre un banco de piedra en el monumento conmemorativo y extraje el libro de cartas de la caja. Lo abrí por la última página marcada y releí la carta.

Para Simon Saint Moon:

Hallé estas cartas, selladas y dirigidas a su mujer entre las pertenencias de su hermano después de su desaparición. Las he llevado conmigo estos últimos dos años con la esperanza de entregárselas a Katharine en persona.

Lamento mucho su muerte; dejar sin madre a un hijo tan joven es una tragedia. Yo diría que es muy extraño que un lobo haya viajado tan lejos, pero se han producido otros ataques en ciudades como Amiens, Dijon y, más raro aún, Venecia. Desgraciadamente, todas las ciudades que enviaron a hombres a nuestra malograda campaña se han visto acosadas por estas muertes salvajes. Quizá Dios nos esté castigando por nuestros pecados mientras el Papa fracasa en cumplir con sus amenazas de excomunión.

No sé lo que contienen estas cartas, pues por respeto las he mantenido cerradas. No obstante, debo avisarle de que su cuñado se volvió loco antes de perderse en el bosque, de manera que estas cartas podrían reflejar la enfermedad de su mente.

Junto a las cartas encontramos el puñal, que es una reliquia de gran valor. Quizás el pequeño Doni pueda heredarla cuando sea mayor de edad pues debería tener algo con lo que recordar a su tío. El hermano Gabriel era un buen hombre. Fue una de las pocas voces de razón contra el derramamiento de sangre, hasta que la locura se apoderó de él.

Un cordial saludo,

Hermano Jonathan de Paign
Caballero templario

Cerré el libro y lo sujeté contra mi pecho. Katharine no tenía ni idea de lo que la mató. No supo que fue su querido hermano. Caminé hasta la estatua, que se alzaba sobre el jardín delante de mí. Era el ángel alto que estaba de pie con el lobo pegado a su túnica. Aparté la nieve de la cabeza del lobo y de las alas del ángel.

—Éste eras tú —le dije al ángel. Fue el hombre que ayudó a Daniel; el que le regaló el colgante y envió el anillo para Jude—. Tú escribiste estas cartas. Eres el hermano Gabriel. —Alcé la vista para mirarlo a los ojos, casi esperando una respuesta.

El hermano Gabriel seguía vivo después de varios siglos.

¿Habría Daniel vivido también tantos años si nada de eso hubiera pasado?

Sentí como si lo hubiera perdido todo. Daniel y Jude se habían ido. Mi madre estaba sumergida en su pena y papá se culpaba a sí mismo. Incluso April me evitaba, como si estuviese demasiado descolocada por lo que había visto en la iglesia.

Me quité los guantes y me arrodillé en la nieve. Desabroché el botón del bolsillo de mi abrigo y extraje la pequeña figura de madera del ángel que Don había tallado para mí. Acaricié el rostro del angelito y las palabras que yo había escrito en la parte inferior: *Donald Saint Moon*.

Imaginé a Simon Saint Moon recibiendo aquellas cartas y el puñal de plata, probablemente pocas semanas después de que su mujer muriese, un par de semanas demasiado tarde. Imaginé su dolor al descubrir que el propio hermano de Katharine la había matado; su ira al comprender que podría haber evitado su muerte si hubiese recibido el paquete antes. Pensé también en el hijo de Katharine, Doni, que crecería con el legado de la muerte de su madre.

¿Quién asumió primero la tarea de destruir a los hombres lobo? ¿Fue Simon o Doni?

Por alguna razón, creo que fue Doni. Debió de entregarle el cuchillo de plata y su misión a su propio hijo, quien se lo pasó al suyo, y así una y otra vez a lo largo de los años, hasta que acabó en manos de Don Mooney, el último de los Saint Moon. Pero Don era diferente de los demás: era discapacitado mental y estaba solo en el mundo, lo único que tenía era ese puñal y las historias de su abuelo. Murió intentando ser un héroe como sus antepasados, pero falleció antes de que tuviese la oportunidad de darle las gracias por salvarme, incluso antes de que le pudiera decir que lo perdonaba por haber herido a mi padre años atrás.

—Tú también formas parte de este lugar —dije, y coloqué la pequeña figura del ángel al lado de Gabriel, sobre la nieve. Me pareció un lugar mucho más adecuado para mi amigo, que había sido enterrado en un campo como si fuera un nabo o un bulbo de tulipán—. Eres un héroe.

—La gente pensará que te has vuelto loca si no dejas de hablar con objetos inanimados.

Cuando me volví hacia la voz que me hablaba, casi me caigo.

Y allí estaba él, sentado en el banco de piedra donde le cogí de la mano por primera vez, sosteniendo una muleta entre las rodillas.

—¡Daniel! —Corrí hacia él y le pasé los brazos por el cuello.

—Con cuidado —protestó, con una mueca de dolor.

Vi la venda que le cubría el cuello y aflojé un poco.

—Me dijeron que te habías ido, que te habías levantado y habías salido caminando en pleno cambio de turno. Pensaba que no te volvería a ver.

—Y entonces, ¿cómo es que has venido aquí?

—Es que... esperaba que tú también vinieras.

Daniel me besó la frente.

—Te dije que me quedaría contigo hasta que te cansases de mí. —Sonrió—. ¿O acaso debería haber interpretado el hecho de que me clavases un puñal en el corazón como un signo de que querías cortar?

—¡Cállate! —Le di un puñetazo en el hombro.

—Ay.

—Lo siento. —Le tomé de la mano—. No lo hice para hacerte daño —dije, refiriéndome a esa noche en la parroquia—. Lo hice porque te prometí que te salvaría.

—Lo sé. —Me apretó la mano—. Y lo conseguiste.

Miré la venda que tenía en el cuello y los morados de la mandíbula, heridas que ya no podía curarse por sí mismo. Besé un

ESCOBEDO, IVON

Unclaim : 10/12/2016

Held date   : 9/28/2016
Pickup location : Merrill (Merrill)

Title   : Dark Divine (Spanish Edition)
Call number   : ILL
Item barcode   : 170815090
Assigned branch : Klamath Falls

Notes:

arañazo que tenía en la mano; el olor de su sangre seca no me hizo retorcerme como pensaba.

—Hay una cosa que no entiendo. —Apoyé mi cabeza sobre su hombro—. ¿Cómo es que el lobo no se apoderó de mí cuando te apuñalé?

Daniel atrajo mi cara hacia la suya y me miró fijamente a los ojos. Tenía una mirada intensa y profunda, llena de su propia luz, no un simple reflejo como la luna.

—¿Eso creías? ¿Que si me salvabas te convertirías en lobo? —Los ojos le brillaron, esta vez a causa de las lágrimas.

—Sí, el lobo me había mordido y estaba dentro de mí. Pensé que si te mataba, tomaría el control. Dijiste que un acto predatorio le...

—Grace. —Daniel me rodeó la cara con las manos—. Lo que hiciste no era nada predatorio, fue un acto de amor. Y gracias a ti todavía estoy vivo. —Sonrió—. Fui a ver a Gabriel, y por eso me fui del hospital. Vino para traer una piedra lunar para tu hermano y quería verlo antes de que se marchase. Necesitaba saber por qué estaba vivo. Gracie, Gabriel me dijo que soy el primer y único *Urbat* que no ha recibido jamás la cura y ha sobrevivido. Me explicó que sólo la entrega absoluta de amor podría haber liberado mi alma... y devolverme la vida. —Me besó en la mejilla—. Ahora lo entiendo. Te entregaste por completo. Pensaste que si me salvabas te transformarías en lobo y de todas formas lo hiciste. No te importó intercambiarte por mí, y no hay mayor entrega... —Se inclinó para besarme en los labios.

Lo aparté.

—¿Qué pasa?

—Pues que el lobo está dentro de mí. Mis heridas cicatrizaron tan rápido... y me siento más fuerte, como si sólo quisiera correr. —Me mordí el labio—. Algún día se apoderará de mí. Eso es lo que le sucede a todo el mundo, ¿no?

—No, Grace. No a todos.

—Pero Gabriel escribió que las personas a las cuales un lobo mordía se transformaban más rápido. Mira lo que le pasó a él: era un monje y cambió en cuestión de días. ¿Por qué iba a ser diferente conmigo?

—Pues porque él estaba rodeado de la barbarie de la guerra, y tú no. Estás rodeada de gente que te quiere y que puede ayudarte a mantener el norte.

—Sí, pero Jude también tenía todo eso. Era una de las mejores personas que he conocido en mi vida, pero aun así se transformó muy rápido. Y yo no soy ni la mitad de buena que él.

—Jude era bueno, pero se dejó llevar por el miedo y los celos. —Daniel se encogió de hombros—. El miedo conduce a la ira, la ira al odio y el odio al lado oscuro.

Enarqué una ceja y contuve el impulso de golpearlo en el brazo herido.

—¿Qué? —Daniel alzó las manos al aire—. Como si tú no hubieras estado ahí cuando vimos las películas de *La guerra de las galaxias* cincuenta y tres veces ese verano.

—Cincuenta y cuatro. Esa noche Jude y yo nos quedamos despiertos hasta las dos de la mañana para ver el final del *Retorno del Jedi* mientras tú dormías. Intenté preparar palomitas dulces y un poco más y quemo la casa. Jude dijo que había sido él...

—Pues agárrate a eso, que sea tu ancla —dijo Daniel—. Sé fuerte para que cuando te necesite sigas siendo Grace. —Me acarició la mejilla con los dedos, secando una lágrima perdida—. Y no estarás sola, me tienes a mí. —Se metió la mano en el bolsillo de la cazadora y sacó algo—. Y también tienes esto. —Abrió la mano y me mostró una piedra negra e irregular. Era su colgante, partido por la mitad.

La cogí. Estaba más caliente que la última vez que la toqué e irradiaba una fuerza que nunca había notado. Era esperanza.

—Pensé que nunca la encontraría con tanta nieve —dijo—. Hacía mucho que no tenía que buscar algo sin mis habilidades.

—¿Seguro que quieres que me la quede? Es tuya.

—Ya no la necesito —dijo, y me levantó la barbilla.

Me besó con suavidad en la boca, con ternura y amor. Entonces, entreabrió los labios y me besó sin miedo, entregándome todo lo que había estado reprimiendo. Me fundí en él, dejándome llevar, sintiéndome tan libre y ligera como cuando corrimos en el bosque.

—¿Y qué hacemos ahora? —pregunté, apoyada en el pecho de Daniel.

Se aclaró la garganta.

—Hay muchas cosas malas por ahí fuera y los Lebreles del Cielo fueron creados para destruirlas. —Deslizó el dedo por mi mejilla—. No puedo ser el héroe que quieres que sea, al menos de esa manera. Pero tú sí, Grace. No tienes por qué entrar en el lado oscuro, puedes luchar contra él. Puedes convertir esta maldición en bendición, convertirte en una heroína y ser divina de verdad.

Agradecimientos

Debo toda mi gratitud y reconocimiento a las muchas personas que han contribuido a moldear este libro, y a quienes también ayudaron a dar forma a la escritora y persona que soy hoy. Entre estas personas se incluyen:

Mi magnífico agente, Ted Malawer, que no podría haberse mostrado más entusiasmado con esta novela. Gracias por ser mi gran defensor.

El increíble equipo de Egmont USA, que decidió darme una oportunidad. Gracias, en especial, a Regina Griffin, Elizabeth Law, Mary Albi, Nico Medina y, por supuesto, a mi brillante y paciente editor, Greg Ferguson.

Mi correctora, Nora Reichard, cuyo meticuloso trabajo hace que parezca que realmente sepa cómo utilizar una coma.

Joel Tippie, quien diseñó la impresionante portada. No podría gustarme más.

Mis maravillosos profesores de literatura a lo largo de los años, incluidos: Dean Hughes, Louise Plummer, Virginia Euwer Wolff, John H. Ritter, Martine Leavitt, Randall Wright y A. E. Cannon.

Mis críticos amigos: Gaylene Wilson, Kim Woodruff, Julie Hughes, Elena Jube y Jamie Wood, quien me obligó a reescribir toda la novela y luego me pidió que lo hiciera todavía mejor. Gracias por todos vuestros consejos y sugerencias.

Mi pandilla de redacción: Emily Wing Smith, Kimberly Webb Reid, Sara Bolton, Valynne Maetani Nagamatsu y Brodi Ashton. Algunas personas aseguran que escribir es una tarea solitaria, pero con vosotros es una explosión. Gracias por estar siempre dispuestos a leer, idear, ayudar a reescribir esa escena @$&% (ya sabéis cuál) una y otra vez, y por hacerme reír todo el tiempo. ¡Que sigamos disfrutando de nuestra amistad y escribiendo juntos muchos años más!

A mis padres, Nancy y Tai Biesinger, que me apoyan, me quieren y siempre están dispuestos a ayudar. Y para que quede constancia, la madre que aparece en esta historia no tiene nada que ver con mi madre (excepto por el talento para preparar el delicioso pavo *à la king*), quien es, de corazón, una de mis mejores amigas.

Mis entusiastas y amables amigos, vecinos, suegros, familia directa y lejana y, en especial, mis hermanos: Noreen, Tai, Brooke y Quinn. Muchísimas gracias Noreen por esas tempranas sesiones de tormenta de ideas/paseos y por las muchísimas horas de canguro. Gracias también a mi sobrina Whitney por ayudar a mi madre, a mi amiga Rachel Headrick por dejar que mis hijos jugasen en su casa y permitir que hablara hasta por los codos (ya te echo de menos, ¡maldita sea!), a Matt Kirby por sus sabias palabras, y a James Dashner por compartir con esta novata los gajes del oficio.

Mis hijos, increíblemente adorables (la mayor parte del tiempo), que han soportado todas las horas que he pasado enganchada al ordenador y que no temen aporrearme la cabeza con las espadas láser cuando es hora de que pare de trabajar. Gracias por querer a esta madre loca. ¡Yo también os quiero mucho!

Y por último, pero no por eso menos importante, ni mucho menos: mi casi sobrehumano marido, Brick, que es mi fiel lector, editor, motivador, crítico, fan, diseñador de la web, gurú del marketing, seudopsiquiatra, mi mejor amigo y mi verdadero amor. Gracias por creer siempre en mí, incluso en aquellos momentos en los que a mí misma me cuesta. Te querré siempre.

índice

OTROS TÍTULOS

EL TRONO DEL DESTINO

Raquel Guimerà

Una historia de magia ancestral
y sueños, de lucha y aprendizaje.

El pacto de una madre desesperada por recuperar la vida de su hija, muerta al nacer, acaba dejando a ésta en manos de un fantasma legendario, Airgetlam. Con él, y a merced de sus ocultas intenciones, la joven Rhiannon descubrirá su destino, a sí misma y el alcance de su magia.

Juntos, y con la compañía de un mago que esconde también oscuros propósitos, emprenderán un viaje a Toronth, la capital de los siete reinos, donde deberán infiltrarse en la corte y ganarse la confianza del soberano y de su hijo para elevar a la joven al trono mediante artimañas, mentiras y traiciones.

Sin embargo, no es el reino de los humanos el que reclama a la joven, que pronto tendrá que emprender un viaje al Inframundo. Ahí se enfrentará con manuscritos misteriosos, amores imposibles, seductores engaños y la promesa de un futuro grandioso para ocupar un trono que le llevará a su destino: unir el fantasmal Inframundo con la tierra de los hombres.

THOMAS DRIMM
EL FIN DEL MUNDO CAE EN JUEVES

Didier Van Cauwelaert

«Tengo 13 años menos cuarto y soy el único que puede
salvar el mundo. Si quiero.»

En una sociedad bajo control total donde el juego reina como dueño absoluto, un adolescente acaba poseyendo un terro-
rífico secreto, que desencadena contra él las fuerzas del Mal... y
las del Bien.

Dividido entre su primer amor y un viejo sabio paranoico re-
encarnado en un oso de peluche, Thomas se ve abocado a una carrera contrarreloj en la que descubrirá el peligroso destino de un
superhéroe a media jornada, en un universo futurista al que nuestro mundo se va pareciendo peligrosamente.

Primera entrega de las aventuras de Thomas Drimm, llena de
suspense y humor, que tiene lo necesario para apasionar a los lec-
tores de todas las edades.

10/12 ②
11/16 ⑤ 9/16